Centre for Research on Southern Song Dynasty

王國平 主編

南宋及南宋都城臨安研究系列叢書

古籍整理

毘陵集

〔宋〕張守 撰

劉雲軍 點校

杭州市哲學社會科學規劃“南宋史研究”專項課題

課題編號：2015NSYJ1

《南宋及南宋都城臨安研究系列叢書》
編撰指導委員會

《南宋及南宋都城臨安研究系列叢書》
編輯委員會

序言

靖康之變，北宋滅亡。建炎元年（一一二七）五月初一日，宋徽宗第九子、欽宗之弟趙構在應天府（河南商丘）即帝位，重建宋政權。不久，宋高宗在金兵的追擊下一路南逃，最終在杭州站穩了脚跟，並將此地稱爲「行在所」，成爲實際上的南宋都城。

南宋自立國起，到最終爲元朝滅亡（一二七九），國祚長達一百五十三年之久。對於南宋社會，歷來評價甚低，以爲它國力至弱，君臣腐敗，偏安一隅，一無作爲。但是近代以來，一些具有遠見卓識的史學家却有不同看法，如著名史學大師陳寅恪先生在上個世紀四十年代初指出：

> 華夏民族之文化，歷數千載之演進，造極於趙宋之世。①

著名宋史專家鄧廣銘先生更認爲：

> 宋代是我國封建社會發展的最高階段，兩宋期内的物質文明和精神文明所達到的高度，在中國整個封建社

① 陳寅恪：《金明館叢稿二編》，三聯書店出版社二〇〇一年出版。

會歷史時期之內，可以説是空前絶後的。①

很顯然，對宋代的這種高度評價，無論是陳寅恪還是鄧廣銘先生，都没有將南宋社會排斥在外。我以爲，一些人所以對南宋貶抑至深，在很大程度上是出於對患有「恐金病」的宋高宗和權相秦檜一伙倒行逆施的義憤，同時從南宋對金人和蒙元步步妥協，國土日朘月削，直至滅亡的歷史中，似乎也看到了它的懦弱和不振。當然，缺乏對南宋史的深入研究，恐怕也是其中的一個原因。

衆所周知，南宋歷史悠久，國土雖只及北宋的五分之三，但人口少説也有五千萬人左右，經濟之繁榮，文化之輝煌，人才之衆多，政權之穩定，是歷史上任何一個偏安政權所不能比擬的。因此，對南宋社會的認識，不僅要看到它的統治集團，更要看到它的廣大人民群衆；不僅要看到它的軍事力量，更要看到它的經濟、文化和科學技術等各個方面，看到它的人心之所向。特别是由於南宋的建立，才使漢唐以來的中華文明在這裏得到較好的傳承和發展，不至於産生大的倒退。對於這一點，人們更加不應該忽視。

北宋滅亡以後，由於在淮河、秦嶺以南存在著南宋政權，才出現了北方人口的大量南移，再一次給中國南方帶來了充足的勞動力、先進的技術和豐富的生産經驗，從而推動了南宋農業、手工業、商業和海外貿易的顯著的進步。與此同時，南宋又是中國古代文化最爲光輝燦爛的時期。它具體表現爲：

一是理學的形成和儒學各派的互争雄長。

南宋時候，程朱理學最終形成，出現了以朱熹爲代表的主流派「道學」，以胡安國、胡宏、張栻爲代表的「湖湘學」，以譙定、李燾、李石爲代表的「蜀學」，以陸九淵爲代表的「心學」。此外，浙東事功學派也在尖鋭複雜的民族矛

① 鄧廣銘：關於宋史研究的幾個問題，載社會科學戰綫一九八六年第二期。

盾和階級矛盾的形勢下崛起，他們中有以陳傅良、葉適爲代表的「永嘉學派」，以陳亮、唐仲友爲代表的「永康學派」，以吕祖謙爲代表的「金華學派」。理宗朝以前，各學派之間互爭雄長，呈現出一派欣欣向榮的景象。

二是學校教育的大發展，推動了文化的普及。

南宋學校教育分中央官學、地方官學、書院和私塾村校，它們在南宋都獲得了較大發展。如南宋嘉泰二年（一二〇二），僅參加中央太學補試的士人就達三萬七千餘人，約爲北宋熙寧初的二百五十倍①。州縣學在北宋雖多次獲得倡導，但只有到南宋才真正得以普及。兩宋共有書院三百九十七所，其中南宋占三百十所②，比北宋的三倍還多，著名的白鹿洞、象山、麗澤等書院，都是各派學者講學的重要場所。爲了適應科舉的需要，私塾村校更是遍及城鄉。學校教育的大發展，有力地推動了南宋文化的普及，不僅應舉的讀書人較北宋爲多，就是一般識字的人，其比例之大也達到了有史以來的高峰。

三是史學的空前繁榮。

通觀整個南宋，除了權相秦檜執政時期，總的説來，文禁不密，士大夫熟識政治和本朝故事，對國家和民族有很强的責任感，不少人希望藉助於史學研究，總結歷史上的經驗和教訓，以供統治集團作爲參考。另一方面，南宋重視文治，讀書應舉的人比以前任何時候都多，對史書的需要量極大，許多人通過著書立説來宣揚自己的政治主張，許多人將刻書賣書作爲謀生的手段。這樣就推動了南宋史學的空前繁榮，流傳下來的史學著作，尤其是本朝史，大大超過了北宋一代，南宋史家輩出，他們治史態度之嚴肅，考辨之詳贍，一直爲後人所稱道。四川、兩浙東路、江南西路和福建路都是重要的史學中心。四川以李燾、李心傳、王稱等人爲代表。浙東以陳傅良、王應麟、黄震、胡三省等人爲

① 徐松輯：宋會要輯稿崇儒一之三九，中華書局一九八七年影印本。

② 參見曹松葉宋元明清書院概況，載中山大學語言歷史研究所週刊第十集，第一一一至一一五期，一九二九年十二月至一九三〇年出版。

代表。江南西路以徐夢莘、洪皓、洪邁、吴曾等人爲代表，福建路以鄭樵、陳均、熊克、袁樞等人爲代表。他們既爲後世留下了寶貴的史料，也創立了新的史學體例，史書中反映的愛國思想也對後世史家産生了重大影響。

四是公私藏書十分豐富。

南宋官方十分重視書籍的搜訪整理，重建具有國家圖書館性質的秘書省，規模之宏大，藏書之豐富，遠遠超過以前各個朝代。私家藏書更是隨著雕板印刷業的進步和重文精神的倡導而獲得了空前發展。兩宋時期，藏書數千卷且事迹可考的藏書家達到五百餘人，生活於南宋的藏書家有近三百人①，又以浙江爲最盛，其中最大的藏書家有鄭樵、陸宰、葉夢得、晁公武、陳振孫、尤袤、周密等人，他們藏書的數量多達數萬卷至十數萬卷，有的甚至可與秘府、三館等。

五是文學、藝術的繁榮。

南宋是中國古代文學、藝術繁榮昌盛的時代。詞是兩宋最具代表性的文學形式，據唐圭璋先生所輯全宋詞統計，在所收作家籍貫和時代可考的八百七十三人中，北宋二百二十七人，占百分之二十六；南宋六百四十六人，占百分之七十四，李清照、辛棄疾、陸游、姜夔、劉克莊等都是南宋杰出詞家。宋詩的地位雖不及唐代，但南宋詩就其數量和作者來説，却大大超過了北宋。由北方南移的詩人曾幾、陳與義；有「中興四大詩人」之稱的陸游、楊萬里、范成大、尤袤；有同爲永嘉（浙江温州）人的徐照、徐璣、翁卷、趙師秀；有作爲「江湖派」代表的戴復古、劉克莊；有南宋滅亡後作「遺民詩」的代表文天祥、謝翺、方鳳、林景熙、汪元量、謝枋得等人。此外，南宋的繪畫、書法、雕塑、音樂舞蹈以及戲曲等，都在中國文化史上佔有一定的地位。

在日常生活中，南宋的民俗風情，宗教思想，乃至衣、食、住、行等方面，對今天的中國也有著深刻影響。

① 參見中國藏書通史第五編第三章宋代士大夫的私家藏書，寧波出版社二〇〇一年出版。

南宋亦是我國古代科學技術發展史上最爲輝煌的時期，正如英國學者李約瑟所説：「對於科技史家來説，唐代不如宋代那樣有意義，這兩個朝代的氣氛是不同的。唐代是人文主義的，而宋代較著重科學技術方面……每當人們在中國的文獻中查找一種具體的科技史料時，往往會發現它的焦點在宋代，不管在應用科學方面或純粹科學方面都是如此。」①此話當然一點不假，不過如果將南宋與北宋相比較，李約瑟上面所説的話，恐怕用在南宋會更加恰當一些。

首先，中國四大發明中的三大發明，即指南針、火藥和印刷術而言，在南宋都獲得了比北宋更大的進步和更廣泛的應用。別的暫且不説，僅就將指南針應用於航海上，並製成爲羅盤針使用這一點來看，它就爲中國由陸上國家向海洋國家的轉變創造了技術上的條件，意義十分巨大。再如，對人類文明有重大貢獻的活字印刷術雖然發明於北宋，但這項技術的成熟與正式運用却是在南宋。其次，在農業、數學、醫藥、紡織、製瓷、造船、冶金、造紙、釀酒、地學、水利、天文曆法、軍器製造等方面的技術水平都比過去有很大進步。可以這樣説：在西方自然科學東傳之前，南宋的科學技術在很大程度上代表了中國封建社會科學技術的最高水平。

南宋軍事力量雖然弱小，但軍民的鬥争意志却異常强大。公元一二三四年，金朝爲宋蒙聯軍滅亡以後，宋蒙戰争隨即展開。蒙古鐵騎是當時世界上最爲强大的軍隊，它通過短短的二十餘年時間，就滅亡了西夏和金，在此前後又發動三次大規模的西征，横掃了中亞、西亞和俄羅斯等大片土地，前鋒一直打到中歐的多瑙河流域。但面對如此勁敵，南宋竟頑强地抵抗了四十五年之久，這不能不説是世界戰争史上的一個奇迹。從中湧現出了大量可歌可泣的英雄人物，反映了南宋軍民不畏强暴的大無畏戰鬥精神，他們與前期的「岳飛精神」一樣，成爲中華民族寶貴的精神財富。

---

① 中國科學技術史導論中譯本，北京科學出版社一九九〇年出版。

古人有言：「以古爲鏡，可以知興替。」近人有言：「古爲今用，推陳出新。」前者是説，認真研究歷史，可爲後人提供歷史上的經驗和教訓，以少犯錯誤；後者是説，應該吸取歷史上一切有益的東西，通過去粗取精，改造、發展，以造福人民，總之，認真研究歷史，有利於加强精神文明建設，也有利於將我國建設成爲一個和諧的、幸福的社會。我覺得南宋可供我們借鑒反思和保護利用的東西實爲不少。

以前，南宋史研究與北宋史研究相比，顯得比較薄弱，但隨著杭州市社會科學院主持的五十卷南宋史研究叢書編撰出版工作的基本完成，這一情況發生了一些令人欣喜的改變。但歷史研究没有窮盡，關於南宋和南宋都城臨安的研究，尚有許多問題值得進一步探討，也還有一些空白需要填補。近日，欣聞杭州市社會科學院南宋史研究中心擬進一步深化和擴大南宋史研究，同時出版「博士文庫」，加强對南宋史研究後備人才的培養，對杭州鳳凰山皇城遺址綜保工程，也正從學術上予以充分配合和參與，此外還正在點校和整理部分南宋史的重要典籍。組織編撰南宋及南宋都城臨安研究系列叢書，對於開展以上一系列的研究，我認爲很有意義。我相信，在汲取編撰南宋史研究叢書成功經驗的基礎上，新的系列叢書一定會進一步推動我國南宋史研究的深入開展，對杭州乃至全國的精神文明建設都有莫大的貢獻，故樂爲之序。

徐規

二〇一〇年十一月於杭州市道古橋寓所

目録

卷三 劄子十七首

卷四 劄子四十八首

卷九　内制四十二首

卷十　啓二十四首　狀十八首　書四首

卷十一　記三首　序四首　跋二十一首　題後三首　銘一首　贊二首　頌一首　祝文一首　上梁文一首

卷十二　祭文六首　誌銘三首

卷十三　誌銘三首

卷十四　誌銘三首　墓表一首　神道碑一首

卷十五　賦一首　五言古詩十六首　七言古詩八首
五言律詩十六首

卷十六　七言律詩五十首　七言絶句三十六首

附録一　輯佚卷一

附録二　輯佚卷二

附録三

前言

張守（一〇八四—一一四五），字全真，一字子固①，常州晉陵（今江蘇常州）人。登崇寧元年（一一〇二）進士第，中詞學兼茂科。曾任監察御史，丁内艱去。南宋建立後，召還，賜五品服。建炎四年（一一三〇）五月，拜參知政事。後罷，歷知紹興府、福州、平江府等。紹興六年（一一三六），再拜參知政事兼權知樞密院事。八年（一一三八），出知婺州。紹興十五年（一一四五）卒，謚文靖。宋史卷三七五有傳。

張守祖上原居滁州，後因仕宦定居建鄴，至高祖張光軫徙居毘陵，遂爲毘陵人。曾祖張處仁、祖父張果曾爲官，但父亲張彦直則未有官職。張守少年時「喜讀書綴文」，因家境貧寒且體弱，主要以自學爲主②。後張守兄弟四人，三人同榜登科，郡守表其里曰「椿桂」③。

縱觀張守一生，雖未能拜相，但他兩度出任參政。特別是在秦檜專權期間，趙鼎、王庶、張浚等人遭到不同程度的迫害，張守卻能夠「優游里居，身名俱泰」，安度晚年。其原因可能有：一則因爲秦檜從金國回到南宋後，張守曾經向宋高宗推薦過他，於秦檜有恩。二則張守與秦檜次兄秦梓不僅關係交好，他還是秦梓妻子的嫡親叔父④。當然，

① 老學庵筆記卷一〇。

② 毘陵集卷一〇答晁公爲顯謨書。

③ 劉一止集卷五一宋故左中大夫充敷文閣待制致仕毘陵張公墓誌銘，第五二九頁。

④ 宋會要輯稿职官六三之一四。

張守未强烈反對宋金和議無疑是更重要的原因。

張守對於南宋百姓的疾苦十分關心，文集中多處可見他上疏朝廷，要求減免賦役和各種苛捐雜税的内容。如當時朝廷爲了對抗金人，急需大量弓箭，故而一味向民間攤派製造弓箭所需的翎毛，卻根本不考慮當地是否出産翎毛。張守根據地方實際情況，向朝廷據理力爭（卷一乞裁損買翎毛劄子）。對於當時沉重的科率，他也多次上疏揭露（卷二論淮西科率劄子、又論淮西科率劄子、又論軍期科率劄子）。

對於宋金關係，張守傾向於防守，認爲南宋當時的實力無法與金國抗衡，必須先要加强守禦，守禦重點是防淮守江，同時通過整頓軍隊，重視軍糧供給，提高南宋軍事力量（卷一應詔論事劄子）。正因如此，清人盧文弨認爲張守奏疏「其所論奏皆切於事情」①。

關於張守的著述情況，據嘉泰二年（一二〇二）九月周必大所作張文靖公文集序，可知張守有「文集五十卷、奏議二十五卷盛行于時」②，表明張守論著在南宋時已結集，並流行於當世③。元時，張守文集依然存世。如宋元鼎革之際，鎮江所藏典籍雖然「散軼甚多，所存者不及什二三耳」，但所存宋人文集中便有「毗陵集五册」④。明代文淵閣書目卷九著録「張子固毗陵文集一部五册」。内閣藏書目卷三稱「不全」，「凡五十卷，缺一至十八」。可見，至晚在明代，張守文集已散佚不全。

現在所見毗陵集十六卷，爲清人永樂大典輯佚本，並在此基礎上衍生出武英殿聚珍本、四庫全書本、常州先哲遺書本等。雖然現存毗陵集版本來源比較單一，但諸本之間仍然存在一定差異。首先是卷數不同。武英殿聚珍本、文

① 抱經堂文集卷一二書毗陵集後。
② 文忠集卷五四張文靖公文集序。
③ 直齋書録解題卷一八。
④ 至順鎮江志卷一一。

津閣四庫全書本、文溯閣四庫全書本均爲十六卷①，而文淵閣四庫全書本爲十五卷。卷數不同主要是清人分卷不同造成的，所收篇目幾乎没有區别（文津閣四庫全書本缺賀金人退遁表，文淵閣四庫全書本缺謝除翰林學士表）。其次，文字有差異。通過比對發現，武英殿聚珍本與常州先哲遺書本、文淵閣四庫全書本文字比較接近，而文津閣四庫全書本中有些文字則與其他諸本完全不同。第三，清人諱改情况。毘陵集現存諸本均經清人諱改，總體上看，文津閣四庫全書本的改動最爲徹底，而武英殿聚珍本和常州先哲遺書本的諱改情况相對較輕，部分保存了宋本的原貌，文淵閣四庫全書本則介於二者之間。此外，諸本均存在一定數量的錯字。故此次整理，以常州先哲遺書本爲底本，校以武英殿聚珍本（校記中簡稱「聚珍本」）、影印文淵閣四庫全書本（校記中簡稱「文淵閣本」）、影印文津閣四庫全書本（校記中簡稱「文津閣本」），並參校永樂大典殘本、歷代名臣奏議等書中徵引的張守文字。另外，爲節省校勘記篇幅，當文淵閣四庫全書本和文津閣四庫全書本文字相同時，校記中簡稱「四庫本」。

武英殿聚珍本與常州先哲遺書本書後均附有拾遺一卷，俱輯自聖宋名賢五百家播芳大全文粹，但並未標識文章所在具體卷數。將「拾遺」與原書文字比對，發現不僅文字與原書有所差異，其中還有清人的諱改，而且輯佚並不嚴謹（如帥到任謝政府啓一文，查聖宋名賢五百家播芳大全文粹，作者闕名），故此番整理，直據聖宋名賢五百家播芳大全文粹（校記中簡稱「大全文粹」）原文重新輯録（以中華再造善本影印宋刻本爲主，並參校宋集珍本叢刊中所收録宋刊本、清鈔本），同時又從其他書籍中輯佚數條新的佚文，合爲輯佚兩卷。

關於張守著作的整理，學界已經做了很多工作，如全宋詩全宋文分别對張守的詩、文部分加以整理。其中王兆鵬先生整理的張守詩，「以影印文淵閣四庫全書本爲底本。校以武英殿聚珍版叢書本。新輯集外詩附于卷末」。②

① 金毓黻等：文溯閣四庫全書提要卷八八毘陵集提要，北京：中華書局，二〇一四年，第二九一三—二九一四頁。
② 全宋詩，第二八册，第一八〇〇九頁。

黄錦君先生整理的張守文，「以文淵閣四庫全書本爲底本，校以武英殿聚珍版叢書本。另輯得佚文六十六篇，編爲十七卷」。其中輯佚文字並未單獨立卷，而是根據體裁，散入各卷中①。

此次毘陵集整理，標點、校勘、輯佚等參考了上述前人成果。對於底本文字，除了將不規範的俗體字轉變成規範繁體字，明顯的印刷錯誤如「已」、「己」之類徑改外，凡改動底本文字均出校勘記。限於水平，書中肯定還有疏誤之處，敬請方家批評指正。

---

① 全宋文，第一七三册，第一七四頁。黄錦君先生部分輯佚文字的作者歸屬，似可商榷，如賀魏尉啓與祈雨設醮青詞（分别見張守一四、一七），俱出自五百家播芳大全文粹，作者分别題作「張守真」「張參政」，黄先生均將其視作張守文，此番整理，對於難以準確斷定作者爲張守的文字，不予收録。

毘陵集卷一

劄子

經筵上殿時務劄子

臣久去軒陛，孤陋寡聞。比蒙召寘經幄，復瞻穆穆之清光，千載之遇，敢不竭愚慮以瀆天聽。竊惟今日之先務有六，而夷狄不預焉①。蓋夷狄未賓②，莫先自治，試爲陛下畢其説。一曰立國，二曰察言，三曰任賢，四曰使能，五曰抑僥倖，六曰破朋黨。

何謂立國？陛下巡幸江浙，行且十年。去冬虜騎不能渡江③，入秋以來，復無他警，議者便謂長驅深入，恢復中原，以立大功，時不可失。臣以謂今日之驍將勁兵④，蓄憤養鋭，固可折箠而笞劉豫，頓轡而還舊京，然不過策勳第賞，爲一時美觀，而未爲國家長久之利也。何者？敵國尚强，藩籬未立，秦晉韓魏之地，强兵健馬之區，悉屬于虜庭⑤，就使克復

① 「夷狄」，原作「外患」，據歷代名臣奏議卷四八改。
② 「夷狄未賓」，原作「敵國相争」，據歷代名臣奏議卷四八改。
③ 「虜騎」，原作「金人」，據歷代名臣奏議卷四八改。
④ 「勁兵」，文津閣本、聚珍本同，歷代名臣奏議卷四八、文淵閣本作「勵兵」。
⑤ 「虜庭」，原作「彼」，據歷代名臣奏議卷四八改。

州縣，能保有其土地而撫奄其人民乎①？千里餽糧，能不乏乎？爲今之計，當一意經理淮甸，以壯屏翰；駐蹕建康，暫爲別都；儲粟練兵，自爲不可攻之計，然後待時而動，一舉而圖萬全，此立國之謀也。

何謂察言？伏自陛下大開言路，謀行計從，上之宰執進呈，次之臺諫論事，下之百官轉對，遠之草茅上書，發言盈庭，未易決擇，又況知言自古所難。臣頃承乏臺屬，首嘗以伊尹之言告陛下矣，曰：「有言逆心，必求諸道；有言遜志，必求諸非道。」臣每謂聽言莫要于此，蓋不知人主所向而言，鮮有不逆者；迎合人主所向而言，鮮有不順者。因逆心而求其是，因遜志而求其非，則十已得五六，然後攷覈其邪正，參訂其虛實，于是或用或舍，鮮有不當矣，此聽言之要也。

何謂任賢？宣王之中興，任賢使能而已。禹之戒舜則曰：「任賢勿貳。」所謂任者，非止崇以爵位，富以祿廩而已，求之欲審，付之欲專，疑則勿用可也，用則勿疑可也。求之審則當其才，付之專則盡其用。孟子所謂左右、諸大夫、國人皆曰賢而後用之，則求之審矣。齊桓之用管仲，一則仲父，二則仲父，則付之專矣。不然，則畏首畏尾，救過不給，何暇展四體而修職業乎？夫求之既審，付之既專，又在久任以責其成功。堯之用鯀而陻洪水，爲害大矣，必俟九載績用弗成而後黜，堯豈不恤昏墊之民哉？蓋守當時三考黜陟之法也，況或一時之舉措有纖芥之失，一人之愛憎有毀譽之私，隨即廢置，不惟不盡其材，而法令弛張莫知其端，恩讎報復各快其意，徒爲紛紛，無補治道。臣願陛下苟得真賢，則略其細故，不規近效，以責成于持久，此任賢之道也。

何謂使能？能則與賢者異矣，使之則與任者異矣。賢者而役使之，則無以盡其心；能者而信任之，則必有誤于國，蓋才可以辦事者未必賢也。左右近習、百司庶府，各因其能，使辦一職，則事無不舉，然非當信任也，又在棄其小瑕，録其大略，舍其舊惡，許其自新。故使智使勇，使貪使愚。如封倫、裴矩以姦亡隋也，而以智佐唐；李祐賊將也，

---

① 「保有」，原作「有保」，據歷代名臣奏議卷四八、四庫本乙。

而卒縛吳元濟。天下之才，未嘗不可用也，顧使之如何耳。若乃以春秋責備之義以使能，則能者不可得而用矣。能者不得而用，則不過取夫錄錄闒茸不才之人。夫闒茸不才之人雖無顯過，而敗事必矣，不可不戒也，此使能之方也。

何謂抑僥倖？艱難以來，風俗敗壞，貪懷苟得，熾于前日。在下者既啓僥倖之心，在上者遂行姑息之惠。名器日輕，費出日廣，民力愈困，國勢愈弱。朝受一命，則夕圖堂除。一有除授，則繼求遷擢。除代至三四輩①，待次至十餘年，稍加裁抑，則謗起于下而怨歸于上，甚至以危言上惑宸聽，卒如所欲而後已。爲今日之計，痛加裁抑，勢或難行，如內外官吏足以任使矣，不必更增員闕也；既有代人矣，不必更有除授也；官吏、將士之俸廩足以贍養矣，不必更有增益也。人既習安，無所歸咎。至于爲人而設官，有求而必予，于是紛紛競起，人有覬覦，而紀綱日隳，無以善後矣。要在稍嚴資格，獎用靜退之士，以息浮競之風，凡妄行申請攀援不已者，痛懲而申儆之，則息僥倖之漸也。

何謂破朋黨？朋黨之禍尚矣！孔子曰：「君子羣而不黨。」則君子固無黨也。然義理所尚，不謀而同，故聞善而相稱譽，見善而相薦引，未必有心，而近于爲黨。唐虞九官，濟濟相遜；武王十亂，同心同德。帝王之盛節也。小人欲排陷君子，將一舉而盡去之，求其過而不得，則一指以爲黨耳。善乎歐陽修之論曰：「欲空人之國而去其君子者，必進朋黨之說；欲孤人主之勢而蔽其耳目者，必進朋黨之說；欲奪國而予人者，必進朋黨之說。」漢之末，以朋黨禁錮天下賢人君子，而立其朝者皆小人也，然後漢從而亡。唐之末，又先以朋黨盡殺朝廷之士，而其存者②，皆庸懦傾險之人也，然後唐從而亡。所謂「一言喪邦」者如此，豈不痛哉！古者上以直道用人，故殛鯀而興禹，誅蔡叔而封蔡仲。下以直道自任，故祁奚舉其子，崔祐甫多除親舊，載在經史，號爲美談。況非父子親舊而以其類逐之曰朋黨，

① 「除代」，原作「除伐」，據四庫本、歷代名臣奏議卷四八改。
② 「存者」，文津閣本、聚珍本同，歷代名臣奏議卷四八、文淵閣本作「從者」。

此何謂也？本朝慶曆之間，韓琦、范仲淹、杜衍、富弼輩嘗以爲黨而盡逐之矣；以至元祐之間，又以司馬光等命之曰姦黨而禁錮之矣。大抵人指以爲黨者多賢士，凡進朋黨之論，亦必痛懲而申儆之，此破朋黨之策也。

陛下于此六者每致意焉，則中興之期，指日可待，其他細故，不足爲陛下道也。然以陛下之英睿天縱，固深明乎此，而區區以爲獻者，特在于果斷而不疑，力行而不怠，又必以誠意先焉。大學曰：「欲治其國，先齊其家。欲齊其家，先修身正心。欲正其心，先誠其意。」誠者，天之道也。臣願陛下正心誠意，造次不忘，終始惟一。董仲舒曰：「事在强勉而已矣。」强勉學問，則聞見博而智益明；强勉行道，則德日起而大有功。書稱湯德「日新」，蓋欲常新而不蔽也。詩稱湯「聖敬日躋」，蓋聖欲有進而無已也。儻强勉而行之，則聖帝明王，異世同符，人自歸心，天自悔禍，天下不足治，四夷不足平，中興之業，不難致矣。顧雖書生常談，無新奇可喜之論，而臣區區平昔篤信而可行者不過如此，惟留神裁擇，天下幸甚。取進止。

應詔論事劄子

臣某今月二日伏奉詔書，以卻敵之初，圖善後之計，凡今攻戰之利、守備之宜、措置之方、綏懷之略可悉條具來上者。仰惟陛下體虞舜之達聰，邁成湯之好問，不間遐邇，務聞至言。竊德意之所存，則中興之功，指日可俟。臣雖固陋不肖，疾病久衰，受恩至深，論報無所，敢不竭所聞以對。然言方盈庭，不當枝詞蔓説，廣援古今以煩乙夜之觀，姑論利害之實，願留神裁擇。

議者必謂虜人既遁①，當追奔逐北，恢復中原，以快宿憤。臣謂中原固可唾手而取也，倘一戰收復而能保固其土地，阜安其民人則善矣，得土地而未能保固，得民人而未能阜安，是自困之道也。明詔四事，臣以謂莫急于措置，措置

①「虜人」，原作「敵人」，據歷代名臣奏議卷九〇、三朝北盟會編卷一七四改。

苟當，則餘不足爲陛下道也。蓋措置失宜，則不能守備；守備不固，則不能攻戰；攻戰不勝，則不能綏懷。去冬虜人長驅以抵淮甸①，蓋以措置未能無失故也。夫防江不若防淮，防淮然後可以駐蹕建康，駐蹕建康然後可以經營中原，此緩急之序也。臣請言措置之大略：其一措置軍旅，其二措置軍食。

何謂措置軍旅？神武中軍當專衛行在，而以餘軍分戍三路，一軍駐于淮東，一軍駐于淮西，一軍駐于鄂、岳或荆南，擇要害之地以處之，使北至關輔，西抵川陜，血脈相通，號令相聞，脣齒輔車之勢，則自江而南，可以奠枕而臥也。然今之大將皆握重兵，貴極富溢，前無利禄之望，退無誅罰之憂，故朝廷之勢日削，兵將之權日重。而又爲大將者，萬一有稱病而賜罷，或卒然不諱，則所統之衆將安屬耶？臣謂宜拔擢麾下之將，使爲統制，每將不過五千，棊布三路，朝廷號令，徑達其軍，分合使令，悉由于朝廷，優假朝廷之權以用之，然後可以有爲也。

何謂措置軍食？諸軍既已分屯諸路，則所患者錢穀也。然所費多寡，在彼猶在此爾，則所患者轉輸也。然祖宗以來，每歲上供六百餘萬户②，悉出于東南，而轉輸未嘗以爲患也。今宜以兩浙之粟專供行在，而江東之粟以餉淮東，江西之粟以餉淮西，荆、湖之粟以餉鄂、岳、荆南。量所用之數，責漕臣輸將，而歸其餘于行在，錢帛亦然，恐未至于不足也。然自艱難以來，漕運之船悉歸漕司，仍與諸路各造一二百隻③，專充轉餉，如有官司或諸軍拘留，則令漕臣、州縣聞諸朝而痛懲之。諸軍錢糧既無乏絶之患，然後特降詔書戒飭諸將，申嚴紀律，不得秋毫侵擾州縣，以復業之民户口多寡爲諸將殿最，歲終遣官覈實而升黜之，則民得以還其鄉里，而田野日闢，生齒日滋，江北州縣有興復之期矣。如是措置既定，候至防秋，復遣大臣爲之都督，使諸路之兵進相援，退相保，如常山之蛇，首尾相應，居則可以

① 「虜人」，原作「敵人」，據歷代名臣奏議卷九〇、三朝北盟會編卷一七四改。
② 「户」，諸本同，建炎以來繫年要録卷八七、宋史卷三七五張守傳、三朝北盟會編卷一七四無，歷代名臣奏議卷九〇作「斛」，疑「户」字衍或爲「斛」字之誤。
③ 「與」，四庫本同，歷代名臣奏議卷九〇作「委」。

守備，進則可以攻戰，可以傳檄而定僞齊，可以折箠而笞强敵，可以保固其土地而阜安其民人。綏懷之略，亦在是矣。然臣復有區區之愚誠，敢因清問之及而冒貢一二。

敵人之輕中國尚矣，去秋之來，妄意車駕遠避，則大入江浙如曩歲之易也。今既挫衄，悵然而歸，後必不敢輕入。使其復來，計須悉兵舉國以取必勝，是宜陛下留神于善後之策也。如前所陳措置大略，臣熟計之，猶爲末也，究其本原，則在陛下内修德而外修政耳。召公之告武王曰：「明王慎德，四夷咸賓。」惟修德可以服四夷也。周詩之頌宣王曰：「内修政事，外攘夷狄。」惟修政可以攘夷狄也。此皆書生常談，初無驚人可喜之論，然簡約易行，悠久見效，則未有此二端之爲要也。蓋所謂慎德，不過正心誠意，畏天愛民；儉于家，勤于邦；遠聲色，屏貨利，兢兢業業，凡可以累德者無不戒也。持久不倦，盛德日新，四海愛戴而不忍去，何患四夷不服乎？

所謂修政，不過任賢使能，信賞必罰。任賢者非止崇以爵位，苟知其賢，則一切信任而不復致疑。使能者不必信任，苟有一能，則隨其才分，俾盡其才。信賞以勸功，不以所喜而與之；必罰以治罪，不以所惡而奪之。以至抑權倖、裁冗濫、謹法度、興廉恥，凡可以害治者，無不去也。正朝廷而正四方，何患夷狄之不治乎？伏願陛下果斷而力行之。臣言狂瞽，不足以稱塞明詔，俯伏以俟誅殛。取進止。

乞吏部破格差注劄子

臣伏見吏部員多闕少，差注不行，蓋緣西北多係金人或盜賊殘破去處，士大夫惟欲官于東南。東南之闕不足以給之，反有留滯失職之歎，而西北州縣遂致久闕正官，職事曠廢。今取會到侍郎左選見在部人四百九十員，而河東、河北、陝西、京東西經使闕三百餘處無人注授，則其他三選亦可知也。臣愚欲乞將應殘破州縣，並令吏部破格差注一次，候任滿日，與轉官資，以示勸獎，庶幾人有寸進之望，不辭險阻之勞，上無曠官，下無失職。如有可采，即乞特降睿旨施行。取進止。

乞裁損買翎毛劄子

臣近準轉運司牒，福州備準户、工部符，提領軍器官申請，合用翎毛依打造箭頭體例，令兩浙、江南東西、福建路每州並大縣各買四萬二千莖，小縣二萬九千四百莖，並隨箭頭赴行在送納。

臣契勘福州先準樞密院劄子，備奉聖旨打造箭頭，每月大縣一萬，小縣七千，每季赴行在送納，已遵依施行外。本州每月雖打箭鏃十萬五千隻，人力、工料可以督責取辦，不敢更有申陳。惟翎毛一事則不獲已，須至奏稟。如福州十二縣，内大縣七，並本州每月共買三十三萬六千莖；小縣五，每月買一十四萬七千莖。一月總計四十八萬三千莖，一年總計五百七十九萬六千莖。均大小，一月約買四百萬莖，一歲近五千萬莖。緣翎毛惟鵝、雁可用，而兩浙、江東西等路出産，在本路惟漳、泉州稍稍有之，數亦不多。而鵝、雁之屬，福州又絶難得，民間或養一二鵝已爲奇物，一鵝可用者纔十餘翎。本州一年買發五百七十餘萬，委是難以計置。昨紹興元年二月，朝廷拋買三十萬莖，限半年起發，爲非出産，具申都省，續蒙指揮，只買七萬五千莖。去年二月，亦拋買二十萬莖，是時臣多方措置，招邀漳、泉客販增價收買，僅得數足。今則諸路州縣皆有拋降而又數目浩瀚，無緣可得。竊恐有誤朝廷指準使用，他日雖黜責官吏，恐亦無益。欲望睿慈詔有司裁損數目，行下出産州軍，寬限計置，庶幾可以辦集。臣備員一路，目見利害，不敢緘默。取進止①。

貼黄：臣本路節次承準指揮，打造甲葉、箭鏃及變賣度牒②、起發海船、製造戰艦，皆已遵稟施行。凡人力可辦者，不敢擇事。獨有月買翎毛，無從可辦，實恐有誤軍期使用，伏乞睿照。

臣契勘翎毛本不直錢，只因官買③，小人乘時射利，踊貴可駭。訪聞目今一莖已三十足錢，若科買民户，則倍費

---

① 「目見利害不敢緘默取進止」，聚珍本、文淵閣本同，文津閣本作「于事有未便不敢不陳伏望敕旨施行」。

② 「及變賣度牒」，聚珍本、文淵閣本同，文津閣本作「各軍器以及」。

③ 「只因」，原作「只曰」，據四庫本改。

騷擾，然亦卒無可納，必致枉加刑責。若置場依價和買，則亦枉費財用。兼會計諸四十州軍所買，一月無慮六七百萬，數目太多，恐卒使用不盡。當財用窘闕之際，高價收買，誠亦可惜。據本州作院供，鵝翎十八莖，可供弓箭十隻。今來所抛翎毛，比見大箭鏃數已倍多，兼體問得弩箭、神臂弓、神勁弓箭皆可用鴨翎，並乞下軍器所相度施行。

乞安養宗室劄子

臣伏見自陛下巡幸東南，内外宗室流落州縣，雖有存恤指揮，所得請給或有或無，頗多失所，以至或寓旅邸，或在市廛，與民庶雜居，飲博鬬訟，不能自愛，誠可嗟憫，蓋緣待之未盡善也。契勘兩京舊有敦宗院，有屋宇以居止，有錢糧以贍養，有官吏以檢察，宗子各有統屬，稍獲安處。今來車駕駐蹕臨安，臣愚欲乞倣兩京舊制，於兩浙東西路各權置敦宗院，各就大郡踏逐寺院或官舍撥截以充。每院差近上有年德宗室一員知宗正司，置主管財用一員，兼知宗正丞、監門官兩員。取會諸州，以見今贍宗子錢米盡數發赴財用所，按月支給。如不願入院，或往別州居住者，並罷支錢米等。如合聖意，即乞下有司討論條制，議酌施行。不惟使天支不至失所，亦漸就檢束，不至爲非，仰稱陛下惇敍之意。臣忝侍帷幄，假守近藩，目覩利害，不敢緘默，惟陛下裁擇。取進止。

論禁軍逃亡劄子

臣訪聞行在禁軍近日頗有逃亡，數目不少，亦或將帶器甲前去。其本營寨避免責問，不敢晝時盡數申報，深屬不便。兼聞衆軍日逐食錢，幹辦部轄人減剋乞取，仍不即時給散，因致逃亡。方陛下選將練兵以圖中興，拊循士卒，廩賜優厚，惟恐失所，而小人冒利，使陛下實惠有所不及。竊恐逃亡不已，爲害甚大。欲望睿慈詔三省、密院取會五軍近日逃亡數目，内數多者，本寨將校以及統制並賜責降施行。所有今後減尅乞取五軍食錢分文以上，並以軍法從事，許人告説，所貴軍情少安，人思自效。其申報逃亡不實不盡，亦乞嚴立法禁。謹録奏聞，伏候敕旨。

論防秋士大夫求去劄子

臣聞事其親者，不擇地而安之，孝之至也；事其君者，不擇事而安之，忠之盛也。臣子無二義，忠孝無兩心，利害休戚，莫不同之。比年以來，紀綱隳壞，風俗彫薄，士大夫無奉公守節之誠，有全身遠害之計，一旦緩急，委君父而不顧，此靖康之末可爲痛哭流涕者也。

陛下踐阼，訓敕丁寧，德音屢下，固宜操心礪行，一洗餘習，而懷利後君，其風未殄。比者防秋在期，方事備禦，而行在職事官或求外任，或丐宮祠，或託故謁告，各欲便私而去，則國家何所賴于士大夫耶！夫以陛下不憚勤勞，冒犯寒暑，駐蹕淮甸，思濟艱難，而策名委質享有禄位者，顧宜戮力就死①，各效所長。今乃纔涉秋冬，人自爲計，委君父而去之，原其心，忠義安在？則緩急之際，賣國之利可以灼見而不疑也②。昔漢高祖起豐、沛，與諸將間關戰鬬之中以定漢業，至論功行賞，則曰：「諸君獨以身從我，多者兩三人，惟蕭何舉宗數十人從我，功不可忘也。」故蕭何之功，遂冠諸將。夫從高祖者受上賞，則今日委陛下而去者，可置而不問耶？欲望聖慈揭榜朝堂，明示飭戒，使士大夫徇公忘私，先義後利，協心盡節，以圖中興。庶幾紀綱稍振，風俗少變，上副陛下有爲之意。取進止。

又乞疾速講求防秋事務劄子

臣仰惟陛下修政事，攘夷狄③，慨然有意于中興之盛。然今之最大且急者，莫過于軍政。本朝之兵，自童貫、高

---

① 「就死」，聚珍本同，四庫本作「勉死」。
② 「賣國之利」，聚珍本同，文淵閣本作「賣國姦利」，文津閣本作「賣國干利」。
③ 「攘夷狄」，原作「練軍實」，據歷代名臣奏議卷二二三改。

俅等壞之，而勸沮之法廢，驕惰之風成，出戍則亡，遇敵則潰，小則荷戈攘奪以逞，大則殺掠嬰城而叛①，天下可用之兵無幾矣！唐史有云：「置兵所以止亂，及其弊也，適足爲亂；又其甚也，至困天下以養亂。」今日之勢蓋幾于此。改弦易調，顧可緩乎？

伏覩建炎元年十一月，詔侍從以上各具所見，攷古軍政可行于今者，條具以聞，逮今累月，未聞有所獻納，以副陛下大有爲之意者。今朝廷雖有置振華新軍指揮，議者尚慮招集、選擇未易充數，循習效尤，或蹈前轍，及所以給養之具、訓練之要、節制之方亦當講求。臣竊過計，以謂防秋之期止三數月，寸陰可惜，窮日力以圖之，尚恐不及。欲望睿慈申嚴去冬之詔，或責以旬月，使悉意開陳；或召至中書，給筆札條具，庶幾博採衆智，宜有可行，而陛下詔令不至虛出。取進止。

又論大臣當講究防秋劄子

臣伏見陛下駐蹕建康已四十日，敵師止于東平，防秋近在旬月，而經畫設施未見端緒②，中外憂恐，不知所出。近嘗頒降防秋之策十有六條，人未以爲然，内外臣僚駁論甚多，臣亦嘗條上其失，特蒙開納，未聞施行，而前日指揮布在遠邇，擾而無補，恐必誤事。兼又江北未有措置，官吏、兵民莫不疑沮，以爲朝廷置之度外矣。臣竊惟今日保有江南，宜圖萬全，一有蹉跌，覆水不救，非若前日維揚尚有南渡之計也。

訪聞大臣在政事堂，雖窮日力，頗亦困于文書之冗、賓客之勞，不得專意于經濟之務。蓋所謂文書者，多常行細事；所謂賓客者，率干求差遣。敝精神于無補，使其少休，僅容食息而已，豈復更能有所經畫？日月逝矣，臣竊惜之。臣欲望睿慈詔諭大臣，撥置常行文書付之都司或六曹長貳一面行下，除授、差遣則更加攷覈，引用恬退之士，以息奔

① 「殺掠」，四庫本同，歷代名臣奏議卷二二三作「殺將」。
② 「端緒」，歷代名臣奏議卷三三五、聚珍本、文淵閣本同，文津閣本作「允當」。

競，庶得凝神静慮思所以備禦之策，若之何而拒戰，若之何而固守，若之何而將士用命，若之何而資糧不乏。朝夕講究，以次施行。不然，則與去年秋冬無以異也。昔漢王吉言于宣帝曰：「欲治之主不世出，公卿幸得遭遇其時，未有建萬世之長策，舉明主于三代之隆。其務在于簿書期會、斷獄聽訟，非太平之基也。」唐太宗謂房玄齡、杜如晦曰：「比聞聽受詞訟，日不暇給，安能助朕求賢乎？」因敕：「尚書細務屬左右丞，惟大事應奏者乃關僕射。」此皆前世之明法。又況今日艱難多故，尤當急所先務，惟陛下留神，天下幸甚。取進止。

又論江北知州防秋劄子

臣竊謂防秋之策，莫先于江北，而措置備禦，莫急于郡守。今去防秋纔一兩月，淮甸之間，郡守闕而未除者，揚州、黄州是也；除而未到者，光州之吕某、壽春之張某、楚州之劉某是也；有耄昏而無能爲者，蘄州王某是也；有罷懦而不事事者，無爲軍之王某是也。欲乞睿慈將見闕去處早賜差除；未到之人，促令之任；其日月已久，計程未到者，量加謫罷；不可倚仗者，别行選差，庶幾秋冬不致誤事。取進止。

又應詔論防秋利害劄子

臣準本臺牒：準尚書省劄子，奉聖旨防秋在近，朝廷雖已措畫，尚慮未盡，令行在侍從職事官條具利害實可施行事聞者。臣伏覩朝廷措畫防江利害，止是江南一岸事宜。臣以謂江北先爲之防，然後江南可守。何以言之？江北諸州類經殘破，無兵可用，無糧可食，他日賊至①，官吏遁逃，則賊據城市②，修器械，具船筏，與我對壘，磨以歲月，爲患

① 「賊」，原作「敵」，據歷代名臣奏議卷三三五改。
② 「賊」，原作「敵」，據歷代名臣奏議卷三三五改。

實大。臣故曰江北先爲之防，然後江南可守也。然而江流綿遠，南自荆南而至平江，北自漢陽而至通、泰，當國家傷殘之餘，兵有所不足，力有所不逮，而又高郵、楚、泗寇攘未静①，誠亦難矣。今日之計，當並力招捕淮南之寇，一面措置防拓以爲限隔，且示朝廷不以江北之地置度外也。夫江流雖遠，古人以謂猶人之一身，皆可受病，而備禦風寒，不過數處，蓋亦先其所急後其所緩耳。使賊由襄陽②、荆南順流而來，則南岸之兵及水軍戰船如今所畫足矣③。若由京東而來，則當禦于楚、泗。若由京西而來，則當禦于廬、壽、光、濠以拒其衝，次于蘄、黄、舒、和以斷其渡，此皆所急之地也。仍各差兵將，量給錢糧，付兩路制置使同守倅、監司，參以民兵，相地形之險易④，隨宜措置，務要明遠斥堠，豫知敵情，然後在我之計可行矣。古之都江南者，豈專大江之險而能卻敵哉？亦必有制勝之道，而强弱衆寡蓋不論也。苻堅以百萬之師而窺晉室，自謂投鞭于江足斷其流，可謂强矣。晉令謝玄兵纔八千⑤，乃絶淝水，決戰而勝之。今使賊由京東西⑥、淮南爲南渡之計，則當效東晉之拒苻堅，然後爲得也。曹操入荆州，得船、步兵數十萬而下吴會，水陸俱進，可謂强矣。吴遣周瑜纔精兵三萬，逆戰于赤壁而勝之。今使賊由漢江⑦、荆南上流爲南下之計，則當效孫權之拒曹操，然後爲得也。若止區區自守江岸，不爲進取之謀，竊恐未爲得策。又況狄人長技惟恃鞍馬⑧，彼捨鞍馬，從

---

① 「寇攘」，原作「干戈」，據歷代名臣奏議卷三三五改。

② 「賊」，原作「敵」，據歷代名臣奏議卷三三五改。

③ 「如今所畫足矣」，四庫本同，歷代名臣奏議卷三三五作「如今所畫之策可以禦之矣」。

④ 「險易」，原作「儉易」，據四庫本、歷代名臣奏議卷三三五改。

⑤ 「八千」，諸本同，歷代名臣奏議卷三三五作「八萬」。按：晉書謝玄傳：「及苻堅自率兵次于項城，衆號百萬。詔以玄爲前鋒，都督徐兖青三州、揚州之晉陵、幽州之燕國諸軍事，與叔父征虜將軍石等距之，衆凡八萬。」另據聖宋名賢五百家播芳大全文粹卷一一引張守謝赦書表：「臣聞晉鏖苻秦於淝水之上，猶勤八萬之師」，疑「八萬」是。

⑥ 「賊」，原作「敵」，據歷代名臣奏議卷三三五改。

⑦ 「賊」，原作「敵」，據歷代名臣奏議卷三三五改。

⑧ 「狄人」，原作「敵人」，據歷代名臣奏議卷三三五改。

舟楫，已非所利。我以舟師禦之，則以我所易攻彼所難，擊于上流，誠爲至計。若廬、壽、光、楚、泗、蘄、黃、舒、和不能防遏，或不幸而渡江，則亦當急擊于中流，使不得濟。若其及岸，則勢力十倍矣。昔魏文帝以十餘萬衆欲渡江，見波濤洶湧而歎曰：「嗟乎！固天所以隔南北也。」遂歸。則江亦未易渡也。所可深慮者，將驕卒惰，望風畏怯，敵人未至，曳兵而走，則雖大江之險，亦不足恃也。今必上自御營使，下委制置使，督厲將士，三令五申，上下連接，左右應援，一有逃避，不問大小衆寡，必正軍法，然後此弊庶可去也。且以前日諸處郡守或望風棄城，或開門投拜，皆當正典刑也。今雖至甚者，不過貶官二等，極止放罷，竊恐他日賊至①，皆不復固守矣。前日所遣將帥或不戰而遽返于中途，或無功而徘徊于他路，皆當正典刑也，今既置而不問，又從而超加爵秩，極于尊崇，竊恐他日遣將，亦不復拒戰矣。此在今日，最爲可憂。

臣愚欲望陛下詔諸路帥守及防秋所遣將帥，諭以前日逃遁失守、逗遛無功之人，蓋緣朝廷已前號令不明，失于申警，聊示寬恩，以責後效。自今以往，復蹈前轍，必誅無赦。亦復三令而五申之，庶使玩法廢職之人有所警懼。防秋利害，莫大于此。狂愚之言，惟陛下裁擇。取進止。

乞疏決獄囚劄子

臣伏以國家自祖宗以來，哀矜庶獄，盛夏之月，必御便殿，疏決在京見禁罪人，以及三京，行之積年，未始或廢。比自金人侵擾，去歲陛下即位于艱難之初，不及舉行，人雖不能無疑，猶以謂陛下龍飛已肆大霈，或可暫罷。至如近日暑氣漸隆，囚禁不少，祖宗令典，不宜廢闕。雖云鑾輿暫駐淮甸，而京師諸夏之本，已降詔聚糧以圖還闕，德澤所先，宜不可後。伏望聖慈檢會故事施行，緣大理寺獄並在行在，所有揚州亦乞權依四京施行。謹録奏聞，伏候敕旨。

①「賊」，原作「敵」，據歷代名臣奏議卷三三五改。

論盜發本路監司帥臣不即捕治劄子

臣伏以盜賊竊發，責之巡尉；巡尉不能制，責之守倅；守倅不能制，責之監司、帥臣；監司、帥臣又不能制，然後命將出師，以致天討。此祖宗以來，上下内外維持治功不易之理也。近緣金人繹騷，草竊時起，合黨嬰城以逞其暴，巡尉、守貳或不能制，則監司、帥臣之責也；而監司、帥臣往往陰拱，坐視一方之魚肉塗炭而莫之恤，必待王師之至，然後敢前，則朝廷何所望于監司、帥臣耶？

近者秀州軍賊爲變，本路監司固當帥先統一路之兵薄于城下，攻圍殄滅，借其未能，猶可以折姦鋒而備衝突也。殆踰旬月，大兵將至，而提刑王翿尚留湖州，趙哲尚留平江府界上，漕臣留杭州，無一人肯至秀州城下者，必待張俊大軍入境而後稍集。夫以秀賊纔四百餘人，而浙西八州廂、禁將兵、新舊弓手無慮萬人，合從撲滅，直差易耳，而乃環視不進。若非陛下駐蹕在邇，出師遣將，捷于建瓴，豈不滋惡稔禍，養成大寇，以貽朝廷之深憂耶？蓋緣異時錢塘、鎮江之寇盡仰成于王師，而一時監司皆置不問，遂乃玩習顧望，以爲當然。臣恐他日六飛回馭，而江浙之間復有狗吠之警①，則國家本根之地，一委之度外矣。日者建州之寇，亦以監司非人，涵養半年有餘，卒不能制。苟玩之弊，不可不懲，所有浙路監司等，不即會合城下討滅秀賊之罪。伏望睿斷特賜施行，不可謂賊已平蕩而忘後來之患也。取進止。

---

① 「復有狗吠之警」，原作「復有警」，據文淵閣本改。

毘陵集卷二

劄子

論淮西科率劄子

臣伏自陛下踐阼以來，詢求民瘼，德音屢下，丁寧惻怛，凡擾于民者一切蠲罷，所以固結人心而建中興之大業也。近復有臣僚上言，州縣于百姓户下科率金銀錢米，已蒙聖慈令監司按劾，重寘典刑。臣竊聞淮西提刑司緣壽春府霍丘縣屯駐高武略人馬，公行文移于壽春府、廬、光、濠州，每人户家業錢一千貫，逐人月納錢一貫、米一石，前去霍丘縣送納。其小貼子云：「如本縣不即均敷，必定分撥高統制人馬于本縣駐劄，雖至小縣，亦令每月認定千緡、千石。」

臣契勘今之家業及千緡者，僅有百畝之田，税役之外，十口之家未必餬口。今更使之歲别出錢一十二千、米一十二石，而送納、脚剩之費，因緣乞取之弊又在數外，理難供輸，供輸不前，必亡而爲盜矣。又況淮西數州皆遭丁進及羣盜經過，民力已乏而重困之，體國愛民者固如是乎？初無朝旨，擅行科率，德音踵至，恬不爲念，奉法遵職者固如是乎？且州縣科率，爲監司者即當奏劾，而躬自爲之，何以廉按一路？既自知非法，廬州縣不從，乃欲移屯人馬以恐制之，又豈部使者所以待部屬之理也？欲乞聖慈特賜究治施行。竊慮諸路更有似此去處，亦乞申嚴戒約。所有霍丘縣高武略人馬，聞亦係招安賊徒，亦乞早賜措置分屯①，庶幾不至姦吏因緣侵擾良民，而陛下之德意實惠不爲虚文

① 「乞」字原脱，據歷代名臣奏議卷二五八補。

也。取進止。

又論淮西科率劄子

臣近覩舒州太湖縣税户程繼亨等經御史臺陳訴，稱本縣追唤勸諭，出備人夫、錢糧、材植、甎瓦等赴州築城。今來舒州城基東北兩壁盡臨溪河沙坝之地，逐年山水泛漲，衝蕩不常，雖有古迹，半在溝浸之處，難以回互。設或成就，即基址不堅，至春夏間山水復泛，隨即頹毁，所費浩大，實爲搔擾。具到畫一事件，内太湖一縣總計費錢四十八萬八千餘貫，本縣自第一等至第四等人户家業止有四十九萬五千餘貫，今竭盡本縣人户累世所積活業，僅能當上項所科之數，委是破蕩百姓家産。及自靖康元年以來，爲軍興之時，官司節次于人户名下備貸錢銀糧斛，應副本縣弓手①、民兵、戰馬，及諸處勤王兵馬經過，又經賊盗燒劫，人户失業甚多。今來築城所費，以民間實直，約用錢三百五十萬七千餘貫，雖蒙朝廷給降度牒一百道計二萬貫文，尚不及百分之一，其餘皆盡出民間，不惟人户困乏，又盜賊未息，商旅阻隔，亦無人承買，緩急官司催督，枉遭刑責等事。

臣訪問舒州自軍興以來，累經科率及盜賊經過，人户至今未敢歸業，而修城之費數倍他州，竭民之産，未必可成。又聞提刑司節次催督，未見毫髮之利而害已不貲。設使竭民力以成之，未必有能守之人，可守之糧也。今據人户所陳，欲望睿慈委官體究詣實，或稍候人歸業，檢計實費，漸次修整，庶免搔擾離散之患。取進止。

又論軍期科率劄子

臣伏見州縣軍興以來，用度不繼，或緣修城，或緣犒賞，勸委人户各出錢米，迫以軍期，恐以軍法，莫敢稽緩，民力

---

① 「應副」，原作「應分」，據文淵閣本改。

重困。雖朝廷禁約三令五申，然一時之急，冒法趣辦或不能免，故法令或有時而不行。加以州縣貪吏誅求無藝，費出無節，以所裒率謂不係省司錢物，收支不明，私自潤入，監司無由按察情弊。欲乞聖慈申嚴舊法，如有緩急收到軍期錢米，並仰本州收附赤曆，分明支遣，知、通書押結，轉監司所至取索點檢驅磨，庶幾不至重斂困民，以稱陛下惠綏元元之意。取進止。

乞詔大臣講求政事之大者劄子

臣聞天下之勢，曆數脩短存乎天，强弱治亂本乎政事。在天者不可爲，而政事之在人者，不可不勉也。竊惟國家承平之久，振古未有，而夷狄之禍①，亦振古之所無。然而祖宗德澤之深，基本之固，曆數延洪，與天無極。陛下以神武纂承，四方延頸拭目以觀中興，則内修政事，外攘夷狄②，在于因時設施，以隆不拔之勢。仰惟陛下憂勤仄席，日再御朝，而公卿羣臣上體焦勞，廢休澣，窮日力，孜孜奉國，不爲不至矣，然未見赫然有所施設，以慰天下之望也。夫扶顛必期于正，持危必期于安，援天下之溺必期于獲濟，固宜賢者盡其慮，智者竭其策，勇士奮其節，怯士勉其死。若乃遵常守故，濟濟相遜，而勞形怵心于簿書米鹽之間，臣恐未足以致太平也。

恭聞太宗皇帝嘗謂大臣曰：「卿等所奏簿書，乃是常事，惟時務不便，尤須極言其失③。」又以在位諸臣自負才術，既用之後，罕有悉心當事者，以責任大臣。今兹艱虞，聖哲馳騖不遑之時，尤當愛惜寸陰，以急先務。又況今春金寇踐蹂京西④，殘及陝右，意其秋冬之間，必大舉深入，汲汲爲備，猶恐不及也。

① 「夷狄之禍」，原作「敵國之患」，據歷代名臣奏議卷九〇改。
② 「内修政事外攘夷狄」，原作「内修外攘」，據歷代名臣奏議卷九〇改。
③ 「尤須」，原作「大須」，據歷代名臣奏議卷九〇、續資治通鑑長編卷二五、太平治迹統類卷三、四庫本改。
④ 「金寇」，原作「金人」，據歷代名臣奏議卷九〇改。

臣願陛下詔執政大臣，惟以治軍旅、選將帥、嚴守禦、廣儲積、搜求人材、慰安人心係政事之大者，專意講求；凡細微不急之務，付之都司六曹長貳，檢詳祖宗法令，處決行下。庶幾精神心術不致煩勞，日力不致虛費，有以上助陛下大有爲之意，仰答太宗所以爲子孫無疆之圖也。漢王吉有云：「欲治之主不世出，公卿大臣幸得遭遇其時，言聽計從，而未有建萬世之長策，舉明主于三代之隆，務在簿書期會、聽斷訟獄，此非太平之基也。」宣帝用是總覈庶政，以致中興。臣之區區，誠有望于今日。臣言狂瞽，惟陛下裁擇。取進止。

乞戒諭諸將劄子

臣近者具奏，乞豫爲備禦之計，頗蒙聖慈特賜采納。今者伏聞敵兵遽入，復奪河南，驅率諸叛，分據要地，遠近驚駭，流竄失所。恭想深軫聖慮，臣不勝悚懼。當炎暑之際，未必長驅而深入，然無恃其不來可也①。仰惟陛下神謀內斷，必無遺策。然朝廷所恃者，三大將之兵，使其協謀同力，則敵國雖強，豈能窺覦？然遠近之論，猶慮大將所見不一，或失其機會。今日之憂，無大于此者。

臣本路鈐轄張琦者頃在僞齊，踰年而歸。臣嘗詢攷彼國事宜，琦云彼所謂四太子者，每見必問本朝曲折，嘗言本朝諸將不和，若興兵攻之，決不相救援，遂有輕視本朝之意。是知諸將協心，則破之必矣。欲望聖慈特降親筆，授以成算，仍遣大臣諭旨，見可而進，不分彼此，務在破敵。雖地界之遠近，錢糧之有無，亦許相通，首尾應援，如常山之蛇，則以此衆戰，何往而不克矣！臣衰病不足以策大事，區區過計，實以國之休戚，大臣所同，故敢冒獻狂瞽，惟陛下裁赦。取進止。

① 「無」，聚珍本、文淵閣本同，文津閣本作「不可」。

聞車駕親征劄子①

臣伏聞金人窺伺淮甸，遣將出兵，俟有警急，陛下親統六師，往臨大江。臣竊惟金人恃勝憑陵②，爲日已久。陛下引避，累年練兵蓄鋭。將士思奮，人百其勇，而又暫迂清蹕，親臨江滸，殆天心悔禍，恢復中原之時也。臣限以守藩在遠，不獲執靮以扈屬車，瞻望行殿，神魂飛揚。伏望睿慈上念祖宗社稷之重，俯察億兆愛戴之切，量敵制宜，以爲進退。時序尚嚴，竊恐蒙犯霜露，少勞聖躬。更乞次舍之間，益嚴衞養。六軍在行，所須或闕，願效區區犬馬之誠，敢不竭盡，圖報大恩。臣無任感泣之至。取進止。

乞訪復徽稱劄子

臣伏見自渡江以來，圖籍散亡，祖宗謚號，有司不復省記，故于節朔祭享止稱廟號，貶去徽稱③，于義未安。臣竊恐行在臣僚之家或有收得祖宗謚號，乞從朝廷訪問抄録付太常，以稱陛下寅奉宗廟之意。取進止。

論守禦劄子

臣伏讀六月二十八日詔書，其略以謂：「隆祐太后以及六宮前去江表，百司庶府並令從行，與二三謀臣、宿將、士庶、軍人戮力同心，以備寇敵④，進援中原。念社稷之與存，蹈鋒鏑而罔避。」遠近感悦，以爲陛下志存宗社⑤，先民後

---

①「聞」，文淵閣本作「諫」。
②「金人」，聚珍本同，四庫本作「驕敵」。
③「貶去」，原作「未具」，據文淵閣本、永樂大典卷一三三四五引張守毘陵集改。
④「戮力同心以備寇敵」，原作「戮力備敵」，據歷代名臣奏議卷三三五改。
⑤「宗社」，原作「社稷」，據歷代名臣奏議卷三三五、永樂大典卷一四四六四引張守毘陵集改。

己，顒顒之望，遂得所屬。今則六宫、百司啓行半月，防秋之事未甚就緒，而淮甸之間兇渠未靖，貽將來之憂；輦轂之下，人心動摇，無保聚之意。

竊謂陛下欲移蹕以避寇鋒①，遠近憂疑，殊無固志。臣固知廟堂之議未必然，然而士庶之情不能户曉，悠悠之談，牢不可破。蓋以但見江上守禦未有措置，雖已點集民兵，恐不可恃也；建康城池未甚深峻，雖已本府修治，恐不能成也；兼謂江北賊路不一，而一杜充不能盡禦也。以此三者，便謂六飛不爲固守之計，前日之詔，恐成虚文。臣亦私憂備禦之策亦有未至，今日已迫矣，姑舉其簡易可行者，願早爲之所。

臣聞兵有先聲而後實者，今日官兵微弱，盍亦大振起之？行在之兵不計多少，宜于建康府城之外以至江下分置營寨，多設旗鼓，星列碁布。責之將領拊循訓練，早晚教閲，使鉦鼓之聲常聞于數百里外。仍又間于虚寨設疑兵以助聲勢，則大江之北偵我有備，默銷姦謀。日遣御營使副一員躬行按閲，事藝稍精，立加旌賞，小不如令，必正軍法。每旬日則陛下一親臨按閲，而又大賞罰之，則士氣激揚，人自賈勇，必有可用之實，豈惟先聲而已哉！所有沿江防拓，即乞先用本州縣廂、禁、土軍、弓手，如或不足，則益以民兵，庶不專恃不教之民以捍方熾之虜也②。所有建康府修築城壁、樓櫓，即乞暫那諸軍併力修治，責以旬日畢工，庶不以輦轂之重而同州縣之役也。如此，則行在軍民必有爲陛下效死弗去之意，如有緩急，徐爲進退。然而所向之方亦當豫定，以防襲逐之患，尤所不可忽者。今日之事大且急無以加此，其他瑣瑣皆不足爲陛下道。如有可采，即乞睿斷早賜施行。取進止。

論守禦劄子

臣伏見陛下上念宗社之重，遠懷二聖、母后，思還京都，形之詔音，中外感悦。然而西京未静，糧餽未充，千乘萬

① 「寇鋒」，原作「其鋒」，據歷代名臣奏議卷三三五、永樂大典卷一四四六四引張守毘陵集改。
② 「方熾之虜」，原作「方熾之鋒」，據歷代名臣奏議卷三三五改。

騎，難遽啓行，而防秋之期纔一兩月，秋高馬肥，長驅深入，其控扼之地，其守禦之方，所當聚兵，所當積粟，蓋非一途。雖廟謨密議未易測知，而臣區區之私憂不能自已，日夜念慮，敢復貢其狂瞽之説。

臣聞兵法曰：「無恃其不來，恃吾有以待之也；無恃其不攻，恃吾之不可攻也。」況金賊猖獗，兇焰尚熾①，有必來必攻之理，則爲備可少緩乎？臣竊謂其來犯淮甸凡有四路②：其一中路，自兩京趨東京，沿汴河由天長以來，則衆人常行之路，凡一千七百八十里，可以控扼守禦者，南京、宿、泗、天長軍是也。其一東路，自滄、濱趨京東，由淮揚軍絶淮入楚州而來，則自北直南大路凡一千九百里，可以控扼守禦者，青、沂、淮、揚、楚州是也。其一西路，自西京趨潁昌、蔡州、順昌府、廬、滁、真州而來，則自西北而至東南凡一千八百一十五里，可以控扼守禦者，順昌、廬、滁、真州是也。其一上流，自西京、潁昌、唐州至于襄陽凡一千一十里，絶襄江而至荆南則一千二百九十五里，自西京、潁昌、蔡、光州而至黄州則一千三百六十里，皆可沿江順流而下，可以控扼守禦者，襄陽、荆南，江之北則漢陽、黄、蘄、和、滁、真州；江之南則岳、鄂、興國、江、池、太平州是也。四路之中，又有要害之地：中路則泗州據淮，天長據險爲可禦；東路則青州據穆陵關，楚州據淮陰爲可禦；西路則廬、壽爲可禦；上流則襄陽、荆南、蘄、黄爲可禦。不幸順流而下，則沿江諸州各據地利以臨之，合從共禦，庶乎其可也。然當今之勢，欲控扼守禦則無人，欲聚兵積粟則無財，仰給漕計不足③，横取民力而民力已困，然亦豈以此而坐待其至耶！

伏望陛下詔諭大臣，取四路守倅帥臣，銓擇能否，易其尤不才者，然後于要害之郡各賜緡錢，視大小爲等差，責之募戰士，責之儲芻粟，責之繕甲兵，使明斥堠，公賞罰，進相援，退相保。陛下親降手詔，委曲鐫諭，許以便宜，使之夙夜盡力捍蔽，效死弗辭。如俟緩急臨時指揮，決難辦集。書曰：「惟事事乃其有備，有備無患。」伏願陛下思惜寸陰之

---

① 「況金賊猖獗兇焰尚熾」，原作「況金人之燄尚熾」，據歷代名臣奏議卷三三五、永樂大典卷一四四六四引張守毘陵集改。

② 「來犯」，原作「來乞」，據文淵閣本、歷代名臣奏議卷三三五、永樂大典卷一四四六四引張守毘陵集改。

③ 「仰給漕計不足」，永樂大典卷一四四六四引張守毘陵集、四庫本同，歷代名臣奏議卷三三五作「仰給漕計而漕計不足」，意優。

義而早圖之，天下幸甚。取進止。

再論守禦並乞豫措置六宫百司府庫劄子

臣恭惟陛下時巡四方，駐蹕淮甸，還闕之意，屢形詔音，然而鞏、洛未清，糧儲未廣，兵力未强，國勢未振，雖遣馬慎應援河北①，竊恐烏合之衆未能必其有功；雖遣信使相繼祈請，竊恐狼子之心未能必其退聽②。臣昨論奏四路防秋，擇其險阨以備守禦，然猶恐兵民之心望風畏怯，亦未必其能截然堅守以爲捍蔽也。又況揚州四達之衝，城不若京都之高厚，池不若京都之深廣，旁無高山大河之阻，近無强藩重鎮之援，而六宫在行，百司扈蹕，以至府庫、倉廩③、輜重甚多，動静之間，利害相絶。設或一旦有意外之警，前禦强敵，後逼大江，臣恐良、平之謀，賁、育之勇，或無以善其後。欲望睿慈詔督四路帥守、監司措置把隘事宜，條具以聞，鐫諭切責，使之合從連衡，扼其要害，遏其奔衝，不止爲嬰城自守之計，然後稍可恃也。仍詔大臣審度事機，如六宫、百司與夫府庫之積，豫行區處以圖萬全；而陛下與羣臣專俟守禦，徐爲後圖，則進退周旋，庶幾簡易而不煩，從容而不迫矣。臣愚戇不足以策大事，惟陛下留神，天下幸甚。取進止。

應詔論備禦劄子

臣準御史臺承都省劄子：臣僚上言邊事未寧，乞大詢衆庶備禦之策，奉聖旨行在職事官具所見聞奏者。臣竊以金人自去冬以來破澶、濮、德、魏，側聞游騎及于濟、鄆④，未有退師之期。聖心焦勞，主憂臣辱，敢不自竭，圖裨補于

---

① 「馬慎」，即「馬擴」，避諱改。
② 「狼子之心」，原作「敵人之心」，據歷代名臣奏議卷三三五、永樂大典卷一四四六四引張守毘陵集改。
③ 「倉廩」，原作「倉糧」，據歷代名臣奏議卷三三五、永樂大典卷一四四六四引張守毘陵集改。
④ 「及于」，原作「又干」，據歷代名臣奏議卷三三五、永樂大典卷一四四六四引張守毘陵集、建炎以來繫年要録卷一九改。

萬分。臣觀今日强弱之勢，理難與之決一旦之勝負。雖已遣范瓊、韓世忠會師東北，固已盡國之勢力以事備禦，不過如此矣。然謂二將之兵可恃以無恐，則非臣所敢聞也，是宜廣詢計策，以圖萬全。

臣竊謂今日莫先于遠斥堠①，使平安警急之報速聞于朝廷。昔三國時，烽火一夕行于萬里，而前日北京失守，二十餘日而後知之。臣謂更宜措置探報，使之速聞，然後在我之計，可得而用也。今日之計，有二而已：一曰防淮，二曰渡江②。然二者固有利害，臣試爲陛下陳之。

何謂防淮利害？使賊由常道而來③，則可防者有三：自南京、宿州而來，則泗州爲可防；自東平、青、沂入海州而來，則楚州爲可防；自青、沂入淮、揚而來④，則楚之淮陰爲可防。三路皆須渡淮，則凡淮北舟船盡拘留淮南，我屯重兵，據地利臨之，賊未必能遽渡⑤，而維揚可以苟安⑥，此防淮之利也。然而有三患焉。一則我師惰驕，勇于私鬭而怯于公戰久矣。萬一賊騎抵淮⑦，則望旌旗而變色，聞鉦鼓而失聲，其不潰散者幾希，而勝敗蓋不論也。則今日之防淮，猶向日之防河矣，此一患也。二則淮北舟船不能盡收，斬木繫筏亦或能渡，此二患也⑧。三則賊或偵知有備⑨，出吾不意，由間道而來，或以精鋭先絶吾渡江之路，則坐受危困，此三患也。

何謂渡江利害？大約三倍于河而五倍于淮，金人之所不測，而勞師襲遠，又非其利。我宿重兵于建業、鎮江，亦

① 「遠斥堠」，原作「建斥堠」，據歷代名臣奏議卷三三五、永樂大典卷一四四六四引張守毘陵集、建炎以來繫年要録卷一九改。
② 「二曰」，原作「一曰」，據四庫本、歷代名臣奏議卷三三五、永樂大典卷一四四六四引張守毘陵集改。
③ 「賊」，原作「敵」，據歷代名臣奏議卷三三五、永樂大典卷一四四六四引張守毘陵集改。
④ 「沂」，原作「忻」，據聚珍本、四庫本、歷代名臣奏議卷三三五、永樂大典卷一四四六四引張守毘陵集改。
⑤ 「賊」，原作「敵」，據歷代名臣奏議卷三三五、永樂大典卷一四四六四引張守毘陵集改。
⑥ 「維揚」，原作「淮揚」，據歷代名臣奏議卷三三五、永樂大典卷一四四六四引張守毘陵集改。
⑦ 「賊騎」，原作「敵騎」，據歷代名臣奏議卷三三五、永樂大典卷一四四六四引張守毘陵集改。
⑧ 「此二患也」，原作「此一患也」，據文淵閣本、歷代名臣奏議卷三三五、永樂大典卷一四四六四引張守毘陵集改。
⑨ 「賊」，原作「彼」，據歷代名臣奏議卷三三五、永樂大典卷一四四六四引張守毘陵集改。

據地利以臨之，則賊未必能遽來①，此渡江之利也。然亦有三患焉：一則鑾輿南巡，去中原益遠，而中原之民，易以動摇，此一患也；二則行在之兵多西人也，未必樂于南去，恐或肘腋生意外之事，此二患也；三則行在之兵不多，鑾輿既動，則必宿兵于淮上，亦必宿兵于揚州，又必有扈蹕而行者，兵分勢弱，一有緩急，何以禦敵？此三患也。惟其利害相形，故搢紳之論遂不能決。若爲保守中原之計而幸其不至，則防淮之策爲得也。若爲宗廟、社稷之計而出于萬全，則渡江之策爲得也。今權輕重之宜、緩急之勢而不得已，則姑爲南渡之計，庶乎其可也。然而所謂三患，不可不豫爲之謀。當權輕重緩急，别擇重帥鎮守維揚，則中原動摇未足憂也。先詔諸將以利害禍福强弱之説徧諭將士，使上下之情通，然後啓行，則西兵不樂非所憂也。建業、鎮江亦各擇重帥，使當一面，則兵分勢弱亦非所憂也。今渡江以圖萬全，非捨淮而不防也，特以淮不可恃而已。若止防淮而不爲渡江之計，則不可，蓋或淮不能遏，猝有三患，亦不免于避地，將見争舟競渡而指可掬矣。又況千艘相銜，出入兩閘，度非數日不能盡。若加促迫，必使畢于朝夕之間，亦恐舟未脱而漕河涸矣，則所謂渡江，亦非倉猝所能辦也。欲望睿慈詔大臣、將帥豫行區處渡江利害，使之盡善，以俟探報。臣故曰探報速聞，然後在我之計，可得而用也。或謂彼能渡淮，則亦能渡江矣，臣以爲不然。昔魏文帝以十餘萬衆欲渡江，見波濤洶湧，歎曰：「嗟乎！固天所以隔南北也。」遂歸。則金人未必能遽渡，理恐然也。【案】此下有闕文。

乞以大河州軍爲藩鎮劄子

臣伏見昨者車駕倉猝南渡，駐蹕錢塘，席未及暖，又遭肘腋之變。天人協佑，陛下復正大位，蓋勵精以圖中興之時。然越在江南，地勢褊狹，脱或一騎絶江而南，則立致顛沛。今宜汲汲措置，以期萬全。防秋之期不遠，兩三月間，忠臣義士所爲寒心。伏見向來被寇州郡往往堅守，近則一兩月，遠至數月，或至踰年而不能下。比年虜騎不

① 「賊」，原作「敵」，據歷代名臣奏議卷三三五、永樂大典卷一四四六四引張守毘陵集改。

至則已①，至則不過三數日輒破一郡，又或望風棄城，或開門投拜，未嘗接刃，取如拾遺，此在今日最爲可憂。

臣以爲與其委城于賊②，不如委之于守帥。今乞將大河州軍並倣唐藩鎮，慎擇守帥，而土地、人民一以付之，許一切便宜從事，凡經晝財賦、廢置官屬、治兵調法皆得自便，使之捍禦外寇，屏蔽中原。如虜騎侵軼而能殺敵退師③，固守無虞，則許世襲其地，庶幾人自爲戰，中原可得而保也。以至近裏州軍見爲番人所占據之處，能進兵克復者，亦乞準此。若或因其退師罔冒功賞，即乞朝廷嚴立罪賞施行。所有沿江凡可渡處，皆築堡壘，量屯人兵，使旌旗相望，鉦鼓相聞，仍遣大將一員，先爲防淮，次爲保江之計。【案】此下有闕文。

上殿論三奉使劄子

臣伏見朝廷決策用兵，財用爲急。經賦之外，薄有所斂，以權一時之宜，固非得已，已無復有異議也④。伏覩近降指揮，帥守諸司量留本處經費外，盡數起發，爲州縣、監司者，亦無敢不自竭，以效臣子之忠也。又覩近降指揮，江浙、湖南、福建州縣以田畝計，自一等以至五等，每畝約錢一百文足，州縣吏亦無敢稽違，以赴公家之急也。取經費之餘，則在官之財固無所遺矣；收田畝之賦，則在私之財亦無所遺矣。如是所得，宜亦不少。

又聞遣三奉使分路刬刷，遠近之人，似未能無疑也。竊聞奉使所刷，亦不過備坐前降指揮，督責經費之餘、田畝之賦，及催起其他上供之物而已。田畝上供，已有定數，責在有司，且知爲軍期所須，亦無敢稽留以誤國計，恐不必奉使刬刷而後辦也。若乃經費之餘，帥守、監司各欲自竭以效享上之意，奉使者一旦奄有以爲己功，已于人情有所未

---

① 「虜騎」，原作「敵兵」，據歷代名臣奏議卷三三五改。
② 「賊」，原作「敵」，據歷代名臣奏議卷三三五改。
③ 「虜騎」，原作「敵騎」，據歷代名臣奏議卷三三五改。
④ 「已無復有」，聚珍本同，文淵閣本作「當無復有」，文津閣本作「固無復有」。

安；而又所至未必盡得財賦之實，過之者或竭澤以妨支費，不及者或漏網以致欺隱，恐不若責之帥守、監司，使自起發之爲便也。儻或州縣已自起發，而使者無以藉手，則必不肯但已，將必拘收積欠與夫久陷不可催之虚數以塞責，非使者之過，亦其職使之然也。將來朝廷指準起發支用，則州縣受弊不可勝言矣！使上天悔禍，讎敵即滅，雖賦斂過厚，誰復有辭？萬一逋誅，少延歲月，則軍賞所資，尚須講求。

夫天下之財，不藏于公則藏于私，故善富國者，藏之于民，儻有遺餘，藏之公所，以爲後日萬一之計，此策之得也。臣愚以謂奉行三使可以寢罷，止令朝省移文催督，實爲利便。俟其稽違，則黜責官吏一二，以爲勸戒足矣。臣愚狂瞽，偶有所見，不敢緘默，惟陛下斷而行之。取進止。

進編類建炎時政記劄子

臣準尚書省劄子節文，建炎元年五月以後時政記未曾編録。奉聖旨，自建炎元年五月一日以後至建炎四年四月一日以前，各令元宰執省記劄送臣者。臣昨于建炎三年九月八日車駕幸平江府，蒙恩除同簽書樞密院事。今自當日以後省記編類，繕寫成兩册，謹隨劄子上進。伏望睿慈降付史館。取進止。

乞支軍糧劄子

臣契勘洪州官兵糧俸米，每月支六千石，一年計七萬二千石，常年蒙朝廷于上供米内取撥二萬石應副支遣。緣自紹興八年正月十八日指揮，受納苗米不許收耗，本州奉行不敢違慢，頓減米三萬四千餘石，計缺米五萬二千餘石。自臣到任，亦蒙朝廷體念急缺，三次指揮支撥三萬石，雖所欠尚多，不敢紊煩朝廷，止從本州擘畫收糴，那移借兑，僅能卒歲。又以去年旱傷，檢放苗米僅六萬石，所有官兵糧俸米並未有支準，若不求于朝廷，必致誤事。伏望體念減放耗米之後，加以旱傷，檢會年例，特與支撥三五萬石應副急缺。

乞除豁上供充軍糧劄子

臣伏覩近降赦書一項："訪問諸路州軍常税斛斗，轉運使盡將支撥應付别用，無以充本處軍糧，卻于受納税斛之時，大量出剩，準作軍糧指使。仰今後措置樁出本處軍糧，即不得别將他用。"竊詳朝廷之意，惟恐斂之于民，德意寬厚，黎元欣戴。臣今略計江西一路十一州軍，秋苗舊額一百六十餘萬石，上供年額一百二十六萬餘石，起發之外，有三十餘萬石以爲州縣歲計支用。自經兵火以來，人民凋散，田畝荒蕪，諸縣各有倚閣，税賦所納苗米，僅能了足上供，無復少有贏餘。經常之費，惟仰加耗。紹興七年閏十月十四日指揮，江東西受納人户税租收納耗米，每斛加一升，舊例不同處依舊。一路收耗，通不及一萬石。州縣軍兵張口待哺，官吏仰禄，不可欠闕，是其所入頓減而所費仍在，倉廪空匱，何所從出？所用之數，復取于民，不過巧爲名目，陰肆箕斂，名雖蠲減，而實未嘗減也。

緣本路苗米樁辦上供尚懼不足，亦何暇支撥别將他用？欲乞特降指揮下轉運使，將江西諸州軍逐年贍養官兵經常之費會計實數，于當年苗米内支撥應付，其上供歲額，對數除豁。如敢加數支破，重寘典憲。庶幾實惠及民，以稱陛下至誠惻怛之意，所加赦恩，不爲文具。取進止。

論大食故臨國進奉劄子

本部準尚書省劄子節文，據廣南市舶司奏："近據大食故臨國進奉人使蒲亞里等狀申，奉本國蕃首遣賫表章、真珠、犀牙、乳香、龍涎、珊瑚、梔子、玻璃等物前來進奉。"七月十六日，三省、樞密院奉聖旨："真珠等物令市舶司估價回答，其龍涎、珊瑚、梔子、玻璃津發赴行在，劄付本部施行。"

臣契勘自來舶客利于分受回劄，誘致蕃商冒稱蕃長姓名前來進奉，朝廷止憑人使所持表奏，無從驗實。又其所貢多無用之物，賜答之費數倍所得。臣竊以謂方朝廷汲汲于自治之時，而又陛下躬履儉素，珍奇之物亦復何用？所有今來大食故臨國進奉，伏望聖慈令廣州論旨卻之，以示聖明不寶遠物，以格遠人之意，兼免財用之侵蠹，道路之勞費。仍乞自今諸國似此稱貢者，並令帥司諭遣，庶幾漸省無益之事。取進止。

毘陵集卷三

劄子

論幸蜀劄子

臣觀今天下之勢，猶人之久病，脈理微弱，氣息僅存，將力攻而峻補之，則變生意外。而善醫者不過調適其寒温，滋養其血氣，絶其風邪所入之源，徐俟氣息稍平，脈理稍壯，可勝藥石，則從而治之，然後爲得。側聞道路之言，以謂陛下將幸西蜀，遠近震駭。未審誰爲陛下畫此計者，萬有一出于此，則無異疾病危惙而復朝補而暮下之，豈不殆哉！臣既風聞，不敢循默，若俟已降指揮，則過在朝廷，臣雖力言，恐或無益，故于未行，願爲陛下畢其説。

伏自天降禍虐，二聖播越，九族遷徙，祖宗二百年之基業，四方億兆之所屬望者，陛下一人而已，非出萬全，豈可輕動？冒險遠狩，于義未安，一不可也。陛下駐蹕江左，去蜀萬里，將泝大江，取夔峽而行，則風濤之險可虞；將由漢上取金、房而行，則盜賊之警未靖，二不可也。五軍將士、禁衛班直扈從久勞，人思息肩，一旦復爲萬里之行，跋涉險遠，必生肘腋之變，三不可也。淮南西、漢上數經剽攘，因以饑饉，穀價騰踊，州縣空虚。屬車經由，供億難辦，四不可也。東南今爲國家根本之地，陛下既已遠適，則姦雄必生窺伺之意，則是舉根本之地而棄之，而敵人之暴尚未論也，五不可也。借無姦雄輒生窺伺，而苗傅、劉正彦竄身東走，未知所止，彼知六飛之西，則必擣江浙之虚以逞其暴，六不可也。議者必謂蜀中險固可守，臣以謂昔以劉備之才，用諸葛亮之佐，僅保區區之蜀，卒不能復中原尺寸之地，尤而效之，未見其利，七不可也。今日將士多陝西之人①，往往或勸陛下爲此行，以蜀近關陝，可圖西歸，此不過將士自爲計耳，非爲陛下與國家計也。他日抵蜀，潰散而歸，豈不危甚？八不可也。國勢稍弱，士卒驕惰，各將家屬以自隨，北自鎮江，西至金陵，纔三程之近，坦夷之途，偶值雨淖，疾病疲羸，跬步千里，愁歎咨怨，相繼于道②。若更冒險遠，不即生變，決致攜離，九不可也。或謂幸蜀之議，朝論祕密，臣以謂巡幸大事，實繫安危，固當博采羣情，詢究利害，非猶兵事邊機，當尚神密，此必獻議者亦慮難行，欲售其說，豫防人言，十不可也。

凡此十者，利害明甚，以陛下英睿，豈不盡知？但恐陛下急于救焚拯溺，不憚險阻，姑從其言，如宗廟社稷、天下蒼生何？儻無此議而流言播聞，亦願陛下亟降德音，止絶浮議，天下幸甚！

乞捕飛蝗劄子

臣聞京東、京西飛蝗爲災，上至京師，下及淮甸，遠邇憂懼，恐失有秋。蓋以軍旅之後，必有凶年，言其殺傷之怨，薄陰陽之和也。昔周宣王遇災而懼，側身修行，以致中興，天意若警陛下，以隆中興之政。

恭聞淳化三年六月，飛蝗蔽天，徑西南而去。太宗皇帝謂宰相曰：「必恐害及田稼，朕憂心如擣。」亟令人馳詣所集處視之。是夕，大雨尺餘，蝗盡殪。慶曆四年六月，仁宗皇帝謂輔臣曰：「方歲旱而飛蝗滋甚，百姓何罪？朕默禱上帝，願歸咎于朕躬。」章得象對曰：「臣不能輔理宣化，以致災孽而貽陛下憂。」今聖言及此，必有上通天意之應。」伏望聖慈仰體祖宗之德，下憫元元之災，勝妖以德，以弭天變，仍敕逐處監司、守令檢詳條令，併力撲除。儻不失有年，庶幾軍興之時，國用民食不至甚困，天下幸甚。取進止。

---

① 「多」，聚珍本、文津閣本同，文淵閣本作「皆」。

② 「相繼于道」，聚珍本、文津閣本同，文淵閣本作「相系於道」。

措置魔賊劄子

臣近準三省、樞密院劄子，以宣州涇縣魔賊事，奉聖旨，提刑司每月奏並無魔賊，顯是不實，令臣取問因依，仍措置聞奏者。臣已即時行下提刑司取問，及排日催督，未見回報外，所有措置一節，須至奏稟。

臣竊見喫菜事魔，前後法禁告捕罪賞，委曲詳盡，不可復加，然而所在州軍未能盡革者，蓋緣田野之間，深山窮谷，肉食者少，往往止喫蔬菜，至于事魔之跡，則詭祕難察，以故事未發作則無非平民，州縣雖欲根治，卻慮未必得實，別致騷擾生事，因循涵養，日復一日。及一旦作過，則連鄉接村，動至千百，必待討殺而後定，州縣所以不能禁止于未然也。臣今略措置如後：

一、喫菜事魔，皆有師授①，要須絶其本根，則餘黨自然消散。今宣州涇縣根勘魔賊，臣即時行下，令根問要見當來傳授魔法之人。今據宣州申，根勘得周二等供通②，俞一當來係傳授饒州張大翁喫菜。臣已節次行下饒州根捉，將大翁根勘施行外，更乞從朝廷催督施行。

一③、訪問近年鄉村，有昏夜聚首素食，名曰夜齋。契勘僧俗齋飯當在晨朝，今以夜會，則與夜聚曉散不甚相遠。臣已散榜行下本路州縣鄉村禁止外，更乞朝廷即下諸路施行。所有印榜連黏在前，伏乞睿照。

一、據宣州駐劄副總管王俊申，宣州所獲魔賊斷遣了當，臣已開具姓名及刑名鏤版出榜，下本路州縣鄉村曉諭，庶使愚民稍知畏戢。所有印榜連黏在前，伏乞睿照。

① 「皆有」，原作「首有」，據四庫本改。
② 「周二」，聚珍本同，四庫本作「周三」。
③ 「一」，原作「二」，據聚珍本、四庫本改。

論措置虔賊劄子

臣伏見朝廷連年發遣兵將討蕩虔賊，宜其稍有懲艾，漸安隴畝，近乃復有鍾十四、郭四閑等嘯聚于瑞金、會昌之間，往來福州、廣東境上，江西、福建帥司各已遣兵措置。竊緣虔州諸邑之民素名凶悍，小有嫌怨，便相讎敵。加以兵火之後，流離失業，民心易摇，其間雖有善良，既被侵迫，無以自存，勢不得已，因而從之，遂致闔境之内，鮮有良民。而又虔之爲郡，介于閩、廣、江西三路之間，地形險阻，山林深密，賊知官兵之至，則雲散鳥没，無由追襲。官兵一退，則又復嘯聚，故得遷延歲月，而汀、梅諸郡歲被侵擾，三路備禦，未有休息之期。今若必欲勦除淨盡，則不惟淹久，老師費財，亦恐其間濫及無辜，有傷仁政。若因循不治，又恐久益滋蔓，愈見難圖。臣愚欲乞密下江西帥司，乘岳飛未回朝廷，及大兵見在三路界首，凡盜賊所在，如可討捕，則合兵併力蕩平；如或四散藏伏，勢難追捕，及緣失業嘯聚，非其本意者，並許從宜招收，仍將應于境内曾爲頭領人補以名目，遣隨大軍使唤。契勘昨來韓世忠宣撫福建，應招安到盜賊首領並隨軍前去，故一路至今安帖。然後朝廷責委守臣，還定安集，凡便民利物之事，皆許條具施行，庶幾一二年間稍易其俗，則三路之民得以安業，上副陛下綏惠遠方之意。

貼黄：所有劄子措置捕招虔賊次第如或可采，即乞從朝廷劄下江南西路帥司與見今江西統兵官相度施行。

措置江西善後劄子

臣蒙恩備員帥閫，屬江西諸郡久困盜賊，臣仰奉聖訓，夙夜自勉，顧無他才能可以自效，惟是竭誠盡公，推行德意，申嚴賞罰。上賴陛下威德所臨，向來羣寇次第埽滅，十一州軍人粗獲奠居，雖吉州等處時有一二十人至三五十人乘夜劫盜一兩家財物，尋亦不住捕獲，不足上煩聖慮外，臣有管見，不敢緘默。

臣契勘本路盜賊雖由風俗獷悍，亦緣軍興之後，編户死于兵火，田廬變爲丘墟，復業之餘民無幾，賦税之舊籍散亡，省記出于臨時，而縣官不能覈實，費出多于平日，而貪吏並緣爲姦，掊剋實煩，人窮思盜，所以十餘年間不得休息。臣固不敢以目前粗定便爲永寧，又況今秋旱傷，因以饑饉，深慮向去盜賊復生，遂選委屬官，偏行都邑，延見父老，詢窮利害，仍令十一州軍守令條畫消弭盜賊善後之策。往往皆謂州縣所入不償所出，蓋以著業之民纔三之一，所耕之地亦復如之，而上供軍糧、和糴等米，月椿準衣等錢，和買絹、軍器物料之類多是平日所無，大半鑿空經畫，不過催理積欠，暗收苗耗，頭會箕斂以塞責，而民不勝其弊矣，求其無盜，不可得也。

臣固知朝廷財用不足，理難減免，又復維念江西之盜久貽宵旰之憂，非他路比，宜權利害輕重，有所罷行；若不乘此衰息之時，少損經常之賦以寬民力，則盜賊根本未能盡除。謹以一路官吏、士庶所陳利害，擇其可行者昧死以聞。若下省部勘當①，則有司出納之吝，必不肯爲一路分朝廷建悠久之計也。伏望聖慈斷而行之，今開具于後。

一、民間積欠賦税，多是逃絶、死亡及貧民下户。如逃絶、死亡，則取辦于税長、保正，貧民下户則不勝箠撻，亦逃亡而後已。臣契勘紹興五年分積欠，已有紹興七年七月二十五日指揮除放外，今欲乞將本路紹興六年分見欠税租、和買特與蠲放。

小貼子

紹興七年七月二十五日聖旨：諸路州縣民户見欠紹興五年以前税賦並與除放。

一、和買絹名爲俵本，實與賦税一同，雖有剋除本錢指揮，止十之一，民間輸納，猶爲費力。近年盜賊縱横，民不安居，蠶桑之家，往往廢業，本路人户皆于他路收買輸納。更有頭子、市例、朱墨勘合、脚乘之費，及有不中退换，則費

①「勘當」後，文津閣本多「施行」二字。

用尤多，民間尤以爲害。今欲將本路和買絹量與減免，候三二年盜賊寧息，别聽指揮。

一、本路收買軍器物料起發數目浩瀚。臣竊見自軍興以來，軍器所與諸路作院所造軍器，十餘年間數目不少，降付諸軍及諸軍又自諸降錢物製造各已備足，極有寬剩。今欲乞將本路軍器物料權住收買三年，内牛皮、筋角諸州拘收到，自合起發。

小貼子

紹興八年九月二十七日，樞密院劄子節文，奉聖旨，數内江西今將紹興九年分本路十一州軍合起歲額上供軍器下項物料徑赴轉運司交納，發赴岳飛軍自造軍器。鐵甲葉六十九萬九千四百三十八片、牛角六千三百三十四隻、生黄牛皮九千一百八十三張、牛筋四千一十斤一十二兩、生羊皮一萬八千三百九十二張三十一尺三寸五分、箭笴一十八萬四千七百九十四隻、翎毛五十一萬二千九百八十二堵，各長四寸八分，條鐵七千六百九十四斤一十三兩一錢二分。

一、本路旱傷，米價目今已騰踊，冬春之間必致饑饉。今年户部拋下轉運司和糴米二十五萬石，依年例亦係勸誘均敷人户入中，今欲乞權罷本路今年和糴。

一、本路應副準衣計十萬九千餘匹，又爲虔州、南安軍不産紬絹，亦是餘州應副兩處官兵衣賜，謂之虔南紬絹。今南安軍已不起發外，虔州紬絹緜係吉州、臨江、興國應副，各合夏税紬絹裝發不足，以官錢收買湊數。兵火之後，正税既已不登，舊額官錢又已盡充月樁，遂至無從起發。紹興二年，轉運司遂令于人户均敷，每匹折夏税脚錢六百一十七文，是年行之，一路騷然。次年，户部申明不許科率，諸州申乞蠲免，則户部又稱朝廷樁充歲額，難議施行。自後催科不前，往往拖欠。户部、轉運司督責州縣，散遣官吏追呼騷擾，百姓無可輸納，不免逐時行賂展限，民間受弊，不可勝言，轉爲盜賊，宜無足怪，而起發之數，曾不及半。臣今欲乞將虔州紬絹行令諸司衣舊認發外，其餘準衣權罷三二年，應舊來拖欠悉與蠲除，免致州縣舉催，以資胥吏之利。除已具申尚書省外，伏乞睿照施行。

一、伏見祖宗以來，捕盜之法，下有保伍，上有巡尉。一夫犯盜，責在保伍；一盜不獲，罪加巡尉。本路自兵火以來，法令廢弛，保伍有名而無實，巡尉有賞而無罰，盜賊所以滋蔓而至于難圖也。竊發之初，計議結集不過三二人，保伍、巡尉皆可唾手而縛也。保伍既不加察，巡尉又不即捕，嘯聚遂至猖獗，卒遣發大軍招捕。招捕之後，保伍、巡尉所以縱盜之罪未嘗治也。今欲乞申嚴保伍、巡尉之法，仍令每縣置籍，抄上被盜之家與歲月，捕獲則朱書其下，通判季點，提刑按察，歲終委帥司取索攷覈盜發已獲未獲之數，量其多寡遲速而賞罰之。

貼黄：臣所具前項畫一外，又有諸州軍糧自罷收耗米之後無所從出，已嘗具奏乞對上供之數，並本路諸州月樁各係立額，後來多有不可收樁錢數，見蒙朝廷取會，並乞早賜檢會施行。

論措置民兵利害劄子

臣伏覩近降聖旨措置民兵，蓋亦寓兵于農之遺意。臣輒有管見利害，條具如後：

一、據户下有地土五頃以下、三頃以上選一名，每五頃加一名。臣竊謂兼並之家物業不一，或有邸店、房廊，或有營運、鈔物，初無田畝，坐役鄉里，似太優幸，理屬未均。臣愚欲乞于人户田畝不及一兵者，每加家業一千貫以上出一兵。無佃客，聽募應格人充，每一千貫加一名，亦準田畝分數量免屋税。内經殘破州縣，房廊、鈔物委遭焚掠者，有司驗實蠲免。

一、土地肥瘦不同，以中等田爲準。臣竊謂土地不同，或相殊絶，如山阪斥鹵與夫魚鼈之地，有捐以與人，人莫肯售者。貧民下户坐納税租者蓋不少也，比之良田，百不當一。州縣以户下頃畝數多，必須準以中田，强之爲兵，則下户重困矣。臣愚欲乞並以户下田畝爲數，如係山阪斥鹵、魚鼈之地不堪耕種者，不得計數。

一、據户下地土①，選擇年二十以上、四十以下，堪任教習武藝民兵。臣竊謂中上之户稍有衣食，即讀書應舉，或入學校。設令一家三人皆應格法，有田一十五頃，則皆當籍而爲兵矣。又或父母老疾，無人侍養，則于人情未安；或人材孱弱，不任武藝，則亦不適于用，别無許令佃客充應之法。臣愚欲乞令應舉終場、父母老疾、人材孱弱者，許令保任佃客充應。

一、每選一名，與免本户一頃田上夏秋二税並支移、折變。臣竊謂支移、折變止爲一頃田數，則既免二税，自無支移、折變之物。若併本户支移、折變，則害必及于下户。蓋有田三五頃者多係上户，上户免支移、折變，則州縣所須支移、折變之物必取辦于下户矣。臣愚欲乞止免一頃田上兩税，或更量加田畝。以上如有可采，伏望特降睿旨施行。取進止。

乞屯兵江州劄子

臣今月二十九日酉時，據江州申承以北官司次第關報五月十三日有番人軍馬入東京②。契勘本州係江西一帶衝要門户，兼對江、舒、蘄州，並無人馬防拓，竊恐有緊急探報，無以支吾，申乞差撥軍馬前來本州駐劄。

臣伏見虜人觸熱行師③，乘我不備，駐軍京師，其意之所屬未易測知，要當過爲隄防。臣契勘行朝所恃以爲蕃翰者韓世忠、張俊、岳飛三大將之兵，世忠駐淮東，俊駐建康，飛駐武昌，其勢必不可輕動。惟是淮西雖係張俊宣撫地

①「地土」，原作「地主」，據四庫本改。
②「番人」，原作「金人」，據永樂大典卷三五八六引張守毘陵集改。
③「虜人」，原作「金人」，據永樂大典卷三五八六引張守毘陵集改。

分，朝廷不過令分兵廬州守禦，竊恐未必能控扼賊路①，保其不能南也②。萬一賊騎透漏渡淮③，由光、黄、舒、蘄入江州，取饒、信、衢州而趨行闕，如入無人之境，其勢甚易。臣頃見防秋之際，嘗令岳飛分兵萬人屯江州④，若自鄂州順流而下，不過數日，聲援相接，長江之險可保無虞。伏望聖慈詳酌，早賜施行。取進止。

論諸軍效用使臣劄子

臣訪聞諸軍下效用使臣數目猥多，或請食錢，或請驛券，耗蠹國用，無補事功。爲將帥者亦非不知其害而無補也，或狃于親舊之私，或迫以權要之勢，甚者身未嘗到，虚寄名籍以資請給。今日國用艱窘，師出潰衄，亦由事藝不精⑤，冗食者衆，積弊已極，理宜銓裁。臣愚欲乞將諸軍使臣委御營使司立定格法，委統制官親試弓馬，如中格法，方許收補。仍委御營使副抽點按試，如有冒濫，嚴賜施行。取進止。

乞修德劄子

臣仰惟祖宗基業垂二百年，積累之久，圖畫之勞，憂勤恭儉，垂訓萬世。陛下纂服，適際艱難之時，歲苦夷狄之暴⑥，而根本之地盡爲賊區⑦。今則屬車駐于江南，越在一隅，而四方朝貢之職尚未修也；二聖留于沙漠，行及三歲，而一介

---

①「賊路」，原作「敵路」，據永樂大典卷三五八六引張守毘陵集改。
②「保其」，原作「保必」，據永樂大典卷三五八六引張守毘陵集改。
③「賊騎」，原作「敵人」，據永樂大典卷三五八六引張守毘陵集改。
④「嘗」，原作「當」，據永樂大典卷三五八六引張守毘陵集改。
⑤「事藝」，原作「事勢」，據四庫本改。
⑥「夷狄」，原作「敵人」，據歷代名臣奏議卷三改。
⑦「賊區」，原作「敵區」，據歷代名臣奏議卷三改。

咫尺之間尚未通也。九廟播遷而神主未盡奉安，諸陵阻遠而松檟失于保護，財用窘竭而費出滋廣，將士惰驕而無所稟畏。加以苗、劉之變生于肘腋，今雖宵遁而公肆剽掠，浙東騷然，爲患未艾。政如虛羸之人病久變生，砭劑靡及。中外臣子雖痛心疾首，莫效救寧之方；朝廷大臣雖勞形怵心，未聞經濟之略。今日所恃以苟存者，大江之險而已。防秋之策一有不善，而一騎南渡，則無可言者。他日不幸至此，不過遷謫大臣，誅戮將帥，亦何所益？禍福利害，陛下實任之。

伏望陛下念祖宗基業之重，增修恭儉之德，益勵憂勤之心，勉其所難，節其所欲，至誠不倦，則盛德日新而上下孚信，神天佑助，將何往而不克哉！昔越王勾踐爲吴所敗，食不加肉，衣不重采，卒能報吴。衛文公爲狄所遷，大布之衣，大帛之冠，晚年兵車致十倍之衆，況于陛下爲天之子，動静語默，上與天通，固非臣下所可擬倫。儻修德不已，則恢復大業亦豈甚難。昔盤銘紀成湯之德曰：「苟日新，日日新，又日新。」言其修德有加而無已也。更望訓飭大臣，日以禹惜寸陰之義汲汲措置。仍詔行在職事官及沿江帥守、監司條具守江之策以聞，擇其可者而亟行之。臣言狂瞽，惟陛下裁赦。取進止。

論修德劄子

臣近緣奏對，論及金人深入陝右，伏蒙聖諭，謂自古人君要須有德①，豈有專恃殺戮而能長久者。大哉，帝王之言也！臣退竊歎，仰陛下深識遠慮，邁古帝王②，故敢復進修德之説。

伏以國家自金人犯順，憑陵中都，殘破都邑，兵不用命，非敗則潰。自崇寧以來，不獨軍政不修，賞罰失當，亦由大臣導諛③，近習蔽欺，以敗主德，卒致禍亂，宗社危于累卵，賴陛下勃興，神器有屬，薄海内外延頸望治。然自今春

① 「有德」，原作「修德」，據歷代名臣奏議卷三、四庫本改。
② 「邁」，聚珍本、四庫本同，歷代名臣奏議卷三作「輩」。
③ 「亦由大臣導諛」，「由大臣」三字原脱，據四庫本、歷代名臣奏議卷三補。

以來，金人所破甚于前日，唐、鄧、均、房、陳、蔡、汝、許、青、齊、淄、濰、同、華、秦、隴、長安、鳳翔、西京、河陽、鄭州等處皆被焚掠，雖熙河、涇原仰憑天威，連獲勝捷，而賊巢河陽①，猶未退舍。近者又聞韓世忠兵輒亦敗衄。夫以陛下留神軍政，信賞必罰，而世忠名將，統領精鋭，未能成尺寸之功，主憂臣辱，計無所出。臣竊意其天未悔過，患毒未已。而又去冬徂春，雨雪過多，入夏已半，暑氣未壯，陽微陰盛，灼見不疑。災變之頻，必有所自。

恭惟陛下以聰明神武應天順人，宗廟、社稷之所爲主，四方萬里之所託命者②，陛下一人而已。更願上思宗社之重，下念生靈之艱，痛憤夷狄之恥③，修德以格天意，庶幾信順，獲助天人。書曰：「無怠無荒，四夷來王。」又曰：「明王慎德，四夷咸賓。」蓋言德足以服四夷也。昔舜之時，苗民逆命，帝號于旻天，負罪引慝，祇事瞽瞍，誕敷文德，舞干羽而有苗格。文王伐崇，三旬不降，退修德教而復伐之，因壘而降。夫舞非伐叛之謀，壘非決勝之計，卒能服之者，修德故也。伏望陛下以虞舜、文王嘗試之效爲心，寢食起居，二聖是念。屏聲色，遠佞人，容直言，恤民隱，日慎一日，至誠不倦，自然德盛而日新。率普雖遥，自然心悦而誠服。傳曰：「動民以行不以言，應天以實不以文。」動民以行則人助之，應天以實則天助之。人助則用命，天助則降康，將何求而不得？區區之愚，念此至熟，惟陛下采納。取進止。

薦胡世將劄子

臣誤蒙聖恩，俾參大政，每念眷知之重，無以補報萬分之一。竊見知鎮江府胡世將抱文武兼資之才，議論忠實，氣節端介。臣頃嘗以世將、沈與求薦之陛下，悉蒙顯擢。當今人材實未易多得，仰惟陛下大有爲之時，如世將者不宜更處遠外。欲望睿慈特賜召還，載加委任，使盡所長，庶幾有以協濟中興之業，臣不勝大願。

① 「賊巢河陽」，原作「敵踞河陽」，據歷代名臣奏議卷三、文淵閣本改。
② 「託命者」，原作「能命者」，據四庫本、歷代名臣奏議卷三改。
③ 「夷狄」，原作「敵國」，據歷代名臣奏議卷三改。

薦張觷等劄子

臣伏見直祕閣、知鼎州張觷器識高遠，材術敏明，内外踐更，皆著成績。左承議郎、直顯謨閣、新樞密院計議官方滋學問操履皆有師承，練達敏强，鮮有可比，内外任使，無所不宜。左朝散郎、提舉廣東市舶姚焯温厚廉靖，强敏疏通，棘寺外臺，皆著休譽，可備錢穀要劇之任。欲望聖慈特加采納，選擇任使。儻不如所薦，臣甘繆舉之罰。取進止。

薦本路人材劄子

臣恭以翠華在外，敵騎未退，晨夕疚懷。嘗念艱難之時，每以乏材爲歎。蓋士之奮身殉國，不擇劇易而能辦事者不易得也。臣備員閫帥，閱日稍久，頗熟本路官吏之才能，輒冒言一二，以備采擇。

一、右儒林郎、本路安撫司幹辦公事王傅學問不苟，識趣亦高，持身靖廉，論事詳審。在帥司五年，前後招捕賊盜，贊畫之功爲多。

一、左朝散大夫、前知建州松溪縣林敏元奉法守公，撫民如子，嫉惡如讎。賦役公平，吏不能撓，邑内姦盜剪除無餘①，一邑愛之，如親父母。

一、左承事郎、前知南劍州將樂縣吴逵公廉强敏。將樂介于汀、邵之間，素號難治。到官之初，羣盜未靖②，逵撫諭招輯而鋤其不悛者，境内大治。其後范汝爲等侵尋入境，逵躬甲胄③，與民兵誓死捍禦，賊不能犯，他縣之民皆趨將樂依之，多獲保全。

---

① 「剪除無餘」，原作「慈除無餘」，據四庫本改。
② 「未靖」，原作「未静」，據文淵閣本改。
③ 「躬甲胄」，聚珍本、文淵閣本同，文津閣本作「躬擐甲胄」，意優。

一、右朝請大夫、前汀州清流縣丞陳吉老清儉明敏，士民悦服。州之訟獄婚田久不決者，皆乞付吉老。而又忠勇有謀，精于弓矢，縣有李賢三等作禍，及虔賊數窺境上，吉老統率軍民捍禦討殺，卒以無事。

右前件官皆在本路，備著勞績，臣與之並無雅素，其間亦未識面者。然遠近士大夫稱述一詞，皆謂實有才能，可備繁使。若在今日付以一路一州，談笑可辦。臣忝辱眷知，久侍帷幄，知而不舉，近于蔽賢。伏望聖慈更加詢攷，或賜召見，不次擢用，必能有補于艱難之時。若不如所舉，甘俟譴黜。取進止。

論薦舉揚州守臣劄子

臣近奏疏論列新知揚州俞向，尋準尚書省劄子，奉聖旨劄與御史臺，令限一月公共薦舉揚州守臣一名。臣不敢避事，已于今月二十一日同兩院公共薦舉三人奏聞，恭俟采擇去訖。然臣等備員御史，以糾官邪爲職，而薦舉守臣非其職也。臣論奏之始，固知揚州破殘，理難遴擇，但以淮南要地，而俞向人望太輕，或誤朝廷使令，内出于私憂，外迫于公議，不敢循默，非有毫髮好惡之心也。今令薦舉，則臣之所言似未必當。朝廷若謂無以易向，則臣豈敢固違；所言不當，則臣豈敢逃罪。責之薦舉，理或未安。設或他日論及侍從則令薦侍從，論及宰執則令薦宰執，不惟紊官制、侵事權，實于國體不能無累。伏望聖慈矜察悃愊，如臣所言爲是，特賜施行；所言爲非，特加黜責，庶幾好惡明而綱紀立矣。臣不勝惓惓。取進止。

薦王庭秀等劄子

今具下項：朝請郎、前知筠州王庭秀趣操高明，議論純正。頃在言路，多所建明。以疾求郡，得知筠州。到官未幾，馬進攻城，失守得罪，宜加拔拭，録用所長。宣教郎、知吉州吉安縣宋瀚器局静深，可以任重。幹略强敏①，

①「幹略」，原作「幹路」，據四庫本改。

可以辦劇。服勞州縣，未嘗躁競，用于今日，宜盡所長，試加攷察，必有可用之實。前修職郎、祕書省正字胡珵詞學兼優①，志尚甚遠。昨緣言者謂陳東上書，珵嘗筆削，坐此編置，士論冤之。雖原赦放還，未經敍用。陳東已蒙恩褒贈，珵獨未曾昭雪，恬静有守，不肯自言。欲望聖慈審察其人，稍加擢用。

薦余良弼等劄子

某伏見左奉議郎、主管台州崇道觀余良弼識趣廉静，氣節端諒。淹徊州縣，譽處甚休。臣頃帥福州，良弼實爲州幕，凡所建明，多體惠民之政。頃年宣諭司薦召，賜對改官，臣是時備員政府，俾止求遠次教授，待闕累年，今方到任。若蒙寘之臺閣，必能有補治道。左奉議郎、紹興府府學教授朱倬志尚恬静，議論平恕。若蒙寘之朝列，可以奬厲静退之士。右宣教郎孫邁學問、詞采搢紳推服，才能智術州縣踐更，備著休稱，有可用之實。儻蒙聖慈試加攷察，内外煩劇之任，無所不宜。臣備員帥藩，偶有所見，不敢緘默，惟陛下裁察。取進止。

乞措置丁家洲劄子

臣自到任，詢訪本路公私利害、大小緩急，隨宜施行。其大且急者，惟江賊出没作禍，爲往來商賈士庶之患。見今府院禁勘賊夥，多是江中殺人劫盜。蓋緣江流去岸稍遠，雖有捕盜官司，難于巡察。内有丁家洲在池州下，太平州繁昌縣上，長八十餘里。洲分爲二，江流出其中，及兩旁洲上並無居民，去兩岸人家亦遠，爲從來盜賊盤結之地。他處口岸被賊舟船②，多是昏夜見無艅伴獨宿，乘不備以取之。如丁家洲，往往白晝劫掠，每得一舟，必盡殺其人，取其

① 「胡珵」，原作「胡理」，據建炎以來繫年要録卷一三「建炎二年二月辛未」改，下同，不另出校。
② 「他處」二字原脱，據歷代名臣奏議卷三一八補。

財，沈舟水中，官司無從根究。于是商賈行上水則自蕪湖結甲而上，行下水則自江州湖口結甲而下，少者亦須十數舟而後敢行，經過此處，而或一二舟稍後，即遭劫掠，前舟回視，駭愕而不敢赴救。又以被害舟船不見蹤緒，則同伴雖欲投訴，官司無以驗實，或反爲己累，往往不復陳告，州縣無由知之。深恐日久，爲害不細。

朝廷向來雖于洲上置巡檢，聞亦相去闊遠。又士兵全闕，亦無舟船。巡檢既不能誰何，賊亦無所忌憚，則是置巡檢司有名無實。竊見松江諸處見有屯駐水軍，若令都統制就近輪差將官統一二百人及船十餘隻于丁家洲駐劄，一月一替，既奪其巢穴，則無從盤結。又知大軍屯戍，則不逞之輩自然銷弭。伏望睿慈詳酌施行。取進止。

毘陵集卷四

劄子

辭免御史中丞劄子

臣今月四日準尚書省劄子，奉聖旨除臣御史中丞，日下供職者。聞命震駭，不知所爲。竊以天步艱難，國勢微弱，將驕卒惰，外侮内陵，痛繩之則人心危而有攜解之憂；緩治之則人心殆而有陵遲之患，乃于是時，獻可替否，以當陛下耳目之寄，非挾經濟之具，豈能勝其任哉！如臣智能淺陋，學術荒疎。頃備位于副端，不見謀猷之益；比代言于詞掖，未施翰墨之勞。重以憂患沮傷，心力殫耗，衰病日增。但緣多事之時，不敢輒求便私之計，且復黽勉，以逃瘝敗。敢謂過聽，有此超踰，恐無以裨益聖聰，贊襄治體。伏望睿慈追寢成命，臣無任祈天俟命之至。謹録奏聞，伏候敕旨。

辭免禮部侍郎劄子

臣今月二十七日上殿奏事，緣爲心氣耗弱，舉動怔忪，兼久在言路，無所裨補，陳乞外任或宫祠一次，已蒙聖慈特賜允許。今準尚書省劄子，奉聖旨除臣禮部侍郎，日下供職。臣聞命震驚，罔知所措。伏念臣學問荒淺，志力衰疲，而乃養痾艱難之時，尸禄論思之任。又況春官之要，貳卿之重，豈臣病瘁可以冒居？伏望聖慈矜憫，檢會前奏施行，以安愚分。臣不敢供職，無任祈天俟命之至。取進止。

第二劄子

臣近因陛對，具奏乞除外任或宫觀差遣，蒙恩除禮部侍郎，日下供職，即具劄子辭免及乞檢會前奏施行，未奉俞音。竊念臣猥以庸虚，誤蒙親擢。每思竭盡以報恩私，而愚不適時，言無可采。兼以舊有怔忪之疾，自去冬撫諭東京，當道路榛梗之時，屢遭驚劫，偶獲善還。突未及黔，扈蹕南渡，人馬散失，徒步遠行，飢寒憂傷，心氣益耗，至今一事經心，則或達旦不寐。多故之日，每懼曠瘝；丐罷之詞，屢關聽覽。比者迫不得已，面布悃誠。伏蒙慈哀，曲垂慰藉，許罷中司，以從外補。今復參貳宗伯，仍玷近班。若止于充員品，則艱難之時，豈容尸素？若使之效論思，則孤危之跡，必致顛隮，他日陛下雖欲保全而不可得矣。輒敢不避煩瀆，仰覬矜從。伏望聖慈檢會前奏，除一在外宫祠；或以臣嘗在言路，未欲投閒，即乞一閒慢小州，使之自效。儻未填溝壑，疾病稍瘳，更誓糜捐，以圖補報。臣見以心氣發動，在假多日，無任懇祈迫切之至。取進止。

乞罷政事劄子

臣猥以庸材，復陪大政。行閱歲律，蔑著事功。孤負恩私，莫知稱塞。雖夙夜黽勉，訖無補于秋毫。而臣血氣久衰，入秋加甚，舊苦肺疾，喘滿間作。兩脛酸辛，拜伏無力；兩目昏眩，瞻視極難。冒寵不言，有玷清議。欲望聖慈垂哀十年帷幄之舊，俯從愚懇，解罷政機，除一在外宫祠差遣。臣無任虔祈懇切之至。取進止。

第二劄子

臣比苦病衰，懇辭機政，伏蒙訓諭周悉，未賜允俞。仰戴恩私，惟知感激。區區肝膽，已蒙聖明洞察，不敢煩複飾詞，上瀆威尊。伏望陛下擴天地之德，推父母之慈，垂哀孤蹤，俾獲善罷，庶幾他日不至上累陛下眷奬保全之大德，欲乞檢會前奏，付外施行。臣無任祈天俟命之至。取進止。

再乞罷政事劄子

臣孤外之蹤，向蒙簡記，復貳政塗，備位踰年，無補毫髮。加以素抱羸疾，老益衰殘。自秋冬以來，屢陳危悃，冀釋重任。仰荷慈憐，曲垂訓諭，許過防秋，俯從臣請。今則春候向暖，疆埸稍寧，敢瀝愚衷，再瀆淵聽。況臣舊所苦疾，比冒大寒，又復發作。兩脛酸楚，拜伏甚艱；兩目昏花，省閱尤苦。大懼顛沛，上玷恩私。伏望睿慈許罷政事，除一在外宫觀，退伏田里，以畢餘年。臣不勝懇祈迫切之至。取進止。

第二劄子

臣迫于病衰，昨日具奏乞在外宫祠，今早伏蒙遣使宣押隨班起居奏事，及赴都堂治事。上佩恩紀，非臣糜隕所能報稱。伏念臣備位踰歲，無補事功，惟有進退禮義之節，不敢不勉。病衰若此而不知止，雖天度優容，人言未及，寧獨不愧于心乎？伏望睿慈檢會前奏，除一在外宫觀差遣。臣無任祈天俟命之至。取進止。

第三劄子

臣病衰自列，備罄忱詞，眷禮尚優，未頒俞旨。伏念臣材既凡陋①，身復尫殘。還陪政事之邇聯，徒駭歲陰之再易。匿瑕藏疾，仰荷聖恩；尸禄素餐，久妨賢路。況乃邊烽不警，行闕粗安，顧微臣進退之間，不繫朝廷輕重之數。願迴淵鑒，俯徇丹誠。伏望聖慈檢會兩奏劄子，除一在外宫祠差遣。臣無任祈天俟命激切之至。取進止。

---

① 「材」，聚珍本同，四庫本作「姿」。

第四劄子

臣比三具奏乞罷政事，除一在外宮觀。眷私未憖，尚閟俞音。今早又蒙宣押保寧寺行香，都堂治事，放散人從，依時上馬。仰戴恩德，感涕難勝。伏念臣孤外之姿，固陋之質，寵踰涯分，自速災殃。抱病連年，氣血衰謝，雖欲黽勉自效，訖無補于秋毫。伏望慈憐許賜罷免，敢乞早降睿旨，檢會累奏施行。他日犬馬之疾粗安，陛下別有驅策，誓當糜捐，以圖補報。臣無任哀祈迫切之至。取進止。

第五劄子

臣久矣衰遲，不堪機務，已嘗面奏誠懇，至于再三，及四具奏乞在外宮祠。初十日又奉詔書，所請宜不允者。伏念臣齒髮早衰，筋力難强。區區愚悃，具載累章。伏望天慈俯從人欲，蚤除臣在外宮觀一次，以便養痾，則天地父母生成之恩不是過也。干冒宸嚴，俯伏待罪，無任祈懇迫切之至。取進止。

乞罷政事劄子

臣迂疎不才，加之衰病，妨塞賢路，招致煩言。比瀝肺肝，仰瀆淵聽。尋蒙遣使宣押隨班起居，温厚之言，曲加存拊，雖捐頂踵，何以酬恩？然臣獲侍軒墀，日月最深，績效弗著，罪戾寖多。昨日瞻望天顔，具披誠悃。仰窺聖意，似沐矜憐。欲望睿慈檢會前奏，早賜付外施行。臣無任祈懇迫切之至。取進止。

吴木上書乞罷政事劄子

臣叨奉誤恩，承乏政地，兩年于此，績效蔑聞。福過災生，疾病間作，肺滿足弱，日就衰殘，艱難之時，深恐妨廢機務。兼近御史臺繳進湖州進士吴木所上書論臣過失，雖其誕謾已蒙聖察，至謂「屋大柱小，難以勝任」，則臣非才，頗亦允當。强顔尸禄，終恐招致人言。欲望睿慈罷臣政事，改授賢能，俾養疾于外祠，庶少安于公議。臣無任祈懇迫切之至。取進止。

乞罷政事劄子

臣早來具奏，以衰病目昏，乞罷政事。伏蒙聖慈兩遣中使至臣私第，宣押都堂治事，仰戴恩渥，感極涕零。伏念臣孤陋惷愚，誤被簡眷。閲日既久，罪戾寖多。比緣病衰，實懼瘝曠，輒披肝膽，上瀆冕旒。伏望慈憐察臣之心非出矯飾，早降前奏，付外施行。臣無任懇祈迫切之至。取進止。

乞罷政事劄子

臣貳政無狀，招致煩言，力丐投閒，以避賢路。伏蒙聖慈未加擯斥，曲賜保全，遣使宣押，恩禮備至。今早又蒙聖旨放散人從，依時出省。臣非木石，豈不知恩？然迫于分義，不能自已。伏念臣孤外一介①，自頃召還臺察，以至柄用，初無左右游談之助，盡出親擢，每思竭盡，少補艱難。而臣志力不强，績效靡著。早衰多病，禄尸食浮。兼自膺拔擢，首尾五年，寘身政塗，又已兩載。久妨賢路，人所指目。既聞飛語，豈復可以偷安；而罪戾有無，固亦難逃聖鑒。言者必欲臣去，其意固非偶然，若被眷留，則紛紛之言必不但已。伏望睿慈早賜檢會累奏，降付三省施行。臣見居家俟命，謹具奏聞。取進止。

辭免參知政事劄子

臣伏蒙聖慈差中使到院宣聖旨，除臣參知政事，押赴都堂治事者。臣猥以孱陋，叨預政機。適當大寇深入之辰，

---

① 「孤外一介」，聚珍本、文淵閣本同，文津閣本作「孤踪歷外」。

曾乏籌帷折衝之術。今雖扈從鑾馭，粗保無虞。顧視州縣凋殘，俯仰慙怍。加以衰病，積有愆尤。屬朝廷乏人，未敢抗章自劾。不圖聖度曲賜優容，既逭譴訶，復有褒陟。不惟非才難責後效，亦恐清議有所不容。伏望睿慈追寢成命，臣無任懇祈迫切之至。取進止。

上殿辭免劄子

臣比瀝肝膽，祈解政機，上聖裁哀，曲從所欲。保全覆露之恩，萬死莫酬。然而止求外祠，而得便郡，既還祕職，又進兩官。禮遇之優①，近歲鮮儷，皆非微臣所敢安也。尋具懇辭，未賜俞允。銜恩感涕，不知所云。伏念臣孤遠之蹤，久蒙眷獎，入侍帷幄，首尾十年。福既過而挺災，氣早衰而被病。備位無補，素餐有慙。止欲屏伏田廬，訪尋醫藥，區區之願也。今則除職加恩，已爲優幸，尚可勉承休命，不敢固辭。至于郡寄之重，非所以養痾；增秩之榮，不聞于近世。大懼苟媮廢事，而失陛下惠養小民之意；授受非宜，而傷陛下慎惜名器之舉。所有轉通議大夫及知婺州恩命，伏望聖慈特賜追寢，仍除一在外宮觀差遣。臣無任祈天俟命激切之至。取進止。

辭免提舉萬壽觀兼侍讀劄子

臣今月二十四日巳時準御前金字牌遞到尚書省劄子，奉聖旨除臣提舉萬壽觀兼侍讀。聞命震駭，不知所裁。伏念臣才無他長，器止近用。偶叨眷獎，寵任踰涯。比緣病羸，日就衰謝，仰干天聽，乞一外祠。敢謂未賜允俞②，更蒙收召。顧雖糜隕③，豈足酬恩。至如日侍清問，敷繹經旨，必資耆碩，以備咨詢。況于睿明日躋，豈臣幺麽病瘁，可以

---

① 「優」，聚珍本，四庫本作「隆」。
② 「敢謂」，聚珍本、文淵閣本同，文津閣本作「豈謂」。
③ 「顧雖糜隕」，聚珍本、文淵閣本同，文津閣本作「雖竭糜隕」。

禆贊萬一？伏望聖慈檢會前奏，除一在外宫觀差遣，以安愚分。臣除已恭依聖旨將職事交割與提刑吕聰問外，依限起發，迤邐至前路聽候指揮。取進止。

再辭免劄子

臣伏奉二十五日詔書，已除臣提舉萬壽觀兼侍讀，令乘遞馬前來赴行在所供職。跪受隕越，感涕難勝。臣昨于七月二十四日準御前遞到尚書省劄子，奉聖旨除臣前件差遣，除遵依睿旨交割職事，限内起發，即已具奏辭免去訖。伏念臣齒髮早衰，志力久困，比嬰疾病，不任劇煩，仰恃慈憐，屢干宸聽，求一在外宫觀，少休羸茶。誤蒙簡記，俾領内祠，兼侍燕閒，入陪經幄。而臣不惟筋力愆于晦明之沴，又以學問廢于米鹽之煩，大懼不能仰承咨詢，少俾聖學。兼方上外祠之請，遽蒙趨召之還，私義未安，公言可畏。伏望睿明矜惻，收還誤恩，檢會前後奏章，改除在外宫觀一次。他日負薪之疾少差，敢不糜隕圖報大恩。臣迤邐至衢州以來聽候指揮外。取進止。

再辭免並乞宫觀劄子

臣識慮淺闇，志力弗强。向由副端擢寘左史，仰戴大恩，未知論報。比經三月、五月之變，既不弭禍靖亂以效死節，而太后垂簾，臣復次補詞掖，辭不獲命，强顔就職。今者聖德日新，天人協佑，曾不閱月，復正大位，臣實慙悸，死有餘責。更蒙誤恩，俾長憲臺。比具辭免，及乞竄責，而聖度包荒，未賜允俞。仰惟陛下反正之初，大明黜陟，以圖中興，願自效犬馬以禆贊萬一①。然念中執法以糾正闕失爲職，惟無瑕然後可以戮人，蓋非其他侍從之比。臣固不敢以衰病不才力辭，但負釁尤，實無顔面出入周行，借使强勉就列，恐不能展四體以修職事。伏望睿慈矜察悃愊，儻未

① 「願自效」，聚珍本、文淵閣本同，文津閣本作「臣自效」。

忍竄逐，即乞改授在外宫觀或閒慢差遣一次。取進止。

乞破格宫觀劄子

臣伏覩八月二十六日聖旨，以京師久困，道塗疲餓呻吟，仰湯東野安輯賑濟，無令失所。仰見睿慈勤恤民隱，德至渥也，則庶民失職者稍已得所。然而士大夫之失職者尚多有之，訪聞京師、河北、河東以至淮甸見任待闕偶被劫掠，或脱身逃歸，經時放還，衣食不具，困于飢寒，羈寓行在。欲赴吏部則已在洪州，欲詣洪州則裹糧不繼，狼狽逆旅，無所依投。伏望睿慈特詔建康府，似此官員，放彝驗實，量支請給，開具職位、姓名申尚書，内不係罪犯未能赴部之人，許破常格差嶽廟宫觀一次，以稱陛下嘉惠多士之意。取進止。

謝除侍讀劄子

臣比緣疾病，具奏乞外任宫觀一次。忽奉尚書省劄子，伏蒙聖旨除臣提舉萬壽觀兼侍讀。聞命震恐，不知所裁。伏以畀琳宫之清逸，侍經幄于燕閒，日奉昕朝，臣子榮幸。然臣數奇寡偶，自領郡符，疲于治劇，仍中煩暑，拙于衛生。若足弱目昏，神氣憒耗，更加勉强，必致顛隮。不免上瀆冕旒，匄休祠館，方期從欲，俾遂投閒，敢意眷求，復加收召。若復貪冒榮寵，則必上誤使令。敢望天慈曲垂念聽，檢會前奏，追寢誤恩，特除外任宫觀一次，庶幾訪問醫藥，休養病軀。他日稍獲平寧，不敢輒避驅策，誓圖糜隕，仰報鴻私。臣無任懇祈俟命之至。取進止。

辭免除資政殿大學士劄子

臣伏覩進奏官報狀，蒙恩除臣資政殿大學士。聞命震悸，不知所云。伏自敵騎南牧，陛下總師臨江，主憂臣辱，正小大之臣戮力自效之時也，至于遵奉睿旨，應辦軍須，亦州縣職分之常。如臣衰苶，謬帥一路，既不獲執羈靮以扈屬車，又不能出謀畫以弭强敵，姑循職分，以效所當爲者，豈有功勞，可當懋賞。兼敵騎方退，出戰捍江將士不少，賞未徧逮，而驟録區區州縣之小勞，不惟愚臣非據是懼，亦恐朝廷賞罰人得以竊議也。伏望宸慈特賜追寢，以安愚分，以允公言。又念臣去秋嘗以病衰仰丐宮祠，尋蒙聖恩，降詔不允。時以警報方至，不敢再請，黽勉累月，積憂熏心，所苦增劇。方幸江上解嚴，欲再瀝懇，而遽蒙進職之寵，俯仰跼蹐，不遑寧居，併乞裁哀①，檢會前奏，除臣一宮觀差遣，則天地之私，九殞圖報。

辭免進職第二劄子

臣今月二十六日準告授資政殿大學士，爲具奏辭免，未奉指揮，已寄納本州軍資庫。二十八日伏奉詔書，所請宜不允者。臣仰戴異恩，何以論報，然臣有區區之愚，不免披露，上瀆天聽。

伏念臣本無寸長，何以辦事。鼂聞警報，鑾輅臨江，雖夙夜疚心，思勉徇國之誼，訖無秋毫可以自效，而芻蕘之論，誤簡淵衷。既賜温言，曲垂奬飾，已足增臣子之榮，改吏民之觀，僥倖已甚。敢圖眷意未憖，録效官之小節，陞祕殿之大名。臣雖至愚，其敢虚受。竊緣閩中二三年間偶無横斂，朝廷所降度牒，民間易售，變易得行，至于價錢，自合起發，又止因朝廷召募海船，因便附載前去。初無經畫生財之道，有以佐助軍儲。自知甚明，公議可見。況自艱難以來，乘時射利邀功倖賞之風未殄，而臣忝侍帷幄，義當體國，若乃貪榮冒寵，人其謂何？伏望聖慈察臣非出矯飾，特賜追寢，則臣之寵榮，過于被受。所有告命，未敢祗受。臣無任懇祈戰越之至。取進止。

辭免除資政殿學士劄子

臣比累奏乞罷政機，除一在外宮觀。今月十五日準尚書省劄子，奉聖旨除臣資政殿學士、提舉臨安府洞霄宮，任

① 「裁哀」，聚珍本、文淵閣本同，文津閣本作「垂恩」。

便居住者。伏念臣久參政柄，無補事功。内懷尸素之慙，外積妨賢之誚。力陳丹悃，上凟淵衷，祈解煩機，少逭官謗。伏蒙陛下曲垂念聽，俾獲便安。然祕殿之隆名，乃儒臣之極選，豈臣蕞質所敢冒居。伏望睿慈追寢所除職名，以安愚分。取進止。

乞罷中司劄子

臣仰惟陛下自中春匹馬渡江之後，懲前日大臣誤國之謀，分别忠邪，力謀恢復。而臣再叨耳目之寄，初無左右之容，誓竭疲駑，仰裨聖治。昨日上殿奏事，因論及某人，伏蒙聖諭，謂「某人是汪伯彦所薦。汪伯彦在朝日，無一人敢言，卿今敢言，甚好」。臣不勝惶懼，退伏自念。頃汪伯彦在朝，某人任發運日，臣實備員殿中侍御史。是時雖未有避事失職之顯過，而其人才碌碌，固宜豫有彈擊。臣今乃于伯彦去位之後，某人復職之初始論其罪，跡涉觀望，致煩陛下曲賜訓諭，臣惶悸隕越，無以自容。當陛下勵精更化之日，豈容臺臣觀望論事。臣今又聞某人止緣自請而得宫祠，臣在憲臺，無言可采。陛下天地之量雖加涵貸，而微臣螻蟻之私何以自安①？又況驚憂薰心，神志憒耗，多事之日，豈容妨賢。伏望聖慈早賜罷黜，或與外任宫觀一次，少安愚分。見以疾病在假，無任惶遽俯伏待罪之至。取進止。

第二劄子

臣今月二日準吏部牒，準尚書省劄子，以臣乞外任宫觀，奉聖旨不允。仰惟大恩，何以論報，輒再瀝悃誠，不避誅殛。臣聞臣之事君，以義而已，儻不知義，則貪得固寵，無所不至，欲治之主，必深嫉而痛懲之。臣比因論列某人，竦聞聖訓，惶懼隕越。使臣前日之不言是，則今日之言非也。今日之言是，則前日之不言非也。二者之罪

① 「螻蟻之私」，聚珍本同，四庫本作「螻蟻之跡」。

固無所逃。又況不言于汪伯彦在朝之時，而言之于汪伯彦得罪之後，則跡涉觀望，又罪之大者。今臣之罪，聖明鑒知，尚更俛默就職，于義安乎？則是貪得固寵，鮮廉寡恥，豈不上孤陛下耳目之寄？今某人宫祠乃緣自請，臣等前後章疏論列終未蒙采納，臣雖譊譊，無補于事。伏望睿慈檢會前奏，早賜施行。臣以感濕見在朝假，無任祈天俟命之至。取進止。

第三劄子

臣輒瀝血誠，仰干天聽。臣以凡陋，誤被奬知，擢長憲臺，已踰三月。每思自竭以報大恩，故見邪必擊，寧避權貴，積日累月，仇怨已多，而才短智昏，論事無補。天慈寬假，未賜譴訶。然臣實負震皇，夙夜罔措，加以心氣耗弱，舉動怔忪，艱難之時，決至誤國。伏望睿慈矜念前後久在言責，特許臣外任宫祠一次。他日未填溝壑，尚期竭盡犬馬，以酬造化。不勝祈天請命之至。取進止。

辭免翰林學士劄子

臣今月六日晚準尚書省劄子，奉聖旨除臣翰林學士，日下供職。聞命震駭，不知所裁。豈臣孱微，所宜叨據，非敢循習故事，虛文飾辭，輒敍悃誠，仰祈睿鑒。伏念臣可辭之實，其説有三。臣謏聞淺識，學術荒蕪，多病早衰，心志憒眊，決不能發揮帝制，風動四方，其當辭者一也。昨自中司力丐外補，不圖簡在，就易貳卿，尋具懇辭，冀遂前請。伏蒙訓諭，不敢輒違。今被峻除，乃復冒處，則前日之丐罷中司，止是避事而無引疾之誠；懇辭貳卿，止緣平遷而懷不滿之意。得罪清議，何以自明？其當辭者二也。又□□□除中書舍人①，嘗權直學士院，屢雖露章自劾，終蒙聖度

① 「□□□」，文淵閣本作「明受間」，文津閣本作「臣昔日」。

涵容，載加褒揚，洊歷臺省。今則復躋鼇禁，恐致人言。其當辭者三也。有一于此，已不敢受，況兼三者，何以勝任？伏望聖慈保全孤跡，追寢誤恩，除一外任宮祠。或蒙哀憐，未忍投閒，即乞仍舊禮部供職，庶于愚分，有以自安。臣無任祈天俟命之至。謹録奏聞，伏候敕旨。

第二劄子

臣兹被誤恩，擢登鼇禁，已具奏辭免，未奉俞音。伏念臣偶蒙簡知，收置侍從。才質凡陋，自信蹇淺之學；議論迂闊，無補艱難之時。加之病衰，日虞瘝敗①。比由中憲，力丐外祠，猥荷慈憐，就易禮部，復申前請，卒不獲命。曾未踰月，遽有超遷。若即强顔，叨竊非據，則臣向之丐罷中司，非緣疾病；懇辭宗伯，止欲要求，豈不上誤睿知，下貽譏議？兼臣羸病日加，移告頗數，決致曠職，有累聖朝。伏望聖慈檢會前奏，除一在外宮祠，休養餘生，少安愚分，他日未填溝壑，不敢輒避使令。臣無任懇祈激切之至。取進止。

辭免知平江府劄子

臣比緣衰病，丐易外祠，今準尚書省劄子，奉聖旨差知平江府。仰惟睿恩隆寬，未忍捐棄，非臣糜隕所能報塞，固宜聞命引途，不復辭避。然臣迫于私義，不忍復冒宸聰。竊念臣久領郡符②，初無善狀。況緣衰病，志力俱疲。而吴門要藩，密邇行闕，素號煩劇，固非養疴臥治之地，不惟上誤寄委，亦恐必致顛隮。伏望聖裁檢會前奏，改授在外宮觀一次，以安愚分。臣無任懇祈迫切之至。取進止。

① 「瘝敗」，聚珍本、文淵閣本同，文津閣本作「瘝曠」。
② 「竊念」，原作「竊惟」，據永樂大典卷一〇九九八引張守毘陵集改。

辭免知建康府劄子

臣今月八日準尚書省劄子，奉聖旨除臣江南東路安撫制置大使兼知建康府者。聞命震恐，不知所爲。伏念臣早以庸虛，備吏煩使。昨緣被病，得請就閒，仰戴聖明終始保全之賜①。惟奉香火，少答恩私。玆者又蒙淵衷曲垂簡記，付以方面兵民之重，益思努力，自竭萬分于中興之日。而臣齒髮益衰，筋力難强，雖恃覆育，尚此偷生，而服藥命醫，略無虛月。螻蟻餘命，固不足多惜，大懼上誤寄委，則累國不細。伏望睿慈追寢成命，改授能臣，以安愚分。取進止。

辭免第二劄子

臣近蒙聖恩除知建康府，尋具辭免以聞。今月二十六日準詔書所請宜不允者。竊惟建康距臣鄉里不遠數舍，地便且優，況出宸慈記憐簪履之舊，固宜竭力上副使令。伏念臣宿疾累年，久蒙睿察。侵尋老境，發作無時。仰惟留鑰之嚴，宿兵之重，非養疾臥治之所。若貪寵利而忘在得之戒，不量力而犯不韙之譏②，豈不上負聖明，下貽物議？是以不避煩瀆，再瀝悃誠。敢望天地覆育之私，察其老矣無用，非出矯飾，俯從所請，依舊宫祠，使得逍遥從道，以盡餘年。或他日痼疾稍安，尚期糜隕圖報。取進止。

辭免知紹興府劄子

臣伏覩進奏院報狀，今月四日奉聖旨除知紹興府者。仰沐記憐，寵移近輔，感恩戴德，九隕莫酬。伏念臣衰疾纏

① 「仰戴聖明」，原作「節戴聖明」，據四庫本、永樂大典卷一〇九九八引張守毘陵集改。
② 「譏」，原作「議」，據四庫本、永樂大典卷一〇九九八引張守毘陵集改。

緜，春夏增劇。昨于五月内嘗具奏乞一外祠，俄以虜犯中原①，警報遽至②，義當效死，不復敢言，遂力疾治事，措置斥堠，遣發間探。頃方小定，即申前請，不謂疎遠，誤簡淵衷。然而形骸支離，神志凋瘁，股肱之郡，益非所堪。今豫章上流已有新帥，退量衰謝，引去無嫌。伏望睿慈檢會前奏，除一在外宫觀差遣，少休衰苶。臣纔候被受省劄，即交割職事，依限起發前去聽候指揮外。取進止。

再辭免劄子

臣今月十七日準尚書省劄子，奉聖旨除知紹興府，不候授告，限三日起發前去之任。除已遵依施行外，伏念臣近緣衰病，嘗丐投閒。未奉俞音，遽聞警報，力疾從事，黽勉至今。忽蒙誤恩，移寘近輔，實爲優便，使臣自擇，何以加之？固欲痛自激昂，少圖報稱，而病體益劣，神志久衰。重惟股肱之郡，大非養痾臥治之所。若乃貪冒榮寵，緘默不言，必致上誤使令，取譏清議。比獲暫解上流之寄，固無避事之嫌，已嘗于今月十三日具奏乞一在外宫觀。伏望睿慈矜憐簪履之舊，檢會前奏，早賜施行。臣已于二十日起發，迤邐至浙東以來聽候指揮。取進止。

貼黄：臣有田僅三百畝在會稽縣，竊慮于近制亦有妨嫌，併乞睿照。

辭免轉官及知婺州劄子

臣比再具辭免轉左通議大夫及知婺州恩命，十四日準尚書省劄子，奉聖旨依已降詔旨不允，不得再有陳請者。恩隆命重，感涕難勝。伏念臣久此叨踰，迫于衰暮，玆獲善罷，仰沐殊私。至于列職祕殿之崇，增衍爰田之富，已極榮

①「虜」，原作「敵」，據永樂大典卷一〇九九八引張守毘陵集改。

②「遽至」，原作「遽止」，據永樂大典卷一〇九九八引張守毘陵集改。

耀，不敢固辭。惟是假守大藩，寵加峻秩，尚有危懇，敢冒昧言之。臣本以疾病丐閒，覬親藥石，而千里之寄責任匪輕，艱難之時不容臥治。欲黽勉自效，則無勿藥之期；若優游卒歲，則失共理之責。所願暫歸林壑，閉户養痾，庶幾他日小瘳，别圖報效。若乃大臣出入遷官，雖見于祖宗故事，而近年以來絶不復有。況臣凉薄，貳政罔功，冒此峻除，懼招物議。伏望睿慈保全終始，所有轉左通議大夫、知婺州恩命特賜追寢，除一在外宫觀。取進止。

辭免除資政殿大學士轉兩官加食邑知婺州劄子

臣五具奏乞罷政事，除一在外宫觀。今月十一日準尚書省劄子，奉聖旨除臣左通議大夫、資政殿大學士，加食邑五百户，食實封二百户，知婺州者。聞命震驚，罔知所措。臣比緣被病，力丐投閒。屢干咫尺之威，大懼再三之瀆。叨蒙全度，獲解煩機，而乃還祕殿之隆名，進文階之顯秩。分符大郡，衍食真租，皆非衰謝之餘，敢冒寵綏之渥，必貽顛覆，上玷恩私。伏望聖慈俯察衰蹤，追還成命，俾退司于祠館，以養疾于田間①，庶幾愚分少安，羣言允穆。臣無任激切之至。取進止。

貼黄：臣伏蒙聖慈，令臣候朝辭日，不隔班令閤門引見上殿。緣臣已罷政機，不敢久留，欲于十四日先次朝辭上殿。取進止。

辭免除知洪州劄子

臣伏蒙聖恩除知洪州兼江西安撫制置大使，尋具奏辭免。續準御前金字牌遞到樞密院劄子，備奉聖旨令臣疾速起發前去之任。臣契勘南昌上流，古稱重鎮，非才術足以辦劇，德望足以折衝，則何以撫寧一方，上寬憂顧。如臣凉

① 「田間」，聚珍本、文津閣本同，文淵閣本作「田閭」。

薄衰病，不敢愛惜餘生，儻或上誤陛下寄委，則死有餘責。區區誠悃，具載前章。再念臣災禍之重，前月末一兄喪亡，積憂傷心，氣血益悴，未能仰遵聖訓，兢懼隕越，言不能敍。伏望慈哀檢會前奏施行，臣無任瞻祈迫切之至。取進止。

辭免知福州劄子

臣昨蒙恩除提舉萬壽觀兼侍讀，候朱勝非到發赴行在，尋具懇辭，奉詔書不允。臣以犬馬之疾，再具奏乞一在外宫祠，未奉指揮，已再具狀申都省外。今準進奏官報，已除臣知福州。臣仰荷慈憐，俯加器使，多事之日，豈敢辭難？但臣本以衰遲，不堪劇務，力求閒外，以便醫藥，豈謂鴻私未憖，復補帥藩。况于七閩稍遠行闕，寇難方靖，民力未瘳，海道防秋，責任頗重，宜得豪傑，上寬顧憂，豈臣衰疲可以倚辦？不惟恐誤國事，亦于私義未安，不免披訴悃誠，上瀆聰聽。伏望檢會前奏，追寢誤恩，除一在外宫觀，臣不勝懇迫之至。取進止。

貼黄：臣于今月十三日已交割職事與朱勝非訖，見在紹興府城外聽候指揮。伏乞睿照。

乞張鋭改除一郡劄子

臣伏覩聖旨，除張鋭知常州。雖係兩浙制置使韓世忠奏差，然臣承乏樞府，預聞政事，鋭乃臣族叔①，而常州乃臣鄉里，臣與世忠雖昧平生，而鋭亦非近屬，竊恐清議不能無疑，必謂臣私于宗姻，以芘其鄉里，不特于私義未能自安，亦恐于公朝不能無累，欲乞聖慈改差鋭一別州軍差遣。取進止。

乞録用曾紆劄子

臣訪聞三月二十七日諸路勤王檄至湖州，知州、通判與寄居官葉夢得、賈安宅、曾楙等議，猶豫莫能決，曾紆奮然

---

① 「鋭乃臣族叔」，聚珍本、文淵閣本同，文津閣本作「鋭與臣有親」。

起曰：「此逆順之理甚明，夫復何疑！」促令張榜用建炎年號，議遂定。紆又令本州枷禁苗傅取軍器人。今湖州守倅皆被賞典，而紆首明大義，理宜褒録。兼契勘曾紆故宰相布之子，臣雖不識其人，采聽公論，皆言風力敏强有可用處，雖少年跅弛，嘗絓吏議，閒廢已久，方今多事，人材難得之時，使爲監司、守臣，必有可觀。欲望略賜旌賞，量材録用。取進止。

乞落丁駿致仕劄子

臣伏見右承務郎致仕丁駿昨任建康府上元縣主簿，到官未幾，致政而歸，恬静安貧，不改其操，學行、吏事皆有可觀。今年方五十四歲，心力克壯，並無疾患。若俾復從禄仕，不惟可以崇廉退之風，亦見聖朝無遺逸之士，欲望聖慈與落致仕。臣屏居田里，偶有所知，不敢緘默，謹録奏聞。謹奏。

移蹕吴門乞上殿劄子

臣以衰病九死之餘，自聞陛下移蹕吴門，理宜一覲天顔。乃蒙記憐，猥賜嚴召，勉策駑鈍，將次行闕。區區臣子之誠，竊願瞻望清光，少佈愚悃。伏望睿慈令臣到闕日不隔班朝見上殿一次。取進止。

乞令范瓊討苗傅劉正彦劄子

臣伏聞苗傅、劉正彦在嚴、衢之間大肆猖獗，道路之言，謂王師小衄，將官王夜叉戰歿。審如所聞，亦不可忽，蜂蠆有毒，理宜濟師。側聞已遣周望爲制置使將兵前去。竊恐周望不曾用兵，兼人數不多，未必可恃。今聞范瓊將兵十萬已到衢州常山縣，乞陛下親降御札慰諭范瓊，委令措置捉殺二賊，齎賜茶藥以安其意，庶幾可以責辦。如有可采，乞速賜施行。取進止。

貼黄：臣又聞范瓊昨在淮西，嘗作書偏告鄰郡，辯壽春之事非部曲作過，乃本府兵自爲亂，觀此亦有畏義之心。今瓊之來，必以苗傅之事勤王，因而奬用，必能效力，更乞睿察。

乞赴闕奏事劄子

臣蒙恩除知紹興府，迫于病衰，兩具辭免。伏奉詔書及聖旨不允，仍不得再有陳請。臣已恭依聖訓，力疾前赴新任。伏念臣一違軒陛，再閱歲華，惓惓之義，切欲一望清光，及奏稟新舊任職事。伏緣元降指揮限三日之任，仍具起發及到任月日申尚書省。臣恐稽違期限，不敢陳請，已自衢、婺州前去交割職事外，欲望睿慈許臣到任後略赴行闕奏事。取進止。

乞措置捕戮李成劄子

臣聞善醫者先治其腹心之疾而後及其四支。李成之在泗州，腹心之疾也。成于諸寇最爲桀黠，今雖招安，訪聞擅自出兵攻犯楚州，若更置而不問，則淮南非吾有也。淮南非吾有，則江左豈得奠枕而臥乎？道路之言，或謂李成已爲金人之用，雖未必然，理恐有之。將來秋冬敵騎南牧，而成爲内應，則爲患豈止淮南而已哉！去年朝廷遣劉光世擊之，獻捷奏功，推賞惟厚，李成今日反更猖獗，則光世豈得泊然不以爲念也。欲乞睿慈再委光世措置捕戮，使終其功。然李成賊徒不少，光世恐未能決勝。今聞杜充將至，若間道諭之，使與光世腹背進兵，又使王瓊爲之援，則李成之衆易滅。伏望睿斷早賜施行，庶幾不至養虎遺患，實社稷之幸。取進止。

又

臣竊見朝廷紀綱未立，威令不行，將士惰驕，盜賊猖熾，乃欲制禦四夷，其不可豈不明甚！李成近在泗州，前後叛服不常，最爲桀黠，名爲附順，實肆姦謀，非他賊之比也。今聞舉兵輒犯郢、楚，其包藏之意已復露見，不可不討者有五①，臣試爲陛下陳之。

成謂泗州形勢要害，爲咽喉之地，故必欲得之，則其用心固可知矣。朝廷不得已而授之，遂據要害，扼吾咽喉，不可不討者一也。昨史亮之破宿州②，實出其謀。聲言亮叛，自行襲逐，而實助其虐，然猶鼓行而西，不敢南牧。今據淮壖，遂逼行在，略無忌憚之意，不可不討者二也。或謂姓名合于圖讖，或謂相貌異于常人，脱或乘吾微弱之勢，逞其窺伺之謀，不可不討者三也。或謂金人已與之通，許以淮南，授以封爵。審或如此，秋冬虜至③，與爲道地，則吾中國豈復枝梧？不可不討者四也。防秋在邇，淮南爲要衝，而賊盜未除，何所設備？治兵積粟，成必沮撓，不可不討者五也。有此五事，使其未叛，亦當圖之，況其跡狀已著，可復緩乎？或謂彼衆我寡，未能必捷，臣以爲不然。師以順爲武，以直爲壯，在和不在衆，顧所以用之如何耳。朝廷昨遣劉光世擊之，奏功甚衆，第賞甚厚。今日之事，光世當任其責。儻或光世兵少不能辦此賊，則朝廷亦當悉吾重兵，北結杜充，併力翦除。又況此去淮甸不過數舍，固非勞師以襲遠也。翦滅此賊，然後一意以防外侮，庶幾宗社可保而中原可復。伏望睿斷早賜施行。取進止。

按發將官周勉劄子

契勘本司昨緣撫州崇仁縣管下未獲羣賊傅念五等作過，本司遣發修武郎、湖南安撫司統領官周勉將帶軍馬前去措置招捕。去年十二月二十三日，周勉會合本處敦武郎、兩州都巡檢張師顔等分頭討捕。周勉下官兵與將兵、土兵相遇，其將兵、土兵認得係周勉下人兵，遂復回轉。其周勉下人兵便將弓箭施放迎敵，其將兵、土兵言説都是自家人，

① 「討」，原作「計」，據四庫本、歷代名臣奏議卷二三三改。
② 「史亮」，原作「者亮」，據歷代名臣奏議卷二三三改。
③ 「虜」，原作「敵」，據歷代名臣奏議卷二三三改。

不須如此。其周勉下人兵不從所説，一向趕殺，被傷人數不少。又差使臣孫成等四人將兩州都巡檢張師顔搊拽溪内，有忠訓郎、城南巡檢竇全當時前去勸諌，亦被微傷手指，其撫州通判趙士庶已將被傷軍員吴臻及土兵符照等驗下痕損訖。本司契勘周勉身爲統兵官，出兵以來未曾立到功效，卻將土兵吴臻、符照等不聽分説趕逐傷害，巡檢亦有傷損，顯屬暴横，理宜略示懲戒。本司除已將周勉罷統領官，拘留聽候朝廷指揮外，謹録奏聞，伏候敕旨。

貼黄：奏爲本司遣發修武郎、湖南安撫司招捕盜賊統領官周勉在撫州崇仁縣輒將兩州都巡檢張師顔下將兵趕殺傷損奏聞。伏候敕旨。

論平江府災傷劄子 納都省

契勘本府昨放過災傷六萬六千三百九十石有零，近據運使朱郎中到府牒，委通判別行委官檢視，及差湖州文使前來。本府通判請到五縣知縣，據逐官申所放災傷，續據人户投狀，稱復得熟及誤放過苗米共計一萬三千六百五十三石六斗有零，甘認送納。某尋體訪前項災傷各係積水去處，從來不曾開閘，苗税逓年止作災傷放免。今歳雖是豐熟，其積水去處元不曾耕種。本州及五縣官吏見上司別差官重行檢視，緣已係歳終無由驗實，慮所委官觀望回申，致被罪責，遂且以人户申復得熟量認數目應副上司。某竊見今歳緣一熟之後，糴買數多，人户輸納已見費力，下户已多逃移。今年所認一萬三千餘石，必致敷率人户送納，顯屬騷擾。其米一萬三千餘石于朝廷不繫多少，而在一方利害甚重。欲望矜念本府糴納數多，人户不易，特與蠲免追納。設或所放内有不實，緣于法許人告首，罪賞至重，將來或有告訴，其當時檢放官吏自可依法施行。

小貼子：朱運使所有必令諸縣量認數目，蓋緣朝廷止憑朱運使申請故劄不覆實。而朱運使爲己申陳，故不敢以實有災傷再申朝廷。伏望詳察施行。

毘陵集卷五

奏狀

論增置教授狀

右臣伏見六月二十二日聖旨，復置教授四十餘員。仰知睿明留神儒術，雖在軍旅，不忘俎豆之意。然采聽公議，未能無疑。恭以國家自遭夷狄之禍①，二聖播遷，鑾輿出狩，兩河之地已陷于胡虜②，西京、關陝尚爲賊巢③，邊亭無臥鼓之期，潢池有弄兵之警。征役、守禦遠近騷然，行闕防秋，當在朝夕。雖講畫焦勞，廟謨深祕，四方萬里不能户知，但見詔音增置教授，必謂先其所緩，後其所急，此不可者一也。崇寧以來，蔡京用事，舉天下嘗置教授矣，餼廩所出，不可貲計，其所以教養成就之才，亦未見其愈于昔也④，宣和之末，卒無救于禍亂。方今痛懲往謬，急所當先，覆車是遵，貽笑後世，此不可者二也。或謂士人猥多，無闕可授，姑欲以此撥遣滯留。臣聞爲官擇人，未有爲人而擇官也。況兹多艱，理宜省併冗員，裁節浮費，縱使未暇，豈當復增？況得祿私喜，不過此數十人爾，彼竊議而解體者，不

① 「夷狄之禍」，原作「兵變」，據歷代名臣奏議卷一四三改。
② 「胡虜」，原作「敵」，據歷代名臣奏議卷一四三改。
③ 「賊巢」，原作「敵巢」，據歷代名臣奏議卷一四三改。
④ 「亦未見其愈于昔」，聚珍本、四庫本同，歷代名臣奏議卷一四三作「亦未甚愈于昔」。

知幾千萬人，此不可者三也。師儒之官，要在遴選。近制改科，參用詩賦，後進習經，懵不通曉，若取兼習詩賦可爲人師者，誠恐今日未易多得，姑徇一時之求，以失四海之望，未見其利，此不可者四也。其間借有試中教授之人，數固不多，自有祖宗以來，舊置教授窠闕，因以除授，誰曰不然？昔叔孫通歸漢，弟子百餘人無所進，莫不疑之，通曰：「漢王方蒙矢石爭天下，諸生寧能鬭乎？故先言斬將搴旗之士。」其後漢業既定，禮儀既成，拜爲奉常。通因進曰：「諸弟子儒生，隨臣久矣，願陛下官之。」高帝悉以爲郎，諸生喜曰：「叔孫生聖人，知當世務。」蓋因時制宜，先後緩急，古今不易之道也。今陛下方居漢高之馬上，而公卿大臣豈當出通下哉？伏望聖慈明詔大臣，追寢已降指揮，俟軍務平定日取旨施行，天下幸甚。取進止。

再論

臣近嘗具疏論列復置教授事，未蒙施行。臣竊謂學校建官固爲美事，但無事之日教養士類，粉飾太平，稍多何傷，在于今日，誠恐未可。所有利害曲折，已具前奏。臣又聞堯舜之仁不偏愛人，急親賢也；堯舜之智而不偏愛物，急先務也。故雖堯舜之聖，必度緩急之宜而有爲也。陛下上法堯舜以圖治功，時當艱難，理有先後，尤宜因時乘理以求所急。顧兹防秋在候，選將練兵，捍外治內，孜孜汲汲，如救焚拯溺，而乃增置教官數十員，何異適楚而北轅，救經而引其足耶？今謂士人多聚東南，舊任試中及合差之人差除不行，因設官以與之，臣竊以爲過矣。夫試中之人數目甚少，舊所有處，亦可除授。若爲舊任者多，則自行三舍以來，曾任教授者不可勝數也。若謂合差之人多，則不過及此四十餘人耳。此數十人雖喜于得禄，其間粗有知識者，固未必以爲然也，又況所不及者耶！方其無闕之可授，則人固息于僥求；及其有闕而不及，則人必懷于怨望。利害得失，固不一端①。況崇寧以来，設官冗濫，無非徇一時之

①「固不一端」，聚珍本、四庫本同，歷代名臣奏議卷一四三作「固亦明甚」。

求也，卒致財殫力屈，夷狄内侮①，貽陛下今日之憂。若以爲教授可復，則崇寧以来汎濫煩冗官何憚而不復乎？伏望聖慈檢會前奏，亟賜寢罷。再取進止②。

乞付告事人下御史臺狀

右臣伏見自崇寧以來，外則姦臣擅政，内則閹寺弄權，相爲蔽欺，以亂主聽，卒致禍敗，宗社幾危。陛下纂承，親見既覆之車，深懲不遠之鑒，勵精政事，固宜内外臣僚洗心滌慮，精白以承休德，而欺罔之風猶未丕變。近者特降聖旨，爲剩員高貴叫稱吕源行下收買竹木搭蓋席屋出賃等事，令御史臺體究。本臺按驗，並無實狀，尋具奏聞，乞降下告事人姓名，追呼照對。奉聖旨高貴疎放，告事人並不追呼。臣竊謂此事上聞，宜有所自，致煩特降睿旨，付之有司，實賴聖明，燭見事情，乃加攷核。設或不付有司便行典憲，則一吕源固不足惜，人或謂陛下之聰明可欺，陛下之命令輕出，陛下之賞罰失當，一舉而三失之，所以累聖德者豈細也哉！

夫以陛下英睿天縱，而臣下猶敢誑惑如此，則罔上之心可以按見，使其得逞，則變亂是非，以白爲黑，將何憚而不爲？伏望陛下特詔有司，如係朝廷之上得于告言，則誣告之律固當舉行；如緝捕人直達聖聽，則罔上之誅不容恕免。欲乞聖慈檢會本臺先奏事理，降下姓名，以憑核治，庶幾防微杜漸，使小人有所懲戒，而欺罔之風息矣。謹録奏聞，伏候敕旨。

論資攷關陞狀

右臣伏覩臣僚上言京朝官並替成資，以二年爲任。蓋以權一時之宜，少慰留滯失職之士也。然于資序，不可不

① 「夷狄内侮」，原作「强敵内侮」，據歷代名臣奏議卷一四三改。
② 「再取進止」，聚珍本、文津閣本同，歷代名臣奏議卷一四三作「天下幸甚」。

正。祖宗以来，京朝官監當兩任而陞親民，親民兩任而陞通判，通判兩任而陞知州。守倅而上，多由堂除，則多替成資；知縣而下，皆由銓部，則皆替年滿，故知縣而下，必兩任六攷而後關陞也。今若率以兩年爲任，則纔及四攷便可關陞，而資序暗陞，爲患實大。何以言之？今朝廷吏部每以知州、通判闕少，差注不行，而爲知縣者盡替成資而來，則關陞者必多，關陞者多而無闕與之，將復有留滯之歎矣！臣愚欲乞知縣監當雖以二年爲任，並須兩任以上，實有六攷方許關陞。如有可采，乞賜睿旨施行。謹録奏聞，伏候敕旨。

辯正薛昌宋違御筆罪名狀

右臣今月初六日據朝散郎薛昌宋赴臺投狀，敍述宣和六年中監左藏庫，爲步軍司例物事斷違御筆，追毀出身以來文字，除名勒停，實爲非辜①，乞敷奏改正者。

契勘臣昨來備員察官，輪當推勘上件公事，具知本末。其户部左藏庫先于宣和六年閏三月内奉御筆，限兩日支步軍司廂軍例物。本庫已依限據已到支帖盡數支訖外，有其餘數目未有支帖到庫，無憑照支。其步軍司何灌便作本庫不支申奏，畫下御筆，送臺推勘。尋根勘得所支例物限内樁管並足，依法候見支帖方合支給，所有户部左藏庫即無違御筆事跡，止坐有失申催支帖，情犯約係杖罪，具案奏聞。下大理寺，初亦約定杖罪，其後忽作違御筆處斷，實與元勘情法輕重略不相當。蓋緣是時内侍梁平先總領左藏庫，朝廷惡其擅權不法，罷平總領，平無所發怒，因以償怨。雖大理寺兩次定作杖罪，並令退换。又令梁平覈實，遂皆坐違御筆之罪。朝廷灼見非辜，當年五月二十五日奉聖旨令大理寺根究，仍令步軍司具析，既係未曾給降支帖，因何元奏内稱係未支數，限一日具析聞奏。纔行遣間，又奉御筆免勘疎放，于是命官追削者一十八人，吏杖脊者七人，惟户部侍郎王

①「實」，原作「貫」，據聚珍本、四庫本改。

義叔獨免除名即復差遣外①，其餘雖累遇大霈稍已牽敍，而無辜之冤終未昭洗。

臣竊謂違御筆爲大不恭，大不恭爲十惡，立法太重，靖康之間，臣僚固嘗論列廢罷。又況初非違犯，止以一時小人弄權而詔獄成案，一切不用，誣以十惡，濫孰甚焉！是時臣雖作勘官，目覩其事，不當言責，無由論奏。臣今待罪言路，仰當陛下明燭幽隱、宣達下情之時，深懲前日閹寺撓法之弊，不容有冤抑不伸，此薛昌宋詣臺雪訴，臣既知之，豈敢緘默？欲望聖慈將一時被罪官吏特賜改正，仍理元斷月日。更詔有司，似此之類並令檢舉改正施行，庶幾冤濫獲伸，感召和氣，仰副聖明欽恤之意。謹録奏聞，伏候敕旨。

論置翰林圖畫局待罪奏狀

臣以孤遠一介，誤被簡知，擢登言路。艱難之日，固思捐軀自竭，以報異恩，每侍清光，敷奏之際，屢蒙奬納②，則臣凡有見聞，豈宜緘默。比因論翰林畫局事，竊聞言者謂臣與郭康伯爲親戚，因其欲賃此屋，遂奏疏論列。臣雖至不肖，備位言責，豈敢輒緣私親，遂指爲朝廷之失乎？乃致上煩陛下付之有司體究情實，震悸惶惑，不知所由。臣竊自念，風聞言事固或得于親舊，設或康伯與臣有葭莩之故，則臣遂無所逃罪，偶幸康伯素非姻婭。然臣受知于陛下而付以耳目之寄，識闇才劣，不能仰稱任使，遂致有黨親之疑，覈實于有司，上辜陛下耳目之寄，臣何顔面復厠朝列？伏望睿慈早賜竄謫，以戒狂妄。臣見以疾病在假，無任祈天俟命激切屏營之至。謹録奏聞。謹奏。

再乞罷言職求外狀

右臣近緣論翰林畫局事，或謂臣與郭康伯親戚，蒙付有司體究，尋具奏乞賜竄責。今月九日準尚書省劄子，奉聖

① 「王義叔」，原作「王羲叔」，據建炎以來繫年要録卷四七改。
② 「奬納」，聚珍本、文淵閣本同，文津閣本作「俯納」。

旨體究得臣無罪，令疾速依舊供職者。仰惟大恩，莫知報稱；迫于私義，尚敢瀆煩。伏念臣誤辱聖知，叨居言責。當明主焦勞于上，實羣情竭盡之時，居多妄發之言，數冒蓋高之聽。仰日月之必照，每示優容；質鬼神而無疑，敢懷阿比。覬少裨于盛德，知自效于孤忠。不謂惷愚，乃貽謗讟。期逞中傷臺諫之計，遂忘欺罔君父之嫌。上煩睿察，覈實于有司；退省孤危，措躬而無所。非因辯正，豈得保全？由臣素望不高，周身無術。備員六察，亦既數年；代匱副端，已踰半歲。精神疲于智慮之不敏，罪戾積于仇怨之寖多。職當糾于官邪，身自貽于吏議。雖丹書幸免，寧無竊鈇之疑；而白簡仍裁，終有吹齏之戒。復將就列，何所寄顔。況臣災難相仍，疾病頓作。已寬百謫，豈遑自爲安便之圖；正屬多艱，誠恐上誤使令之意。儻蒙矜貸，未忍竄流。欲望睿慈止罷言職，改授在外合入差遣。庶下安于愚分，亦旁弭于人言，益誓糜捐，以酬造化。臣見在病假，無任祈天俟命激切屏營之至。謹奏。

辭免萬壽觀申都省狀

準尚書省劄子，奉聖旨除某提舉萬壽觀兼侍讀。仰荷聖主簡記之私，朝廷收拾之意，宜不復有辭。重念昨忝政途，以疾得請，曾未數月，起以近藩。而自領郡以來，所苦增劇。加之煩暑，引飲過多，兩目昏花，不能久視；兩脛酸弱，不能久立。精神憒眊，日就衰殘，已嘗具奏乞外任宫觀。今者伏蒙畀琳館之優閒，陪金華之講讀，日奉朝請，不勝寵榮。但以病軀，不容勉强，若復貪冒，必致顛隮。伏望敷奏，追寢成命，改授外祠。除已具奏辭免外，須至申上者。

右謹具申尚書省，伏候指揮。

再辭免奏狀

臣伏蒙聖恩除提舉萬壽觀兼侍讀，尋具奏乞改差一在外宫觀。今月十六日奉詔書不允。臣仰戴大恩，不知所報，固宜祗承明命，力疾造朝。然臣迫于不得已，不敢避再三之瀆，以祈哀憐。

伏念臣本以病衰，退休祠館。曾未累月，起臨大藩。屬緣促迫啓行，不敢再三避免。尋聞睿訓，黽勉到官。而視事以來，日加衰茶，其詳已具前奏，不敢重復，上浼宸聰。況殊庭經幄①，職事清優，儒者至榮，非不貪戀，實以筋力難强，不容俯默偷安。伏望陛下推天地之德，父母之慈，檢會前奏，除一在外宫觀。歲月之間，休養復平，别有使令，敢不竭盡犬馬以酬恩遇，臣不勝祈懇迫切之至。取進止。

①「殊庭」，聚珍本、文淵閣本同，文津閣本作「入侍」。

毘陵集卷六

表

謝賜對衣金帶鞍馬表

討論潤色，已懼空飡；衣被服乘，更蒙蕃錫。冒寵章而增悸，超禁路以知榮①。中謝。伏念臣久安龍具之貧居，豈識蟻封之試足。羈孤寡援，誰憐范叔之寒；災禍冥心，久悟塞翁之失。竊重金之顯服，跨沃轡之名駒。病骨支離，睿恩優渥。此蓋伏遇皇帝陛下仁而徧物，哲以知人。駿骨而市千金，灼知誠意；狐裘之非一腋，務盡衆長。乃捐在笥之珍，曲示解驂之惠。臣敢不仰思藩飾，俯效馳驅。束帶而使與言，儻不愧搢紳之列；據鞍而示可用，庶幾逃負乘之譏。

謝宣諭詔書表②

臨遣星軺，撫傷痍之遠俗；俯頒帝綍，形惻怛之温言。仰睿渥之東漸③，騰歡聲而北拱。中謝。恭惟皇帝陛下躬禹勤儉，性湯寬仁。總攬權綱，體德刑于冬夏；巡行方嶽，省耕斂于春秋。顧黎元久困于干戈，慮詔令徒施于牆壁。

① 「超」，聚珍本、四庫本同，大全文粹卷一二作「趍」。
② 大全文粹卷一一題作「謝詔書宣諭表」。
③ 「睿渥」，原作「睿治」，據聚珍本、四庫本、大全文粹卷一一改。

深求民瘼，益固邦基。尚憂聖澤之未宣，分遣使華而申諭。選求時望，假之憲府以重其事權；賜對便朝，付以璽書而稽其課最。欲大蘇于凋瘵，期盡掃于煩苛。武夫感涕以銜恩，癃老扶携而觀化。臣猥司屏翰，謬布教條。念久侍于清光，亦粗知于德意。坦然明白，奉以周旋。何止楚王，拊三軍而挾纊；敢師漢吏，期千室之鳴弦。

謝除御史中丞表

代言西掖，未施翰墨之勞；執法南臺，復叨耳目之寄。已試無狀，拜恩有加。中謝。臣聞國敗由于官邪，必借重于紀綱之地；主聖然後臣直，故樂聞夫藥石之規。兹明辟反正之初，當寶祚阽危之際。要使姦邪不起，凛如猛獸之在山；論説無疑，沛若巨魚之縱壑。庶拾遺而補過，或救溢而扶衰。如臣性甚戇而不移，技易窮而寡偶。早從吏役，久已敝于精神；晚綴朝紳，老不堪于憂患。因緣遭遇，冒昧奬知。踐兩省之近班，曾乏論思之益；更三院之要任，但增仇怨之多。儻非假寵于蓋容，何以分憂于宵旰。此蓋伏遇皇帝陛下神思經緯①，聖武布昭。任賢使能，以圖中興；廣覽兼聽，以通羣下。鼎新庶政，方瞻浴日之光；克受衆長②，俾盡回天之力。致兹幺麽，亦有叨逾。戒虚美之薰心，敢覬容容之福；利忠言之逆耳，尚幾謇謇之昌。或有效于萬分，誓不辭于九殞。

謝除禮部侍郎表

病衰自列，念無補于艱危；量廣兼容③，尚叨塵于嚴近。循牆莫獲，蹐地難勝。中謝。伏念臣竊第于上皇臨御之初，久服勞于州縣；賜對于陛下中興之旦，遂叨侍于冕旒。洊充耳目之官，圖竭股肱之力。愚無一得，窮有百罹。精

---

① 「神思」，大全文粹卷四作「神心」。
② 「克受」，聚珍本、四庫本同，大全文粹卷四作「咸受」。
③ 「量廣」，聚珍本、四庫本同，大全文粹卷二下作「睿眷」。

神疲于思慮之煩，病瘁甚于驚憂之後。力致籲天之懇，仰丐投閒；敢懷擇地之私，但期逭責。逮辭榮于專席，乃承乏于貳卿。將使論思，則已試罔功，復有曠瘝之懼；止充員品，則于時多故，豈無尸素之慙。具瀝危衷，繼申前請。敢謂包荒之度，特寬犯上之誅①。傳温詔之褒揚，曲煩近弼；察寒蹤之孤藐，留寘本朝。仰厚德之不貲②，揆初心而有覥。强顏就列，力疾造庭。此蓋伏遇皇帝陛下駕御英豪而大有爲，拔去凶邪而罔不服。優容臺諫，廓通遐邇之情；眷禮臣鄰，曲盡始終之遇。顧惟蕞質，亦玷鴻私。念正人端士之言，書紳自勵；報厚地隆天之施，刻骨爲銘。

謝除翰林學士表

匄閒避劇，既叨碧落之林；舍短用長，復冒承明之直。接俊遊之翰墨，動榮觀于綏紳。寵不獲辭，覥無所寄。中謝。竊以發施大號，出于絲綸；鼓動多方，孚若卜筮。雖險阻艱難之日，資討論潤色之工。視草而報淮南之書，上增嚴于國體；扶杖而聽山東之詔，下期合于人心。如臣性蔽謏聞，道非深造。詩書託業，初有意于壯行；章句決科，老自慙于少作。適逢辰之尚武，殆絕筆于摛文。方須長劍之銛鋒，安取毛錐之用；未乏黄鍾之雅奏，遽容瓦缶之鳴。頒詔紓之便蕃，躋禁林之密勿。顧囊書羽檄，未清郊壘之驚塵；而蓮燭錦袍，猶想鑾坡之盛事。叨蒙已極③，報稱未知。此蓋伏遇皇帝陛下堯舜性仁④，禹湯罪己。攷圖數貢，體天心全賦之仁；任賢使能，啓王室中興之運。憐臣託傾摇之孤跡，終賜保全；察臣無左右之先容，每垂親擢。躐登鼇禁，仰玷龍光。謹當緝骫骳之陳言，紬廢忘之舊學。曲留朝宁⑤，已銘正

① 「特寬」，聚珍本、四庫本同，大全文粹卷二下作「時寬」。
② 「厚德」，聚珍本、四庫本同，大全文粹卷二下作「厚惠」。
③ 「已極」，聚珍本、文津閣本同，大全文粹卷三作「至此」。
④ 「此蓋」二字原脱，據大全文粹卷三補。「性仁」，原作「惟仁」，據大全文粹卷三改。
⑤ 「朝宁」，聚珍本同，大全文粹卷三作「朝著」。

人端士之褒；助發德音，期感悍卒武夫之涕。誓殫千慮，圖報萬分。

謝宮觀表【案】此不著宮觀之名，據宋史・高宗本紀及張守本傳，證令當是紹興元年八月罷參知政事，以資政殿學士、提舉洞霄宮。

引分投閒，實緣衰病。籲天有請①，仰沐慈憐。名參祕殿之清，職任真祠之佚②。拜恩優渥，撫己兢慙。中謝。伏念臣稟性至愚，謀身甚拙，早從言責，寖冒奬知③。初無借助之游談，徧歷高華之妙選。得時則駕，豈虞富貴之危機④；直道而行，竊慕聖賢之往躅。奚經綸之小補，積尸素之深憂。況迫衰殘，久妨賢路，輒伸悃愊，屢瀆宸旒。敢謂天明，不違人欲。許辭榮于政地⑤，俾就禄于祠庭。雖三徑已荒，無復鄉閭之舊業；而一瓢可樂，終爲聖世之幸民。此蓋伏遇皇帝陛下體徧物之堯仁，懋勤邦之禹績。兼收羣策，宏濟多艱。于小大之臣，各極其器能；而進退之禮，曲全于體貌。遂令孤藐，終獲便安。繄天蓋地容，莫報君親之賜；雖山深林密，敢忘畎畝之忠。

謝除知紹興府到任表⑥

領大滁之洞天，方養痾于故里；懷會稽之印綬，承異寵于名藩⑦。拜恩不貲，省己增懼。中謝。伏念臣奮身寒遠，操術迂疎。早辱聖神之知，寖階政事之選。曲學泥古，既已昧于經權；直道事君，初不擇于夷險。果由踰分，遂蹈危

---

① 「有請」，大全文粹卷一一作「得請」。
② 「職任真祠之佚」，大全文粹卷一一作「職庇真祠之秩」。
③ 「奬知」，聚珍本、四庫本同，大全文粹卷一一作「睿知」。
④ 「豈虞」，聚珍本、四庫本同，大全文粹卷一一作「豈知」。
⑤ 「政地」，聚珍本、四庫本同，大全文粹卷一一作「禁地」。
⑥ 大全文粹卷六題作「越帥到任謝上表」。
⑦ 「承異寵」，聚珍本、四庫本同，大全文粹卷六作「遽假寵」。

機。爭前而媒蘖者，煽浮言之百車；附下而文致者，溢謗書之盈篋。告曾參而三至，理或可疑；畏楊震之四知，初無甚媿。賴睿明之洞照，察愚悃之無他。卒蒙全度之仁，俾遂投閒之請。不能者止，乃分之宜。重緣多病早衰，永甘棄置；敢謂曲成善貸，復預使令。眷懷帷幄之舊臣，榮畀股肱之近郡。矧是肇新府號，久駐蹕聲。履句踐之故棲，厲嘗膽枕戈之志；想神禹之遺迹，服卑宮菲食之勞。故此迴鑾之初，示同留鑰之重。再命而傴，曾遜避之靡容；一節以趨，豈衰遲之敢憚。經由行闕，賜對便朝。進瞻法座之顒卬，怳若鈞天之夢想①。親被訓詞之温厚，粲然華衮之褒榮②。近比所無，叨蒙至渥。此蓋伏遇皇帝陛下躬虞舜之孝悌，可通神明；法文王之憂勤，能治内外。博求良翰，共濟康功。念兹遺簪墜履之餘，付以皁蓋朱轓之寵。紆丈二之組，視印云初；瞻尺五之天，望雲伊邇。謹當黽勉從事，平易近民。宣布恩言，庶少蘇于凋瘵；申嚴條教，期漸弭于姦偷。報國之心，捐軀是力。

謝紹興府行宫賜本府充治所表

六飛回馭，想清蹕之餘音；一札疏榮，復黄堂之舊觀。吏民交慶，屏翰增嚴。中謝。竊以總帥七州，提封八縣，聽事所在，相攸允宜。鑑水環城，奠禹巡之沃壤；龍山負海，面秦望之奇峯。會逢輦轂之駐留，焕發湖山之深秀。逮旋法駕③，實擬陪都。屬行殿之久虚，眷守臣之僑寓。乃捐管鑰，以重藩維。家在樓臺，真踐詩人之勝；戟森兵衛，稍知州將之雄。居靡敢安，恩豈無自。此蓋伏遇皇帝陛下勵精以復境土，布德以綏邇遐。俯稽晉文桑下之言，懷安是懼；遠跡漢高馬上之略，暴露靡辭。復矜羣下之宣勞，惟恐一夫之失所。方書下下之攷，遽享潭潭之居。廣厦千間，已免震凌之患；土階三尺，尚存簡素之風。忝帷幄之舊臣，拜帡幪之新寵。一日必葺，敢忘前哲之規；四方于宣，期

① 「夢想」，聚珍本、四庫本同，大全文粹卷六作「夢寐」。
② 「褒榮」，聚珍本、四庫本同，大全文粹卷六作「光榮」。
③ 「逮旋」，聚珍本、文津閣本同，文淵閣本、大全文粹卷一二作「逮於」。

壯輔藩之勢。

謝除知福州到任表①

召還經幄，猥荷記憐。就易藩封②，謬叨委寄③。布宣聖德，慰諭遠民，皆云遺政事之舊臣，可以識朝廷之至意。望雲仰戴，夾道歡呼。始拜命以兢惶，既入疆而感涕。中謝。惟昔甌粵險遠之地，爲今東南全盛之邦。八郡分支，封圻廣袤；三山鼎峙，形勢尊雄。向由劇盜之震驚，尋苦戍兵之供億。公私垂罄，井邑就荒。加以田疇亢旱之餘，仍當海嶠防秋之日④。宜有撥煩之略，以爲善後之圖。

伏念臣才歷試而不長，命數奇而寡與。政圖三載⑤，曾莫紀于勳勞；輔郡兩時，亦未聞于課最。既宜譴訶之域，遽陪清燕之閒。第迫病衰，力祈退縮。豈謂中宸之眷，復分南顧之憂。不敢固避，以貽擇事之譏；尚期力行，以勉報德之效。此蓋伏遇皇帝陛下廓蓋容于天地，躬勤儉于家邦。明以見幾，仁不遺察⑥。念臣久侍帷幄⑦，知勤恤之爲先；憐臣嘗備藩維，粗安静而不擾。濬發獨斷，申加茂恩。再念臣本出睿知，最爲孤藐，粗由直道，不敢愛身。顧惟閩中，稍遠行闕⑧。俗既纖嗇以趨利，士多請寄以爲姦。固當守法奉公，以絶貪冒之私；不敢違道干譽，而懷畏避之

① 大全文粹卷六題作「閫帥到任謝表」。
② 「藩封」，聚珍本、四庫本同，大全文粹卷六作「藩符」。
③ 「謬叨」，聚珍本、四庫本同，大全文粹卷六作「特蒙」。
④ 「海嶠」，聚珍本、四庫本同，大全文粹卷六作「海徼」。
⑤ 「政圖」，聚珍本、四庫本同，大全文粹卷六作「政塗」。
⑥ 「遺察」，大全文粹卷六作「忘遠」。
⑦ 「念臣」，聚珍本、四庫本同，大全文粹卷六作「察臣」。
⑧ 「行闕」，大全文粹卷六作「闕下」。

計。專求民瘼，以固邦基。諒無遠而不聞，幸容光之必照。挾知馬問牛之術，雖媿昔賢；易帶牛佩犢之風，願師循吏。

應詔論事詔書表

臣某言：伏奉詔書，以卻敵之初，圖善後之計①，凡今攻戰之利、守備之宜、措置之方、綏懷之略可悉條具來上者。殘孽宵奔，慨念治安之策；虛懷晝訪，寵頒深厚之詞。命既重而難勝，口欲陳而罔措。中謝。伏念臣學膠古始，智昧幾先。葵藿之心，雖不忘于存闕；芻蕘之論，曾何補于籌帷。屬寇亂之丕平，廓規模而遠覽。豈伊衰謝，亦預咨詢。茲蓋伏遇皇帝陛下果斷而大有爲，指麾而無不服。信順得天人之助，安强本道德之威。湯政克寬，亦大昭于聖武；禹功不伐，仍下拜于昌言。益思善後之圖，以復無前之績。涣絲綸之温詔，畀簪履之舊臣。德意所存，中興可必。愚衷雖竭，下策何施。仰清問之不遺，庶片言之或補。終虞蹇淺，莫贊都俞。祗玩細書，忝盛文之賜札；慙非新語，可稱善于終篇。

謝走失編管人放罪表

徙鄉之惡，宜謹防閑；失職之愆，自甘竄斥。敢謂兼容之度，曲推善貸之仁。中謝。伏念臣才不足以達庶事之經權，智不足以察小人之情僞。況乃病瘁，困于劇煩。顧姦慝逋逃，雖有司之不戒；而教條疎闊，亦長吏之非才。欲警官常，宜從吏議。方席藁以俟命，遽出綍以疏恩。不汝疵瑕，猶天覆燾。此蓋伏遇皇帝陛下宥過無大，御衆以寬。謂建厦非止于一枝，故張網必開其三面。原情定罪，既嚴主守之科；觀過知仁，曲全體貌之意。敢不鞭其不及，圖以自

①「圖善後之計」，「圖」字原脱，據文淵閣本補。

新。仰思全度之私，俯誓捐軀之報。

謝乞宮祠詔不允表①

嬰疾病之支離，籲天有請；拜訓詞之温厚，踏地難勝。恩未憖而技窮，感既深而涕隕。中謝。伏念臣一違軒陛，遽閲三秋；數奉絲綸，連牧兩郡。宣布中和之政，拊循凋瘵之民。期德意之遐孚，豈勞心之敢憚。久纏羸疾，寖身已類于清漳；不任劇煩，卧閣殆同于東海。深虞瘝曠，遂露忱誠。非敢專圖安便之私，實恐上誤使令之意。未蒙賜可，更假褒榮。此蓋伏遇皇帝陛下德大包荒，仁深念舊。以嘗承乏于帷幄，或可借重于藩垣。故雖衰遲，不忍捐棄。報乏朞年之政，宜即譴訶；賜先一札之書②，猥叨勞勉。儻未先于溝壑，誓仰答于乾坤。

謝再乞宮祠賜詔不允表③

晚境卧痾，忱詞屢瀆。至仁藏疾，温詔嗣頒。恩既渥而言殫，感益深而涕隕。中謝。伏念臣起自三吳之故里，洊更兩越之名藩。意廣才疎，心勞政拙。顧七閩雖稍遠，在諸路爲最優。姦盜翦除，民方奠枕；雨暘順適，歲有積倉。使臣自擇以居，易地豈復加此。況于衰謝，豈不懷安。但以稟氣素孱，衞生仍拙。節宣無術，致六沴之陰乘；湯劑罔功，逮三醫之徧謁。遂披情赤，仰叩穆清。庶幾少避劇煩，暫休羸瘵。亦匪專爲便私之計，誠恐自貽曠職之誅。豈謂慈憐，尚閟俞旨。頒坦明之帝制，申賁孤蹤；瞻咫尺之天威，敢違睿訓。茲蓋伏遇皇帝陛下堯仁天大，湯聖日躋。久任以責成功，兼容而收衆智。故雖病瘁，不忍棄捐。再念臣視息僅保于餘生，精爽未還于舊觀。媿丙少卿之德，寧復

---

① 大全文粹卷一一題作「謝乞宮祠不允賜詔表」。
② 「賜先」，聚珍本、四庫本同，大全文粹卷一一作「賜均」。
③ 大全文粹卷一一題作「謝乞宮祠不允賜詔表」。

饗封；非汲長孺之賢，詎能臥治。終虞瘝敗，上玷使令。誓殫體國之誠，庶幾搦朽而摩鈍；尚有首丘之志，終期置散以投閒。

謝除提舉萬壽觀兼侍讀表

臣某言：準告授提舉萬壽觀兼侍讀者。三年懷綬，訖無外屏之庸；一節賜環，寵預邇英之列。撫病軀之晼晚，省舊學之荒唐。雖屢瀆于聰聞，曾莫回夫渙汗。中謝。竊以本朝崇講讀之制，蓋容因事以建言；上聖啓恢復之圖，尤欲酌今而稽古。自非學該流略，識洞經權，何以上廣睿明，少裨政化。臣之已試，寧不自知。初誤辱于獎憐，遂偏更于華要。周旋二府，每慙意廣而才疎；師帥一方，自笑心勞而政拙。向非聖明之照燭，久爲讒慝之甘心。既宜譴訶，復叨收召。庀職琳館，既無倥偬之勞；敷經露門，仍奉清閒之燕。誰與爲地，命實自天。此蓋伏遇皇帝陛下睿智有臨，緝熙是力。稟既高于天縱，德更就于日新。安用詩書，陋高皇之不學；先訪儒雅，知光武之中興。致茲孤藐之蹤，獲備詳延之數。受三鍾十束，終自媿于文離；讀八索九丘，詎能追于倚相。試圖自竭，仰稱殊私。尚期從欲之深仁，俾遂投閒之素志。

謝除知平江府到任表①

臣某言：伏奉告命，除知平江府。已于十二月十三日到任，交割職事訖者。忱詞屢瀆，方甘斧鉞之誅；睿眷有加②，更冒藩維之寄。布宣德意，周覽民風。咸云輟帷幄之舊臣，所以惠朝廷之近地。雖傷痍之未復，知休息之有

① 大全文粹卷八題作「平江到任謝上表」。
② 「有加」，原作「有如」，據聚珍本、四庫本、大全文粹卷八改。

期。責望甚深，兢慙罔措。中謝。伏念臣才不足以任重，智不足以見微。向以樸忠，親逢睿奬。周旋政路，但知數馬之恭；鎮撫帥垣，僅戢帶牛之俗。甫去朝而再閏，蒙趣召于三秋。温詔嗣頒，脩途夙駕。密陪清燕，榮冠邇聯。第迫衰殘，久苦負薪之疾；坐尸寵禄，蔑聞横草之勞。再三瀝危悃于冕旒，萬一報大恩于香火。豈謂隆天之博施，未忍棄捐；復分便地之名藩，曲加任使。況闔廬之故國，爲行殿之陪都。門號龍蛇，悦已迷于陳迹；臺遊麋鹿，驚復見于明時。地名富庶而帑廩屢空，歲幸豐登而莩亡載道①。夫豈既愆之力，可收共治之功。此蓋伏遇皇帝陛下勤儉守邦，欽明迪德。網羅衆俊，休休焉如有容；體貌大臣，下下以成其政。謂臣守兩越之地，粗免瘝官；付臣以三吴之民，更觀來效。親承褒語，不許辭榮。臣敢不瘽身以字民，力疾以從事。儻能小補，其敢告勞。騤遠楓宸，實馳魂于象闕；顧瞻梓里，庶經始于菟裘。尚期終惠之私，俾遂養痾之志。

謝乞宫祠賜詔不允表②

臣某言：近具奏乞在外宫觀一次。今月五日伏準詔書，所請宜不允者。冒貢忱詞，期遂養痾之素志；俯頒温詔，猥蒙藏疾之深仁。假寵便蕃③，撫懷震惕。中謝。伏念臣名浮于實，用過所長。二府偏更，守樸忠而自信；三州詳試，慙善狀以無聞。福既過而挻災，氣早衰而被病。兹睿哲大有爲之旦，正臣工思自盡之時。固將效州縣之微勞，庶或佐朝廷之大計。心勞政拙④，欲陳力而不能；外强中乾，歎衛生之無術。與其坐俟曠瘝之責，曷若亟披悃愊之愚。暫解麾符⑤，庶

① 「栽道」，大全文粹卷八作「系道」。
② 大全文粹卷一二題作「謝乞宫祠不允賜詔表」。
③ 「假寵」，聚珍本、四庫本同，大全文粹卷一一作「假榮」。
④ 「政拙」，聚珍本、四庫本同，大全文粹卷一一作「跡拙」。
⑤ 「暫解」，聚珍本、四庫本同，大全文粹卷一一作「乞解」。

少親于藥石；未頒俞旨，復申錫于絲綸。此蓋伏遇皇帝陛下廓上聖之英姿，建中興之偉業。雅重牧民之寄，不忘念舊之心。知臣粗歷蕃宣，當更責成于悠久；謂臣雖嬰疾恙，猶堪臥治于平時。坦然深厚之詞，賁此藐孤之跡。疏恩至渥，況瞻咫尺之威①；避事有嫌，且懼再三之瀆。欽承睿訓，勉竭駑材。儻後效之可圖，豈餘生之足惜。

謝提舉臨安府洞霄宫任便居住表

臣某言：昨知平江府，以疾病奏乞宫觀。五月十九日準敕提舉臨安府洞霄宫，任便居住。即時望闕謝恩祗受，交割府事與次官訖。沈疴淹久，屢控忱詞。盛德包荒，曲從私欲。釋蕃宣之叢劇，即隴畝之便安。朝拜茂恩，夕有生意。中謝。伏念臣夙稟尫殘之質，復乖衛養之宜。李廣數奇，第知安分；長卿多病，每懼瘝官。方聖主大有爲之辰，宜羣工思自盡于下。亦圖策勵，少荅恩私；事與願違，氣隨志索。況以郡處股肱之要，其可冒居；豈伊病在膏肓之間，而能臥治。獲伸危悃，仰恃至明。此蓋伏遇皇帝陛下治格九功，武昭七德。責成近弼，坐收破竹之功；加惠舊臣，深軫負薪之疾。故雖衰謝，不替初終。獲依晚景于松楸，庶遂首丘之願；尚保餘生于蒲柳，敢忘體國之心。

謝南郊大禮加食邑表

臣某言：準告以郊祀大禮赦恩加食邑三百户，尋具辭免，奉詔書不允者。蕆禮對天，曾豆籩之莫預；疏恩加地，尚簪履之弗遺。未獲懇辭，亟聞申命。中謝。伏念臣壯心凋落，病骨支離。理故國之丘園，稍休暮景；奉真祠之香火，少報天恩。會三歲之親祠，蒐多儀之久廢。禮樂明備，神祇宴娛。竣事圜丘，想靈斿之來下；均釐寰宇，仰睿澤之旁流。欣際難逢之辰，叨蒙多與之邑。此蓋伏遇皇帝陛下受天全付，躋世中興。孝允格于幽明，誠克參于高厚。

① 「況」，原作「怳」，據聚珍本、四庫本、大全文粹卷一一改。

卜年卜世，符三代有道之長；饗帝饗親，致四海以職來祭。雖莫瞻于盛典，亦竊冒于殊榮。曠然三宥之仁，普霑赤子；假以一成之地，增賁陳人。未填溝壑之間，終效涓埃之報。

謝加食邑表

臣某言：準告加食邑三百户①，尋具辭免，伏奉詔書不允，已望闕謝恩祇受訖。配天之澤，光被縣區；加地之榮，猥霑衰質。控辭靡獲，登受惟慙。中謝。伏念臣學不造于淵源，器僅容于圭撮。虛名浮實，寵禄逾涯。苶然頹暮之餘，惕若滿盈之懼。際中興之盛旦，慶絶古今；廓丕冒之深仁，榮均遠邇。抱疾久尸于祠廩，申恩復衍于爰田。此蓋伏遇皇帝陛下聰明以有臨，神武而不殺。兢兢業業，外銷北顧之憂；洩洩融融，内盡東朝之樂。兹蒙休于上帝，遂加惠于微臣。明試以功，曾乏絲毫之補；多與之邑，尤慙綸綍之華。誓虔香火之緣，仰效岡陵之祝。

謝明堂加食邑表

臣某言：準告以明堂禮加食邑三百户②，尋具辭免。今月二十三日準詔書不允，已即時望闕謝恩祇受訖者。縟禮熙成，莫預執籩之列；湛恩溥博，叨蒙加地之榮。懇避弗諧，欽承有靦。中謝。伏念臣凡材蹇淺，病質龍鍾。膺奬用之過隆，懼滿盈之必覆。周旋近服，壤連三輔之優；蒐講上儀，目斷九筵之邃。念祖宗之故事，眷帷幄之舊臣。或計陪祠，預頒召節。自敵騎長驅之後，非禮文備舉之時。雖未靖于艱虞，猶不忘于慶賚。此蓋伏遇皇帝陛下恩被動植，孝通神明。循息馬論道之規，正嚴父配天之義。靈斿來燕，知多福之永膺；霑澤旁流，合庶民而敷錫。肆衍爰田之賦，增榮分閫之嚴。漢石二千，已冒孝宣之重寄；齊邑三百，終憂伯氏之非宜。尚勉效于糜捐，期仰酬于優渥。

---

① 「加」字原脱，據文意補。全宋文卷三七八二校勘記：據標題，「準告」下疑脱「加」字。

② 「加」字原脱，據文意補。

謝生日禮物表

門弧在旦，方深顧復之恩；宸綍自天，叨被便蕃之錫。家庭榮耀，里巷驚嗟。中謝。伏念臣謬忝政塗，洊更歲籥。雖勉殫于淺拙，曾無補于艱危。慙懼空餐，侵尋晚景。劬勞罔極，復悲載育之辰；恩紀有加，更竊大烹之禮。此蓋伏遇皇帝陛下天臨海宇，子惠臣工。曲推體貌之誠，俾盡股肱之力。雖茲多故，不廢彝儀。佐家食以屬厭，無復及親之養；拜鴻私而勵翼，永肩報主之身。

謝傳宣撫問表

臣某言：今月十六日伏蒙聖恩差入内内侍省東頭供奉官、睿思殿祗候黄克柔傳宣撫問者。未能五月而報政，方懷尸素之羞；仰惟一視以同仁，洊沐撫存之渥。使華洎館，輿誦載塗。豈惟寒陋之增華，咸識聖明之念舊。中謝。伏念臣才鍾疎窳①，景迫衰殘。繼叨剖竹之榮，雖殫志力②；數困負薪之疾，蔑著事功。已荷優容，更垂簡記。臨遣王人之重，俯傳天語之温。此蓋伏遇皇帝陛下正五事以承天心，推赤心而置人腹。眷股肱之輔郡，德澤宜先；軫帷幄之近臣，寵私未慭。每曲形于慰藉，以增重于觀瞻。而臣體方中于沈痾，神未還于舊觀。固當自力，思稱所蒙。倦鳥知還，終冀逃于曠責；靈蛇銜報，庶獲勉于後圖。

又

臣某言：今月初二日，伏蒙聖恩差入内内侍省東頭供奉官、主管史館諸司鄭毅傳宣撫問者。澤國承流，蔑著蕃

① 「才鍾疎窳」，原作「才疎鍾窳」，據大全文粹卷一一乙。
② 「志力」，聚珍本、文淵閣本同，大全文粹卷一一作「智力」。

宣之效；星軺傳命，洊頒深厚之詞。仰聖眷之有加①，顧微蹤之豈稱。中謝。伏念臣猥以凡器，早踐要津。荷丹扆之誤知②，入陪二府；叨朱轓之重寄，出殿三州。志大何爲，性疎寡與。毫髪莫聞于補報，筋骸屢困于沈緜。周旋郡舍之幾時，絡繹使車之及境。温言甚寵，重拜知榮。此蓋伏遇皇帝陛下道大兼容，智明旁燭。憐簪履之舊物，曾侍燕閒；録屏翰之微勞，益隆體貌。衰遲自省，榮懼交並。雖撫字爲勤，未有及民之善政；而寵光若此，敢忘致主之初心。當益勵于後圖③，誓無慙于晚節。

謝中使傳宣撫問表④

臣某言：今月初二日，伏蒙聖恩差入内内侍省東頭供奉官林茂傳宣撫問者。叨紆郡組，未聞襦袴之謡；就遣使軺，俯賁綵綸之寵。吏民改觀，山水增輝。中謝。伏念臣夙被簡知，久陪嚴近。洊臨帥閫，録屏翰之微勞；還侍經帷⑤，極儒生之榮遇。而臣久苦陰陽之寇，復冒風波之塗。力丐就閒，屢投誠于黼扆；曲蒙從欲，更假寵于藩垣。慙德意之未宣，辱温言之遽及。此蓋伏遇皇帝陛下天臨寰海，子惠臣工。愛民務極于撫綏，念舊加隆于禮貌。尤軫羈孤之跡⑥，特頒深厚之詞。煖然似春，載榮蒲柳之質；就之如日，但傾葵藿之心。誓勉效于微勞，庶仰酬于異眷。

① 「聖眷」，聚珍本、四庫本同，大全文粹卷一一作「睿眷」。
② 「丹扆」，聚珍本、四庫本同，大全文粹卷一一作「黼扆」。
③ 「益勵」，聚珍本、四庫本同，大全文粹卷一一作「益勤」。
④ 大全文粹卷一一題作「謝傳宣撫問表」。
⑤ 「經帷」，原作「學帷」，據四庫本、大全文粹卷一一改。
⑥ 「羈孤」，聚珍本、四庫本同，大全文粹卷一一作「奇孤」。

謝中使傳宣撫問兼賜夏藥表①

臣某言：伏蒙聖恩，差入内内侍省東頭供奉官史彬傳宣撫問兼賜臣夏藥一銀合者。輟九重之近密，俯賁温言；軫三伏之炎歊，寵頒珍劑。恩非常擬，感溢情涯。中謝。伏念臣一去闕庭，再罹寒暑，餘齡晼晚，病骨支離。未酬覆燾之私，每迫陰陽之寇。欲逃瘝敗，歸乘下澤之車；敢謂記憐，賜加上池之藥。此蓋伏遇皇帝陛下坐恢遠略，力致中興。在知人，在安民；不泄邇，不忘遠。察臣久陪帷幄，粗忠樸而無他；以臣遠守江湖，假威靈而增重。閲歲華之始半，辱使驛之洊臨。敢不勉竭疲駑，少圖補報。俗期無犯，田收賣劍之牛；病或有瘳，身效銜環之雀。

謝中使傳宣撫問賜臘藥表

臣某言：伏蒙聖恩，差入内内侍省黄門幹辦祗候庫羅公彦傳宣撫問兼賜臣臘藥一銀合者。叨分閫寄，政未報于朞年；申遣使軺，來不遠于千里。綸言假寵，奩劑分珍。枯朽生光，湖山改觀。中謝。伏念臣初無術業，誤辱獎知。兩陪帷幄之嚴，四領藩垣之重。光陰易失，悲急景于虞淵；疾病相仍，類竄身于漳滏。屢辭劇寄，尚闕俞音。軫歲晏之嚴凝，輟禁庭之近密。細書一札，具昭體貌之誠；良藥萬金，庶起膏肓之疾。此蓋伏遇皇帝陛下日月容光之必照，天地成物而不遺。垂憐簪履之餘，曲霑雨露之施。顧天威在上，不咫尺之違顔；觀德化之成，願須臾而毋死。已銘心而戴德，誓隕首以酬恩。

謝乞宫祠詔不允表

臣某言：近以衰病，具奏乞在外宫觀，先準詔書，所請不允；尋兩具奏，乞檢會前奏施行。各準尚書省劄子，奉

① 大全文粹卷一一題作「謝傳宣撫問賜藥表」。

聖旨依已降詔旨不允，不得再有陳請者。既衰且病，屢控忱詞；宜去而留，實迫威命。被恩感涕，省己兢慚。中謝。伏念臣初知許國之小忠，終乏濟時之遠略。誤蒙勸奬，受任超逾。悲朽質之凋零，重私門之災釁。兹備員于脩水，直臥治于清漳①。人棄干戈，幸少休于卒歲；日從湯劑，幾不保于餘生。誠恐終誤使令，力陳悃愊。紆十行之賜札，曲形厚下之私；拜三命于循牆，猶負瀆尊之懼。此蓋伏遇皇帝陛下立國以德，用人無私。知遠民之難安，共理爲重；戒郡符之數易，久任是圖。察臣有翦除姦盜之微勞，憫臣嘗參預政機于累歲。雖云抱疾，未忍投閒。敢不俯策駑材，仰祇明訓。黽勉從事，姑稍效于捐軀；疾痛呼天，尚必期于從欲。

謝除知紹興府到任表

【案】宋史高宗本紀建炎四年五月，以張守參知政事。紹興元年八月，罷。六年十二月，以資政殿學士張守參知政事兼權樞密院事。八年正月，罷。此表中所云「兩叨政地」也，合證本傳初罷參知政事，則知紹興府，知福州，知平江府。再罷，則知婺州，知洪州，復知紹興府。此表中所云「釋上流之重寄」，又云「頻竊藩符」也。舊誤置斯表于初除知紹興府謝表之前，今序訂移此。

臣某言：伏奉告命，除臣知紹興府充兩浙東路安撫使，臣已于今月二十四日到任交割職事訖。釋上流之重寄，善狀無聞；分近輔之名藩，寵靈加渥。扶衰就道，觸熱到官。父老咨嗟，豈意十年而復至；教條習熟，不煩三令而自孚。既便且優，以榮爲悸。中謝。伏念臣兩叨政地，頻竊藩符②，皆逭曠瘝，率由全度。年齡晼晚，道德有負于初心；疾病沈緜，神明未還于舊觀。加以朞功之慘，相仍于私室；軍旅之事，未靖于中原。積憂所熏，生理幾盡。欲褰裳濡足，則力有不逮；欲處蔭休形③，而志有未諧。固思漫效于縻捐，終恐無裨于政化。下陳蕃之榻，已莫繼于前修；懷買臣之章，懼難圖于後效。此蓋伏遇皇帝陛下紹隆丕祚，力致中興。聖自日躋，殆五帝其功不及；順由天助，符三代

① 「直」，原作「真」，據聚珍本、四庫本改。
② 「頻竊」，聚珍本、文津閣本同，文淵閣本作「四竊」。
③ 「休形」，聚珍本、文津閣本同，文淵閣本作「休影」。

有道之長。捷音累聞，敵氣遄沮。益務培于基本，尤遴簡于蕃宣。察臣處心樸忠而無他，可以布宣德意；謂臣爲政静治而不擾，粗能銷弭姦偷。不忍遐遺，特從内徙。顧技能已試，類既祭之土龍；而齒髮更衰，媿來迎之竹馬。圖報儻伸于毫髮，養痾期返于丘園。

謝宫祠表

臣某言：昨知紹興府，以衰疾再具奏乞宫祠，準敕提舉臨安府洞霄宫，任便居住者。痼疾益侵，弗容强勉；忱詞繼上，遂沐矜從。釋劇郡米鹽之勞，即真祠香火之奉。感深增悸，恩大莫酬。中謝。伏念臣蚤誤獎知，備更華近。五分郡紱，兩玷輔藩。屬抱病以連年，歎衛生之無術。以湯劑爲飲食，以方論爲詩書。身慮亡聊，第覺餘生之可厭；王事靡盬，更懷失職之深憂。瀝危悃以叩閽，賜俞音而出綍。既寬百謫，復俾再生。此葢伏遇皇帝陛下明大燭幽，仁深念舊。指麾卻敵，坐申道德之威；器使隨才，内擴中和之化。處臣之禮，每隆于體貌；察臣之疾，欲至于膏肓。稍假便安，曲全終始。桑榆之景，雖已遂于燕閒；葵藿之心，敢少忘于傾向。

謝除知建康府到任表【案】宋史本傳：「建康謀帥，上曰：『建康重地，用大臣有德望者，惟張守可。』至鎮數月薨。」此表有「奉香火于真祠，甫及三年」云云，是在罷知紹興後三年，舊誤置除知平江府謝表前，今序訂移此。

臣某言：伏奉告命，除臣江南東路安撫制置大使兼知建康府兼行宫留守司公事，兩具辭免，伏蒙賜詔不允，及降聖旨不得再有陳請。臣已于今月二十六日到本路界交割安撫使印，二十九日交割府印訖。奉香火于真祠，甫及三年之久；懷印章于帥閫，不踰數舍之遥。力疾到官，感恩出涕。中謝。伏念臣賦分至薄，受寵過優。南渡艱難之初，實從于羈靮；中興暇豫之旦，已迫于桑榆。嗟膂力之既愆，敢壯心之不已。況復抱痾于漳滏，豈能臥治于淮揚。惟是陪都，獨高諸郡。龍蟠虎踞，想一時建國之規；鳳翥鸞迴，仰初幸賜名之詔。有行宫管鑰之重，有列戍師徒之雄。烽燧不驚，耕桑漸復。豈圖推擇，俯及衰遲。此蓋伏遇皇帝陛下躬孝悌以通神，致中和而育物。每簡求于循吏，以綏撫于疲氓。曲軫遺簪，猥叨出綍。察臣去國雖久，不敢忘畎畝之忠；謂臣更事稍多，或可付兵民之寄。起之閒散，委以藩宣。敢不仰體眷懷，俯殫駑鈍，力行所學，思善後圖。惟誠可以動天，用固封疆之守；惟公可以服物，庶銷姦宄之心。少寬顧憂，是爲報效。

代謝撫問表

承乏藩維，未周歲籥；疏恩宸扆，洊遺星軺。寵靈載加，榮悸交集。中謝。伏念臣猥緣章句之學，誤辱聖神之知。雖中外之屢更，蔑事功之可紀。進貳九列，已媿空餐；假守四州，訖無善狀。方偷安于歲月，期少逭于典刑。敢謂慈憐，申加撫諭；使華俯暨，德意具宣。此蓋伏遇皇帝陛下量極包容，仁均動植。已格盈成之治，不忘宵旰之憂。念臣下之勤勞，發訓詞之温厚。三軍挾纊，千室鳴弦。臣敢不益竭智能，仰宣條教。王度已同于金玉，惟在奉行；聖言更炳于丹青，未知稱塞。

代徐州太守謝上表

竄名謫籍，已分棄捐；假守要邦，復叨甄敍。省循汗下，感激涕流。中謝。伏念臣智不足以周身，才不足以出衆。徒以遭逢熙旦，冒昧睿知。追上國之俊游，綴甘泉之法從。曾無小補，自抵大訶。積釁一身，投閒七載。仰明時而自絶，望天何異于戴盆；悲涉世之多虞，視地常同于跣足。莫完玷缺，倍費洗湔。終賴乾坤之私，復叨民社之寄。矧是彭城督府，禹貢舊封。當汴、泗二水交流之衝，實楚、漢羣雄角逐之地。氣鍾慓悍，俗喜寇攘。必擇能臣，以當重鎮。豈伊衰晚，可稱使令。此蓋伏遇皇帝陛下道極蓋容，仁均動植。典禮復元豐之舊，賞刑契神考之心。念臣嘗侍冕旒，可以推原德意；察臣久安田里，或能綏靖遠民。乃于起廢之初，付以承流之重。臣敢不奉賜書之一札，體以愛民；

凡宣力于四方，孰非報國。誓勤夙夜，仰答生成。

代太守謝賜茶表

使傳經從，曲軫中宸之眷；詔函撫諭，分頒北苑之珍。仁不遐遺，恩非常擬。拜興登受，退省兢榮。中謝。伏念臣早綴藝文，誤蒙奬拔，越從罪籍，復殿藩維。更旌河隴之微勞，還畀蓬瀛之舊職。念已周于歲律，訖無補于秋毫。紆使指之光華，發帝綸之温厚。緊丹衷念舊之篤，出銀臺薦新之餘。弱茗浮英，想靈芽之濯茂；殘膏膩馥，流燥吻以清甘。已期兩腋之生風，曷啻百金之洎館。此蓋伏遇皇帝陛下海涵遐邇，子惠臣工。故雖駑蹇之姿，亦被寵光之施。拜嘉獨幸，玩味無厭。札下十行，莫稱循良之效；賜加一級，祇懷隕越之憂。

代提刑謝賜茶表

使華遠暨，遽沐温言。睿渥俯加，更叨寵錫。寵靈載集，榮悸交深。中謝。伏念臣猥以妄庸，誤蒙器使。入聯省闥，出領使臺。已再閱于星霜，曾莫裨于毫髮。祇虞罪戾，難逭典刑。敢意宸衷，特涣中天之寵；夙馳使指，分霑北苑之珍。此蓋伏遇皇帝陛下子育臣工，天臨遐邇。特頒恩紀，俯慰衰遲。仰拜皇慈，媿素餐之叨冒；退嘗仙品，流燥吻以清甘。未知報德之方，誓竭捐軀之節。

代内相謝入伏早出表

流金之候，上軫淵衷；出綍之絲，俯優近列。早容退食，俾遂燕居。事雖襲于故常，恩實超于夷等。中謝。伏念臣才非東里，籍忝北門。坐驚寒暑之往來，莫贊風雷之鼓舞。奔馳觸熱，獲逃袯襫之譏；進退自公，每效委蛇之節。而況燭蓮夜直，人以爲榮；懷肉早歸，心焉竊媿。敢謂四聰之洞察，特憂三伏之炎熹。禮視股肱之崇，愛均父母之厚。此蓋伏遇皇帝陛下仁天至大，慈寶爲先，念暑暍之侵時，酌人情而均適。雖朝日至昃，躬無逸之憂勤；而薰風自南，廣餘凉于黎庶。臣等敢不體如天之詔，深懲畏日之嚴；侍清燕之閒，更勵飲冰之志。

代内相謝侍讀表

代言坡禁，曾無深厚之詞；進直經帷，復侍清閒之燕。寵靈狎至，榮悸參並。中謝。竊以荷槖論思，固推榮于從列；金華講讀，尤密邇于清光。自非學足以貫流略而不遺，才足以贊謀猷而可用，則何以仰承訪問，少助見聞。而臣學既昧于大方，才不周于世務。偶以遭逢之異，拔于冗散之中。徧歷清華，居慙懵陋。三鍾十束，粗厭足于支離；八索九丘，詎追參于倚相。復陪邇綴，實忝睿知。此蓋伏遇皇帝陛下道冒域中，識超物表。光明之學，初無假于緝熙；盈成之功，又不忘于持守。參稽治忽于前世，博采耆明之大儒。蓋將裒益于多聞，豈止奉行于故事。遂容一介，輒簉羣英。固當深體慈憐，彌加勉勵。念潤色討論之重，微一得之可稱；當燕見紬繹之求，庶萬分之或補。

代人謝禮部侍郎表

出臨浦郡，未聞報政于朞年；入貳春官，復幸承顔于咫尺。兼金增賁，命服疏榮。拜寵數之有加，揆庸虚而曷勝。牢辭靡獲，竊據惟慙。中謝。伏念臣門地不高，天資極陋。奮身寒遠，遭世盛明。偶緣一日之長，遂際千齡之會。丐拔從韋布，驟越搢紳。掖垣媿書命之才，瑣闥冒論思之職。旋總成均之教，繼參宗伯之司。恩積丘山，效微毫髮。承流于支郡，勉試吏能；逮尸禄以周星，訖無善狀。方俟黜幽之典，敢圖錫命之申。驟膺漢札之十行，再覲堯眉之八彩。復叨舊物，益媿初心。此蓋伏遇皇帝陛下大智旁明，至仁兼濟。運鈞陶之獨化，坱圠無垠；參覆載以成能，區萌有狀。致兹孱瑣，亦預生成。臣敢不退激懦衷，欽承新命。體淵冰臨履之戒，祇慎百爲；報天地蓋容之私，誓堅九殞。

代雲南節度使大理國王謝賜曆日表

盛德宅中，欣際禹聲之暨；遠臣面内，叨蒙堯曆之頒。仰被寵靈，俯深榮悸。中謝。竊以舜齊七政，治罔逮于要荒；武通八蠻，賜不聞于正朔。豈伊絶域，輒預頒時。伏念臣族本九隆，地連六詔。自厭巢南之陋，不忘拱北之心。惟中國有至仁，無思不服；故小邦懷其德，莫敢不來。祗修賨幏之勤，寧憚梯航之遠。雲天引領，阻陪鳴玉之朝；嶺海不毛，暫預獻琛之列。豈圖優假，不以遐遺。賁之綸綍之榮，獲披周誥；賜以節旄之重，遂識漢儀。賚予有加，恩華絶擬。乃屬清臺之課曆，復同方國之賜書。知歲律之肇新，動蠻邦之榮觀。此蓋伏遇皇帝陛下大明進日，惠澤昭天。莅中國而撫四夷，坐明堂而朝羣后。體陰陽于刑德，同文軌于車書。序臻玉燭之和，歲協金穰之慶。畢獻方物，已聞四海之偕來；欽授人時，豈惟五賦之所養。推此占天之要，達于率土之氓。亶是荒陬，亦沾茂渥。臣敢不恪遵侯度，恭布王正。春發秋成，莫測璇璣之運；寒耕暑耨，願從火食之風。

毘陵集卷七

表

天申節賀表

伏以炎德中興，祥發明離之旦；虹光下燭，欣逢出震之期。凡屬含生，率形善頌。中賀。恭惟皇帝陛下聰明憲古，勤儉保邦。德刑體冬夏之常，信順獲天人之助。義師雲集，已清汝潁之風塵；凱奏星馳，行復關河之氣象。順迎嘉節，茂擁純休。拱衆星于北辰，但虔封祝；占老人于南極，益永堯齡。臣一去天墀，兩更歲籥。奉璽書之一札，方恪守乎藩條；上金鑑于千秋，詎敢忘夫家訓。

又

伏以大火中天，協寢明寢昌之運；祥虹流渚，啓載震載夙之期①。慶篤宗祧，福均夷夏。中賀。恭惟皇帝陛下躬湯勇智②，服禹儉勤③，念久履于屯蒙，期力圖于豐泰。省觀風俗，燭幽遠于耳目之前；總攬權綱，運寰樞于指掌之

① 「啓」，聚珍本、四庫本同，大全文粹卷一上作「開」。
② 「躬」，聚珍本、四庫本同，大全文粹卷一上作「稟」。
③ 「服」，聚珍本、四庫本同，大全文粹卷一上作「躬」。

上。茲天休之申命，見王化之復行。佇垂拱于巖廊①，永照臨于華夏②。臣猥分帥閫，邈在海隅。拱北極以馳神，莫簉鵷鴻之列；指南山而獻壽，敢殫犬馬之忠。

賀金人退遁表

皇威燀赫，雷霆大震于要荒；敵衆奔亡，氛祲一清于淮海。傳置郵而播告，罄寰宇以騰歡③。中賀。茲强敵之侵疆，本逆臣之借勢。天意悔禍，人謀與能。親御戎衣，發至神之獨斷；俯臨郊壘，飛萬旅之先聲。猛將星羅，營屯衆整。偏師電埽，凱奏累聞。螳莫拒于隆車，魚尚游于沸鼎。前窺天塹，駭巨浸之春生；側聽風聲，曳疲兵而宵遁。占彼烏烏之樂，知其狐兔之逃。我方賈勇以鷹揚，勢必追奔而獸獮④。江淮静謐，廟社奠安。此蓋伏遇皇帝陛下建大中以承天心，有常德以立武事。樹包荒之大度，建撥亂之良圖。戎騎肆行，烽火雖連于三月；鑾輿一動，羽干自格于七旬。固將恢復中原而迴六飛，蕩平朔野而迎二聖。繄天所相，指日以須。臣謬忝蕃宣，獲觀露布。屈人兵于不戰，仰廟算之無遺；數軍實以飲歸，想天顔之有喜。限以守藩在遠，不獲稱慶闕庭。【案】此下泛詞，原本未録。

賀明堂禮成表

清蹕時巡，深軫四方之多事；合宫大饗，恪遵三歲之彝章。誠既格而神娭，慶遂行而民賴。中賀。臣聞禮或隆而或殺，祀有報而有祈。屬羯胡之肆行⑤，致庸典之幾墜。未暇備隆于百禮，特殺其文；雖曰大報于三神，以祈爲主。

①「佇」，聚珍本、四庫本同，大全文粹卷一上作「將」。
②「華夏」，原作「遠邇」，據大全文粹卷一上改。
③「罄」，聚珍本同，文淵閣本作「慶」。
④「勢必追奔而獸獮」，聚珍本同，文淵閣本作「敵遂望風而星散」。
⑤「羯胡」，原作「敵騎」，據宋刊本大全文粹卷一中改。

爰舉紹興之近制，實遵皇祐之成謨。天地合祛，祖宗並侑。聖明之能述作，盡脱拘攣①；衷正以昭馨香，自膺顧享。恭惟皇帝陛下生知恭儉，躬履艱危。菲禹食以寧神，土堯階而率下。齋明盛服，蒐講上儀。五室九筵，制就嚴于路寢；三牲八簋，誠自接于高靈。臣忝帷幄之舊臣，備藩垣之煩使。再逢熙旦，獨遠周行。駿事受釐，莫贊鬼神之問；疏恩作解，獲霑雷雨之施。

賀册皇太后禮成表

剛辰協吉，縟禮備成。王化所基，式表一人之慶；母儀增重，聿臻萬國之歡。中賀②。恭以皇太后道配坤元，德符帝眷。誕育聖神之質，嗣承貽燕之圖③。屬戎馬之内侵④，從鑾輿而遠適。未崇位號，徒想音徽。恭惟皇帝陛下稟天縱之英姿，輔日新之聖學。丕揚大業，坐致中興。謂祀夏配天，實本有仍之懿；清宫見廟，當先薄后之迎。然以未聞北狩之還，尚阻東朝之養。惟聖人無以加孝，視天下不足解憂。正長樂之隆名，奉慈宫之寶位。冀上天之悔禍，盡洗邊虞；佇行殿之遄歸，永安人養。臣叨分屏翰，密邇闕庭。拭目熙朝，傾心盛事。堯門紀瑞，增光圖史之傳；漢殿稱觴，阻預臣鄰之列。

賀册皇后禮成表

臣某言：伏覩進奏院報狀，今月二日制書某人可立爲皇后，仍令有司備禮册命者。楓宸敷號，椒極正儀。展盛

① 「盡脱」，聚珍本、文津閣本同，宋刊本大全文粹卷一中作「盡洗」。
② 「中賀」二字原脱，據大全文粹卷一上補。
③ 「承」，原作「成」，據大全文粹卷一上改。
④ 「戎馬」，原作「戒馬」，據聚珍本、四庫本、大全文粹卷一上改。

禮于內朝，溢歡聲于率土。中賀。竊以四星垂象，仰占天極之明；萬物流形，咸賴坤成之育。欲格人倫之正，是先王化之基。恭惟皇帝陛下修己以安人，齊家而治國。念贊蒸嘗于九廟，而從溫凊于東朝。中壼久虛，輿情觖望。欽承太母之訓，俯徇羣工之言。金璽盤螭，正隆名于寶册；褘衣重翟，昭懿範于威容。佇開夢日之祥，以表俔天之異。臣頃叨政路，久竊仰于徽音；今際休辰，悵莫瞻于盛事。望雲不及，擊壤惟均。

代李憲賀檢法廳生芝草表時三府獄空。

至仁善貸，叢棘屢空；和氣發祥，靈芝毓秀。吐柯甚異，按牒鮮聞。事越往初，慶傳遐邇。中賀。竊以畫于衣冠而民不犯，獨稱聖帝之時；德至草木則芝自生，式著前賢之訓。眷東南之廣袤，稱吳越之浩穰。俗習悍頑，人輕抵冒。故庶獄罕聞于衰息，而比年數記于空虛。曾是會稽，亦無留訟。本聖神之欽恤，格天地之休嘉，故茲璀璨之英，發于詳讞之所。盤根磊砢，聳幹扶疎。煥金彩以陸離，零露華而霑湑。究觀黃澤，自符火德之昌；式遘誕彌，仍表椿齡之茂。歷稽青簡之載，故多朱草之珍。銅池嘗記于九莖，山澗亦誇于三秀。曾未有當圜扉鞫草之後，見華渚流虹之時。實掩前聞，亶爲盛事。茲蓋伏遇皇帝陛下道高太極，澤被緜區。徽功協于登三，治具明于畫一。好生之德，黼察察之繁文；長發其祥，顯煌煌之上瑞。用集封巒之慶，益光載籍之書。臣媿無明敏之才，獲際熙洽之運。星占貫索，共欣千載之逢；歌奏芝房，永播萬年之頌。望雲雖遠，擊壤惟均。

代大理寺卿賀斷絶奏案表

不令而行，黎民於變；有恥且格，比屋可封。曾無請讞之辭，或下平亭之吏。頌聲交作，協氣旁流。中賀。竊以作律止于九章，示簡用懲于密網；求情必以五聽，致詳懼失于單辭。尤謹罪疑，更從中覆。惟上聖以列用中罰，而斯民不犯于有司。咸蹈四維，自忘五過。下逮八荒之遠，亦停三覆之煩。置辭既息于郵傳，當罪不勞于吏議。事無佺愢，日以舒長。恭惟皇帝陛下端命穆清，宅心昭曠。治具明于畫一，化工協于登三。放德而行，物被昭天之施；惟刑之恤，獄無畫地之譏。致囚繫之屢空，亶刑章之幾措。臣等獲承嘉會，親覩極功。絶筆丹書，安用惠文之弾□；□□青史，下卑宣室之齋居。

代皇子賀冬表十道

載臨天統，物迎六氣之元；參亞歲儀，廷備八能之奏。中賀。恭惟皇帝陛下道侔天大，福與陽昇。茂膺滋至之休，永御舒長之日。臣職依紫禁，倍霑雨露之私；時正黃宫，願上岡陵之祝。

天統爲元，曆重三正之首；雲官告瑞，臺先五物之占。中賀。恭惟皇帝陛下盛德懋昭，神功不宰。福與陽而寖長，明並日以常昇①。臣位忝後星，拱密依于北極；禮逢亞歲，壽切擬于南山。

氣至以和，合八能而備奏；陽舒而復，推五福以類昇。中賀。恭惟皇帝陛下以天爲宗，對時育物。運陶鈞之獨化，嗣曆服于無疆。臣託跡宸闈，望天顏而密邇；迎陽候管，識君道之方昌。

氣鍾于子，潛通嶰谷之和；天統爲元，允協周時之正。中賀。恭惟皇帝陛下德進十日，序合四時。丁復旦之初陽，茂履長之景福。臣趨庭佩訓，欣觀亞歲之儀；舞手稱觴，敢上後天之筭。

① 「常昇」，聚珍本、文淵閣本同，文津閣本作「當昇」。

占五物于魯臺，休祥紹至；合八能于漢殿，協氣昭宣。中賀。恭惟皇帝陛下端命穆清，宅心昭曠。于四時而序合，宜五福之類昇。臣身託璿源，覿嘉時之有淑①；慶符神筴，知景祚之無疆。

氣鍾于子，知萬寶之潛萌；道兼于天，與一陽而來復。中賀。恭惟皇帝陛下神心經緯，休德昭清。祥開御辨之辰，寵受履長之慶。臣謬依宸極，獲邇天顔。寔殫善頌之誠，彌永無疆之曆。

寶曆延鴻，啓迎陽之協氣；昕朝告慶，藏亞歲之盛儀。中賀。恭惟皇帝陛下德與時亨，道侔天運。膺萬年之景貺，滋庶類以潛萌。臣身託璿源，仰玷寵光之厚；時調玉燭②，第殫鼓舞之誠。

嶰律布和，時重三正之首；魯臺觀象，祥先五物之占。中賀。恭惟皇帝陛下剛健乾行，文明賁飾。體四時之不忒，膺萬壽之無疆。臣欣遘嘉辰，居慙弱植，慶但深于忭躍，歡敢後于嵩呼。

星連月合，載臨天統之元；陽長陰消，允協雲官之瑞。中賀。恭惟皇帝陛下神躬萬變，道體二儀。滋生育之初陽，廓舒長之化日。臣仙源毓質，既欣千載之逢；帝所稱觴，敢後萬年之祝。

圭躔舒景，臺先五物之占；律本導和，樂備八能之奏。中賀。恭惟皇帝陛下功侔乾覆，德與陽亨。坐臻有永之

① 「淑」，原作「俶」，據四庫本改。

② 「玉燭」，原作「三燭」，據四庫本改。

年，以御無爲之化。臣分輝霄極，身獲邇于威顔；稱慶宸庭，心實勤于禱頌。

代皇子賀正表十道

攷天度于珠躔，斗回寅次；驗人時于玉燭，氣襲東郊。中賀。恭惟皇帝陛下欽奉三無，惠綏九有。運陶鈞之獨化，體曆數以在躬。暖然似春，氣和臻萬物之應；就之如日，陽明知五福之升。臣夙侍慈闈，親逢穀旦。第慙弱植，阻陪鵷鷺之班；敢罄丹誠，共上岡陵之祝。

受圖籍于三朝，禮行獻歲；執玉帛者萬國，共慶北辰。中賀。恭惟皇帝陛下湯聖日躋，堯功天大。撫辰以凝庶績，受福以浸黎元。曰暘而暘，行四時而不忒；出甲于甲，育萬物以皆昌。臣謬忝藩封，恪循子職。鵷行抃舞①，未陪東閤之班；雲幄靚深，徒切北辰之拱。

漢受圖籍于四海，會以三朝；周垂治象于萬民，斂以挾日。中賀。恭惟皇帝陛下躬禹勤儉，體湯寬仁，誠克奉于三無，時屢臻于大有。得天之紀，坐守不宰之功；維春之祺，永受無疆之福。臣齒方稺弱，身託蓋容。淑景晏温，竊慶逢辰之幸；天顔悦豫，益深就日之忱。

端月始和，垂周官之治象；發春東作，授堯曆之人時。中賀。恭惟皇帝陛下道冒無方，化孚有截。天地位而萬物育，日月照而四時行。迎穀旦之光華，後天不老；納蒼生于仁壽，與物爲春。臣猥以稺蒙，獲逢熙盛。受圖籍于四

① 「鵷行」，原作「鴛行」，據四庫本改。

海，竊預觀瞻；膺壽考之萬年，第形祝頌。

曆本夏正，定四時而成歲；禮隆漢會，旅萬國以受圖。中賀。恭惟皇帝陛下舜治巍巍，周文郁郁。德應期于木盛，歲預卜于金穰。維春之祺，已仰膺于眷顧；向明而治，斯永御于昇平。臣顧以弱齡，親逢獻歲。慈闈曳綵，阻陪東閤之班；祕殿稱觴，敢罄南山之祝。

漢殿受圖，丕講三朝之會；周邦布象，肇新挾日之觀。中賀。恭惟皇帝陛下乾德資生，離明繼照。際天所覆，逢熙旦之光華；與物爲春，播至和于動植。臣蚤依霄極，欣履歲端。謬分茅土之榮，敢後岡陵之祝。

夏時協正，物資引達之和；漢會受圖，朝旅貢珍之盛。中賀。恭惟皇帝陛下配德天地，玩心神明。撫于五辰，致四時之不忒；申以百福，緜萬壽于無疆。臣謬忝天支，尤荷照臨之德；欣同星弁，共殫呼舞之誠。

魯史以正次王，式謹履端之序；夏時以人爲統，蓋先引達之功。中賀。恭惟皇帝陛下一德享心，四時合序。配天其澤，既丕冒以無私；維春之祺，復垂休于罔極。臣居塹弱植，獲際休辰。欣鳳曆之載新，簉鵷行而竊抃。

旅圖籍于漢京，肆蕆雲龍之會；垂治教于象魏，一新邦國之觀。中賀。恭惟皇帝陛下治格太寧，功深不宰。包涵徧覆，緊妙化之範圍；引達孳萌，由至神之鼓舞。臣仙源毓質，欣逢四序之新；帝所承顏，願上萬年之祝。

堯曆更端，定四時而成歲；漢儀高會，膺萬國之貢珍。中賀。恭惟皇帝陛下德茂日新，道侔乾始。施恩動植，仁已浹于嘉生；比壽岡陵，數莫窮于巧曆。臣猥緣弱植，獲侍天顔。時乘端月之和，彌格後天之祝。

代皇子賀親蠶禮成表五道

德茂刑家，播徽音于椒禁；政先敦本，蕆盛事于桑壇。中賀。恭惟皇帝陛下仁以厚民，治惟稽古。乃至禕褕之重，不忘織袵之勞。臣猥以弱齡，覿兹鉅典。王化自近，已大竦于觀瞻；民生在勤，當不煩于勸課。

治本儉勤，禮載行于織室；化孚觀聽，歡遂浹于緜區。中賀。恭惟皇帝陛下德以身先，治由近始。帝藉既終于千畝，公桑復始于三條。臣託迹慈闈，分封外壤。鞠衣從事，欣瞻三灑之儀；紅女勸功，行奉八緜之貢。

治本農桑，爰著躬行之實；禮成宮壼，聿觀神化之馳。中賀。恭惟皇帝陛下德茂勤邦，仁深厚下。載講蠶宮之事，增嚴龍衮之華。臣胙土藩方，託身宸極。三宮布繭，已瞻陰教之修；五畝植桑，更卜民財之裕。

載開帝藉，既終一墢之功；從事公桑，申講三條之禮。中賀。恭惟皇帝陛下若稽舊典，敦勸庶邦。粤季春之吉辰，示長秋之懿德。臣猥緣穉齒，欣覿上儀。繭館獻功，行慶三宮之布；絲人載績，更新五采之施①。

負扆端朝，坐闡不言之教；載鉤就室，用彰敦本之仁。中賀。恭惟皇帝陛下恭儉愛人，欽明若古。曾是椒宮之懿，不忘繭館之勤。臣蚤被皇慈，親逢盛禮。織紝組紃，庸是勸于女功；朱綠玄黃，佇克成于帝服。

---

① 「更新」，聚珍本、文津閣本同，文淵閣本作「更深」。

代皇子賀北郊禮成表五道

翠華就次，極帝意之寅恭；黃玉奠方，仰靈心之嘉饗。備成懿典，同切歡悰。中賀。恭惟皇帝陛下膺命溥將，凝謀丕顯。天地明察，達禮樂之中和；中外辦嚴，蕆威容之祲盛。臣居慙弱植，祇覲上儀。雖微顯相之勤，均賴榮懷之慶。

朱夏適中，飭屬車而嚴辦；方丘蕆事，欣盛禮之嘉成。靈祇宴娛，寰海呼舞。中賀。恭惟皇帝陛下宅中立極，正曆握符。道兼于天，斡萬邦而獨化；祭重于地，謹三歲之親祠。臣屬忝天支，親逢聖旦。覲文明而竊抃，慶福祚之增隆。

離明御治，極聖孝以寧神。坤載親祠，接神娭而竣事。靈祇歆祐，海宇歡康。中賀。恭惟皇帝陛下道配二儀，化馳九有。克禋克祀，勤天步于六飛；來燕來宜，識飆游于八變。臣猥慙弱植，親遇聖時。仰縟典之嘉成，激懦衷而抃躍。

至日躬祠，秩上儀而蒐舉；方丘竣事，仰協氣之流通。神人協和，內外交慶。中賀。恭惟皇帝陛下道高太極，孝格羣神。樂奏摐金，已備函鐘之八變；禮成奠玉，想聞喬嶽之三呼。臣謬託璿源，獲觀縟禮。莫預鵷行之列，第深螽躍之誠。

萬物資生，禮不忘于本始；百神受職，誠自浹于幽明。嘉事休成，湛恩汪濊。中賀。恭惟皇帝陛下道侔坤載，明並日升。泰折親祠，内盡志而外盡物；靈祇昭答，山出車而河出圖。臣仰託肅臨，莫陪顯相。祇覩文明之化，第深鼓舞之誠。

代皇子北郊齋宫起居表五道

星火謹時，秩紫壇之禋祀；郊宫夙駕，躬盛服之齋明。恭惟皇帝陛下德茂蓋容，誠通幽顯。嘉栗以奉旨酒，式嚴坤載之承；精潔以昭馨香，遐想靈斿之下。臣叨依宸極，暫遠寢門。冒兹袢暑之期，宜有純禧之祐。

剛日載臨，奉令芳之嘉薦；柔祇祇事①，昭衷正于馨香。恭惟皇帝陛下大道無私，至誠不息。躬行典禮，輔相于天地之宜；夙次郊丘，齋戒以神明其德。臣暫違問寢，第極馳心。履兹炎酷之辰，茂介興居之福。

祗建郊丘，本坤元之博厚；夙臨齋幄，極母事之寅恭。恭惟皇帝陛下德合無疆，化孚有截。抑成貶定②，每親事于壇場；齋心服形③，用肅將于圭幣。臣禮愆夏清，心極葵傾。諒幽顯之協綏，宜寢饗之恬適。

夙陳法駕，靡辭烝溽之勤；前即郊宫，備極精禋之享。恭惟皇帝陛下高明體道，恭儉宅心。講希闊之彌文，增光丕祚；罄齋明之盛服，祇見方輿。臣闕侍寢門，馳心齋幄。茂想寢興之適，允宜福嘏之綏。

---

① 「柔祇」，聚珍本、文淵閣本同，文津閣本作「坤祇」。
② 「抑成貶定」，聚珍本、文淵閣本同，文津閣本作「必敬必戒」。
③ 「齋心服形」，聚珍本、文淵閣本同，文津閣本作「盡志盡誠」。

親祠泰折，丕昭希闊之儀；夙駕郊宫，備極齋明之意。恭惟皇帝陛下神心經緯，道體静淵。懷博厚持載之功，禮儀既備；罄精潔惠和之意，夙夜惟寅。臣猥託宸闈，暫違寢膳。式履炎歊之候，茂膺祉福之綏。

代皇子賀明堂禮成表五道

孝隆嚴父，涓吉旦于九秋；禮洽寧神，得歡心于四表。中賀。恭惟皇帝陛下儀刑舊典，祓飾彌文。既嚴布政之居，尤謹親祠之德。臣居蹔穉弱，莫預駿奔。天其右之，既謹我將之祀；神之至矣，但歌天保之詩。

九秋涓吉，肅修嚴配之祠；百執駿奔，式慶熙成之典。中賀。恭惟皇帝陛下丕釐帝命，躬奉天經。講曠古之上儀，享太平之備禮。臣叨封列國，託芘慈闈。宗祀明堂，蹔莫陪于顯相；受釐宣室，但同極于歡呼。

季秋協吉，躬展事于合宫；嘉禮告成，坐受釐于宣室。中賀。恭惟皇帝陛下昭哉嗣服，大矣緝熙。極事帝之小心，盡嚴父之達孝。臣居蹔弱植，欣際彌文。奔走豆籩，初無顯相之效；搏拊琴瑟，但形率舞之容。

陽館親祠，竭誠心于嚴配；彤庭胥慶，欣盛禮之嘉成。中賀。恭惟皇帝陛下堯德允恭，禹功致孝。歲講合宫之享，坐臻四表之歡。臣猥以弱齡，欣逢華旦。告嘉栗而奉酒醴，具獲神靈之歆；駿奔走而執豆籩，莫預臣工之列。

粢盛豐備，卜吉日于九秋；圭幣肅將，合高靈于五室。中賀。恭惟皇帝陛下功追先烈，道匹天休。歲當萬物之成，禮嚴上帝之配。臣叨膺胙土，莫預執籩。對越在天，仰精禋之克饗；並受其福，緊慶賴之惟均。

代皇子明堂致齋起居表五道

合宫毖祀，載蒐講于上儀；路寢先期，致齋明之盛服。恭惟皇帝陛下孝惟嚴父，明以事天。欲通幽顯之情，爰極精誠之享。臣夙居宸禁，暫去寢門。道默感于三靈，動宜膺于百順①。

合宫蕆事，禮欲竭于孝思；路寢齋居，享用昭于精意。恭惟皇帝陛下率時昭考，對越在天。悽愴于霜露之時，齋戒以神明其德。臣暫違定省，第極瞻依。諒幽顯之協綏，宜寢饗之怡適。

展事明堂，大備九秋之享；飭躬祕殿，載嚴三日之齋。恭惟皇帝陛下孝以奉先，聖能饗帝。告嘉栗以奉旨酒，致精潔以昭馨香。臣久獲趨庭，暫違問寢。想神明之調護，宜福嘏之來綏。

太室親祠，本孝思之罔極；路朝夙次，竭精意于先期。恭惟皇帝陛下饗帝盡恭，寧親爲大。將奉旨酒之嘉栗，乃躬盛服之齋明。臣仰竊燾臨，暫違定省。昭受上天之佑，允膺多福之貽。

饗帝明堂，肅致精明之德；儲神齋幄，靡辭夙夜之勤。恭惟皇帝陛下禮備情文，誠通幽顯。欲奉令芳之嘉薦，必昭衷正于馨香②。臣暫去慈顏，但馳丹悃。仰意靈心之格③，茂膺福履之綏。

---

① 「膺」，原作「庸」，據四庫本改。
② 「必昭衷正于馨香」，聚珍本、文津閣本同，文淵閣本作「必昭忠信之馨香」。
③ 「仰意」，聚珍本、文津閣本同，文淵閣本作「仰冀」。

牋

代皇子冬至賀皇后牋九道

斗杓迴子，斡萬寶以潛萌；天統爲元，協三陽之肇復。中賀。恭惟皇后殿下化隆内治，德茂坤承。時乘荔挺之和，福萃椒塗之懿。臣蚤依慈訓，欣遘嘉辰。丕承滋至之休，永贊無爲之化。

周正應律，是爲三統之元；漢殿迎陽，大合八能之奏。中賀。恭惟皇后殿下柔明逮下，博厚承天。壽偕愛日之長，福衍大川之至。臣猥緣弱質，獲侍慈顔。冀乘荔挺之和，永播葛覃之頌。

珠躔正度，圭延愛日之長；緹室飛灰，律表微陽之動。中賀。恭惟皇后殿下坤儀博厚，陰教修明。順履芸芳之辰，大集椒塗之慶。臣託蹤霄極，佩訓慈闈。壽永配于天長，喜實增于鼇抃。

窮陰變陸，肇建統于天元；愛日臨圭，復迎長于寶曆。中賀。恭惟皇后殿下柔明秉德，慈儉飭躬。乘嘉旦之芸芳，擁遐齡而椿茂。臣疏榮茅土，承訓椒宫。慶方錫于庬鴻，喜第深于鼓舞。

嶰籥均時，播黄宫之協氣；洛圭正度，延北陸之祥曦。中賀。恭惟皇后殿下位正坤承，道隨陽長。乘荔華之萌動，擁椿壽之庬鴻。臣謬列藩封，欽承壼訓。式際光華之旦，第深鼓舞之誠。

定景圭躔，衍祥曦于北陸；飛灰玉琯，動協氣于黄宫。中賀。恭惟皇后殿下德厚坤元，化隆内則。順復三陽之應，茂迎五福之升。臣毓質璿源，承顔椒幄。欣際踐長之旦，敢殫善頌之私。

天正肇序，時惟萬物之元；律本道和，氣應一陽之復。中賀。恭惟皇后殿下賓慈逮下，順德承天。乘荔挺之芳辰，輯椒塗之景福。臣猥緣弱質，密侍慈顔。敢殫善頌之誠，益茂無疆之慶。

魯臺占象，先五物以觀雲；嶰律播時，慶一陽之襲管。中賀。恭惟皇后殿下道全翕闢，躬履儉慈。逢至日以踐長，宜降年之有永。臣久依慈誨，謬分茅土之封；昭受鴻休，克配岡陵之固。

斗回建子，重一統于天正；陰極生陽，滋太和于律本。中賀。恭惟皇后殿下坤儀静順，陰教修明。載臨亞歲之儀，益茂承天之德。臣分封藩國，竊芘宸庭。瞻穀旦之光華，撫微躬而抃躍。

代皇子賀皇后新正牋十道

玉琯移春，淑氣潛回于動植；椒觴獻壽，歡心自格于華夷。中賀。恭惟皇后殿下德配坤元，化隆内則。順履更端之旦，茂迎長發之祥。臣猥以弱齡，獲承于慈誨；欣逢獻歲，第極于虔祈。

履端于始邦，存魯史之規；引達于寅氣，得夏時之正。中賀。恭惟皇后殿下坤儀静順，陰教修明。踐王春之至和，集長秋之多福。臣璿源毓質，椒屋承顔。欣吉日之來臨，撫微躬而竊抃。

氣協青陽，啓四時之首祚；祥生紫禁，均萬國之歡心。中賀。恭惟皇后殿下躬儉齊家，賓慈逮下。受椒觴之醇旨，錫椿壽之厖鴻。臣謬列藩封，獲依宸極。式際光華之旦，尤深抃躍之誠。

一歲更端，布始和之治象；九儀辨位，蕆元會于昕朝。中賀。恭惟皇后殿下淵静在躬，儉慈爲德。體陽和之引達，贊聖治之重熙。臣毓質天源，疏封侯服。式講三朝之會，實同四表之歡。

肇新寶曆，仰觀七政之齊；告慶大庭，丕展三朝之會。中賀。恭惟皇后殿下母儀萬國，坤載羣生。屬玉律之回春，宜椒宫之錫羡。臣夙依慈蔭，莫報鴻私。欣吉旦之親逢，竭誠心而請祝。

一歲更端，驗微陽于緹室；三朝蕆會，薦景福于椒觴。中賀。恭惟皇后殿下厚德承天，徽音邁古。迎四時之首氣，裒百順于懿躬。臣毓質仙源，承顔祕掖。陰消六沴，寧煩葦索之禳；歡動九宫，共上椒盤之慶。

三元首祚，迎淑景于東郊；六服會朝，旅貢珍于北闕。中賀。恭惟皇后殿下氣凝翕闢，德體儉慈。履端月之至和，膺永年之景貺。臣居塹弱植，獲侍慈顔。葦索餞寒，已潛消于癘疫；椒盤獻歲，敢自竭于忱誠。

陰窮寒律，已畢就于歲功；氣襲春郊，復更新于曆紀。中賀。恭惟皇后殿下化隆陰教，順體坤承。茂迎引達之期，益大資生之德。臣居塹穉齒，獲際昌宸。桐葉賜圭，謬疏封于名壤；椒花獻頌，共伸禱于慈闈。

鳳曆更端，允協夏時之正；龍廷告慶，復新漢會之儀。中賀。恭惟皇后殿下體順承天，實慈逮下。迎歲元之啓旦，儷宸極以同休。臣毓質璿源，承顔紫禁。分榮茅土，早誤忝于疏封；祗薦椒觴，敢竭誠于善頌。

璿璣審度，日始正于虛躔；珠緯宣精，斗載臨于寅次。中賀。恭惟皇后殿下至誠實儉，厚德資生。乘引達之陽和，贊重熙之聖治。臣分輝璿極，竊芘宸幃。綵服承顏，欣際光華之會；椒觴舉壽，永期福禄之綏。

代宰臣夫人賀皇后親蠶牋

戒蠶事以身先，式示庶民之勸；擇婦官而卜吉，遂成三灑之儀。仰盛德之時行，藹芳聲而遠播。中賀。竊以勤則不匱①，安實敗名。制彼裳衣②，是乃禦寒之賴；休其蠶織，可忘卒歲之虞。允資躬率之方，用廣風行之效。矧郊廟神靈之奉，禮必貴于肅雍；則緇衮絲枲之功，身宜致其誠信。爲時淑哲，克佐聖明。恭惟皇后殿下繼天道以正坤元，助陽功而理陰德。秉耒耜于帝藉，既觀萬乘之行；載鉤莒于公桑，肆及三宮之盛。勤勞一日，衣被四方。妾等獲奉徽音，預瞻懿範。教刑繭館，共知婦職之修；人用絲身，永賴母儀之化。

---

① 「不匱」，原作「示匱」，據四庫本、清鈔本大全文粹卷四六改。

② 「彼」，原作「被」，據四庫本、清鈔本大全文粹卷四六改。

毘陵集卷八

外制

葉適寶謨閣待制知建康府兼沿江制置使制

朕緬懷函夏，式重陪京。維昔秣陵，有孫仲謀、劉玄德之論在；于今江左，與漢河内、唐東都之地均。惟時保釐，必在俊傑。具官葉某天才英邁，神慮安閒。學廣問多，務緝先民之緒；任重道遠，不蘄近俗之名。嘉挹注之不盈，趣延登而入侍，而志計懇到，裨益宏多。嗟議論之折衷，實獻納之攸賴。朕惟藜藿之不采，莫强樽俎之折衝。方圖制勝之自中，重惜爾身之在外。然念石頭之形勢，實爲江左之重輕。爰陞次對之班，允副居留之望。噫！覽神州之風景，勿謂無人；撫地險之山川，亦足用武。其往敷于聲教，以思啓于封疆。

劉光世除太尉淮南制置使制

履至尊而制六合①，莫先禦侮之圖；賞有功而勸百僚，敢後酬庸之典。顧予寡昧，撫時艱虞。眷右武之辰，思復隆平之業；矧本兵之寄，尤資英傑之才。咸造于庭，明聽朕計。具官某識慮精敏，性資沈雄。久宣衛社之忠，茂著干

---

① 「履至尊而制六合」前，文淵閣本多「門下」二字。

城之略。稟山西之勁氣，事不辭難；運堂上之奇兵，算無遺策。蚤頒將鉞，祇扈殿巖。外總制于元戎，内視儀于公保。威名播于夷夏，嘉績藹于旂常。爰念敵騎北侵，鑾輿南渡。衆披靡而引避，獨慷慨而請行。捍蔽江流，屹若長城之固；折衝淮甸，隱然敵國之威。緊控扼之殊勞，曾褒崇之未稱。是用酌詔功之上賞，進掌武之崇資。位蓋久虚，器非輕授。若古命數，有加印綬之榮；視今官儀，實亞台衡之俊。增衍爰田之賦，併加真食之封。下僉穆于師言，外增華于帥閫。於戲！有常德而立武事，朕方依爾猷爲；無寵利以居成功，卿何勞于戒訓。尚恢遠略，嗣有寵章。

葉夢得除尚書左丞制

朕惟天下之事①，總于文昌；綱維政幾，實賴丞轄。日者敵騎北乘，匹馬南渡，政事衡決，圖籍散亡。朕欲經理庶務②，舍其舊而新是圖，非得耆明博通之士而謀之，鮮克有濟。具官某精微之學兼明乎古今，强敏之材不擇乎劇易。兩直鑾禁，蔚爲詞宗；再領版曹，實藉心計。論思獻納，宏益居多。朕方深共政之圖，宜正頻虚之位。攄發底藴，革弊扶衰，以助朕有爲，是所望于爾也。其體眷懷，無廢朕命。

盧益除尚書左丞制

朕以眇眇之身，奉丕丕之緒，雖臨御聽斷，仰法祖宗，而謀謨贊襄，實賴丞弼。眷求舊德，協圖康功。具官某德度粹夷，英姿亮達。經濟之才，足以決巨細之務；淹該之學，足以通古今之宜。中外踐揚，望實休顯。昨登右府，參斡樞衡。嘗共濟于艱難，未少攄于素藴。遽辭機政，殊咈師言。念强敵之憑陵，想舊人之風采。載惟二轄，實總萬幾。

① 「朕惟天下之事」前，文淵閣本多一「敕」字。
② 「經理庶務」，原作「經聖庶務」，據四庫本改。

有嘉難進之風，申畀頻虛之位。尚期展略，以副虛懷。

張澂除尚書右丞制

朕聞古人有云：「未至而言，固常爲虛；及其已至，又無所及。」此人之所以難言，言所以難聽，而上下蔽塞，禍亂相尋，人主往往悔悟而不能救。朕遭時多艱，匹馬南渡，登用賢俊，庶幾改圖。具官某學造古人之全，才周當世之用。赤心事上，有孜孜奉國之公；正色立朝，有蹇蹇匪躬之節。曩由詞掖，擢長憲臺。進藥石之良規，發蓍龜之先見。南渡之事，卿嘗豫言，庸臣蔽蒙，以及于難。中夜悼念，流涕何追。今方易柱改弦，鼎新百度，揆之清議，蔽于朕心，進轄文昌，參決大政。朕蓋有媿于初，而圖功于後也。益罄遠猷，以濟大業。朕意所屬，爾其欽哉！

薛昂除尚書左丞制①

立后王君公之職，惟以乂民；須股肱心膂之臣，共爲同體。不有君子，孰成厥功。眷我舊人，乃心王室，俾復預政，罔有間言。具官某爲老成人，以儒術用。柔亦不茹，秉大雅之明；和而不流，蹈中庸之德。乃者釋位丞轄，宣勞輔藩。思聞嘉猷，復畀舊物。用皋陶不仁者遠，國其庶幾；聞樂正好善則優，人有所恃。爾其謹守國是，克協典常，使六官羣卿並序厥位，四方庶俗永底于成。爾亦休哉！

季陵除中書舍人制

朕惟艱難之時，雖從事軍旅以圖恢復，然亦必有威責之令、文告之詞風動四方，使之退聽。言之不文，行之不遠。

---

① 文淵閣本題作「翟汝文資政殿大學士薛昂除尚書左丞制」。

具官某學博而貫于古，才敏而宜于今。文詞之工，士論推美。郎曹宰屬，洊更劇煩；奉常螭坳，載歷華近。兹疇人望，俾代予言。庶幾播告之修，不匿厥指。拊循疲民，而父老惜須臾之死；鼓舞流俗，而武夫懷感激之心。則于當今，乃爲稱職。

范宗尹除中書舍人制

朕觀三代而上，訓、誥、誓、命載爲六經，後世老師宿儒，白首不能究。至唐奉天詔書，雖一時武夫悍卒，至于揮涕感激。何三代之言難明，而奉天之詔易喻也。蓋三代之言醇質簡古，貽萬世之訓；奉天之詔哀痛深切，濟一時之危。精粗淺深，固不相準，其有補于世亦豈異也。朕博求譽髦，寘之詞掖。具官某學該綜而能文，氣剛方而有守。發宣和之册，具聞謇諤之言；立靖康之朝，尤著論思之益。兹久淹于湖海，諒彌富于經綸。乃復賜環，俾從掌制。蓋將求藥言于季輔，問古事于仲舒，不特取詞命之有補于世而已也。尚勉之哉！

葉夢得除知洪州制

朕惟大江之西爲支郡十，悉統于豫章。郡蓋據九江上流，凡由荆、襄順流而下，有建瓴之勢。顧朕時巡建康，嚴飭備禦，而豫章之地，實爲襟喉。簡求時髦，作我藩翰。具官某稽古之學足以濟時，應變之才足以撥劇。登廊廟而贊經綸之業，制國用而斡盈虚之權。無施不宜，有言底績。輟從邇列，殿此大邦，使隱然長城，有以折衝制勝于無形，實朕所以用爾之意也。祗服朕命，往其懋哉！

張浚除禮部尚書制

六經之道同歸，而禮樂之用爲急。記禮者必曰軍旅有禮故武功成，用兵者必曰少長有禮而師可用，則禮豈端爲治世設哉！朕遭時多艱，方以馬上治天下，而不敢忘俎豆，意出于此。具官某高明而重厚，剛毅而裕和。博敏之學，足以濟時；清修之節，足以厲世。論事則嬰鱗而不懼，治劇則游刃而有餘。曩由臺端，擢貳宗伯，因時緜蕝，咸適所宜。以至贊軍畫以居中，總戎旃而殿後，智勇之略，尤簡朕心。長兹春官，亶穆羣聽。然豈特用爾以禮文之事而已哉！論思獻納，以助朕有爲，蓋所望于爾也。往祗厥官，無替朕命。

孫覿除户部尚書制

朕獲承至尊，適際艱運。郡邑殘破而賦入滋削，邊鄙俶擾而費出無窮。將因陋就寡而不爲遠圖，則有國不足之憂；將仰取俯拾而不遺餘力，則有民不堪之患。欲付是柄，實難其人。具官某學問醇深，言奇而適于用；智慮英敏，遭變而知其權。才無不宜，用然後見。當乘輿一旦南渡之後，而行闕百須並起之時，斡旋盈虛，指顧辦給。效見已試，亟陞八座之崇；國恃以强，佇富九年之積。周冢宰制國用，蓋垂量入爲出之規；唐宰相兼度支，乃貽剥下媚上之誚。其體慈儉之意，益圖均節之方。爾所優爲，寧俟多訓。

賈安宅落致仕除吏部侍郎制

天下無事，則獵纓整襟以進取而有餘；天下有事，則褰裳濡足以馳救而不足。君子之行藏進退，適于義而已矣。厥今海内繹騷，國勢單弱，羣聚天下之英雋而共圖之，蓋褰裳濡足之時也。具官某才周而用博，學富而詞工。奉對廣廷，文冠多士；陞華從橐，望臨一時。顧當强仕之年，而有乞身之請。雖揮金娱老，有慕于古人；念仄席求賢，盍存于王室。况天官高選，銓敍羣才，僉曰汝諧，勉爲朕起。其體眷待，務罄論思。

中書舍人黃唐傳林遹除待制宮祠制

朕以沖眇，屬茲艱危。加惠臣工，使之均勞逸而全進退；不吝名器，所以興豪傑而圖治功。矧予邇聯，以疾來諗，式頒寵渥，庸示眷私。具官某學術粹醇，操履端潔。遹云「學識高明，才猷敏劭」。掌綸言于西掖，方竚于論思；扈鑾馭以南巡，偶慼于衛養。重違勤請，俾即便安。爰陞次對之華，乃畀真祠之逸。顧朕宵衣旰食于上，羣臣纓冠濡足之時，諒雅意于朝廷，當不忘于畎畝。往服朕命，思罄乃忠。

鄭瑴除中丞制

晉叔向曰：「大臣重禄而不諫，小臣畏罪而不言，此患之大者。」肆予寡昧，奉列聖丕基，重罹多艱，大啓言路。思得直諒之士，付耳目之寄，肆加詢攷，實難其人。具官某以剛毅敢言之姿，懷精忠亨上之志，踐歷諫省，規益居多。深明治亂之幾，力辨忠賢之實。已試之效，著乎朝僉；執法于中，蔽自朕志。爾其展盡底蘊，入告嘉猷，朕虚心委己以聽焉。必體至懷，寧俟多訓。

觀文殿學士中太一宮使兼侍讀【案】此下缺姓名除應道軍節度上清寶籙宮使制①

參華祕殿②，久陪清禁之嚴；錫命齋壇，就易真祠之逸。豈名器之可假，實文武之兼資。允穆師言，誕揚渙號。具官某器博而用遠，實茂而聲宏。碩學貫乎九流，敏識通乎萬務。資以忠蓋，知無不爲；安于行藏，綽有餘裕。夙懋

① 「寶籙宮使」，原作「寶録宮使」，據聚珍本、四庫本改。
② 「參華祕殿」前，文淵閣本多「門下」二字。

踐揚之績，寖階華近之途。頃參秉于政機，賴翊襄于帝載。式是百辟，揉此萬邦。俯從均逸之求，益閔宣勞之舊。肆加顯職，雍容琳館之游；仍侍中宸，紬繹金華之業。閱日滋久，告猷益嘉。是用載疇顯庸，申錫徽號。眷東吳之奥壤，肇建節旄；繄上清之殊庭，實藏金簡。豈獨侯藩之倚重，亦惟道化之由興。併奬耆明，庸勸羣下。於戲！專節制于外，朕方隆禮貌之誠；侍燕閒于中，爾尚罄論思之美。顧惟舊德，寧俟訓辭。

毘陵集卷九

内制

詔

賜江南安撫大使吕頤浩詔

卿以元勳舊弼，出殿大藩。姦宄亂常，提師薄伐，冒犯鋒鏑，跋履山川。雖未收斬將搴旗之功，亦可見推軀徇國之誼。方時艱棘，寒氣滋隆，次舍之間，節宣是慎。今遣中使賜卿銀合茶藥，想宜知悉。

賜吕頤浩乞宫觀不允詔

省所奏乞宫觀事。卿出偃外藩，力捍狂寇，臥護諸將，蔽遮行朝，隱然長城，中外倚重。忽覽來奏，引疾丐閒。雖高沖退之懷，殊拂倚毗之意。今諸將進兵鏖擊，軍聲已張。精神折衝，政有資于元老；藥石自輔，其務究于遠猷。協濟多艱，毋復有請。所乞不允。

又

省所奏乞宫祠事具悉。比者李成越境南渡，抗逆王師，有吞噬江左之心。卿以舊弼，臥護諸將，扼其奔衝，使諸將盡鋭征討，克復郡縣，而賊不敢出一騎以窺饒、信，行朝恃以無恐者，卿之功也。朕方倚毗，共滅此賊，露章引疾，殊拂朕聞。朕之待卿，自謂無媿。至于兵將分合，務濟事機，非關輕重，殆不得已，諒卿體國，必悉朕懷。卿宜少安厥次，勉卒乃功，以稱朕始終眷遇之意，勿復有請。

又

朕以卿勳舊，委卿江南，所賴精神折衝，儀刑百辟，亦非專以吏事責卿。向聞移疾求去，數遣使軺，手筆開諭，至于再三，朕之待卿盡矣。比覽來奏，猶未視事，欲遂前請，何未體朕眷委之意也？以卿平日志不辭難，乃貽避事之譏；忠以享上，而蹈慢令之戒，朕竊爲卿惜之。況今寇攘未除，防秋在邇，遠近百執，宜惜寸陰。卿爲大臣，與國同體①，而必欲求去，何以責將士之用命，率臣庶以赴功？朕顧江南，非卿誰可，卿雖力請，朕志不移！今遣内侍某撫問，候卿視事訖奏。卿宜深諒，勿復有辭。

賜吕頤浩詔

卿以元宰出殿藩州，慨然帥師援九江之圍，引義竭誠，不擇劇易。比覽捷報，已收奇功，斬馘執俘，前後非一。戰艦旗鼓，獲致亦多。緬想忠勞，良極嘉歎。輔臣奏卿出入行間，衝冒風雨，稍愆調護，尤用惻然。今專遣内侍撫問，仍賜卿馬一匹並鍍金銀鞍轡一副，至可領也。

賜浙東制置使張俊詔

朕比委卿提重兵制置兩浙事宜，本圖數日間與卿會于明州。今聞明州錢糧空乏，豈能聚兵？又聞敵人或由常

① 「同體」，聚珍本、文津閣本同，文淵閣本作「同休」。

州，或由宣、徽，或由衢、婺以犯越州。設謀措意，專在朕躬，若失浙邦，朕將焉避！中夜思念，寢食靡寧。今已委郭仲荀、辛企宗同力捍禦。惟卿忠勇，事朕累年，共嘗險艱，備著勞效。昨者提兵勤王，定計復辟，朕非卿則倡義誰先，卿舍朕則前功俱棄，君臣之際，休戚是同。今則水陸道窮，宗社危甚。卿宜協謀戮力，共捍賊兵。若能破敵，保我越邦，當加王爵，以酬忠藎。卿宜深悉，朕不食言。

又

朕自艱難以來，竭國帑以養士，捐好爵以勸功。緩急之際，鮮復爲用，或望風畏怯，或臨敵奔潰，朕甚悼之。今者敵騎遽犯浙東，朕方避地海隅，遠邇震懼。卿獨奮忠誼，請留明州，秣馬厲兵，爲決戰計。剡章來上，三軍賈勇，載觀志畫，良極歎嘉。比聞敵遣偏師，止數百輩，涉遠勞敝，勢宜易圖。卿以精甲十倍，阻險迎擊，必可萬全。朕有不次之賞以待卿，下及將士，次第褒擢。更宜申嚴紀律，毋致侵擾官私。惟卿腹心之將，朕所倚毗，必副眷懷，寧俟多訓，故兹示諭，想宜知悉。

賜兩浙制置使韓世忠詔

邇者金人南渡，遽陷建康，復遣偏師，徑趨杭、越。朕以宗社之重，暫避其鋒。然念敵人勞師深入，冒犯阻險，殘暴無厭，殆天亡之時也。比在會稽，吕頤浩獻議，欲會京口，邀截歸路，以爲永圖。方須卿來，講究利害，遽覽來奏，及圖上方略，實契朕懷。惟卿忠憤之誠，謀慮之審，千里之外，不謀而同，載觀規圖，深所嘉歎。倘能投機，一戰取勝，則中興宋祚，惟卿之功，不次之賞，朕不敢靳。凡獲賊所有資財玉帛，盡予將士。已令降空名告劄二百道，用資激賞及助軍需。勉踐爾言，以副期待。故兹詔示，想宜知悉。

又

卿比統率舟師，邀擊敵寇，忠勇之節，遠近所聞。相距大江，殆將兩月，殺傷莫計，俘馘良多。兹捷奏之屢聞，嘉茂勳之鮮儷。豈謂濟師之失援，致隳定亂之全功。然成敗者天理之難知，而勝負亦兵家之常事。度尚所亡之少少，豈足介懷；淮陰益辦于多多，尚觀來效。卿其撫傷痍之衆，上俘馘之功，以及戰亡，並當賞賚。今差内侍某前去撫問，如欲便赴行在，即仰疾速起發前來；或且駐師江陰，休養士卒，即令下户部行下所屬應副錢糧。故兹示諭，想宜知悉。

賜福建制置使辛企宗詔

朕眷七閩險遠瘠薄，俗既纖嗇以趨利，間多椎剽而爲奸。州縣之吏初既失于拊循，盜賊之萌又復稽于彈戢，馴致紛擾，莫獲奠居。朕比委卿制置一路，入境問俗，不憚險艱，折馘執俘，洊聞勝捷。士卒之氣既振，姦宄之鋒自摧。緬想忠勤，良極嘉歎。益翦除于黨類，期綏靖于里閭。訖其外庸，竚有褒陟。故兹示諭，想宜知悉。

賜陝西宣撫處置使張浚詔

金人去冬兩路深入，南蹂洪、撫，以至筠、袁；東陷昇、杭，以及明、越。朕以宗社至重，父兄未還，遠避敵鋒，圖保基緒。而我將士懷積年憤懣之志，乘驕敵勞敝之師，各輸厥忠，人自爲怒。張俊迎戰于鄞水，劉光世邀擊于江西，周望以大軍控禦于嘉禾，趙立擁義旅驅攘于淮甸。捷書日報，俘馘踵來。敵人挫傷，前所未有。爰念既得地利之險以保江浙，兼亦因天時之便以規河山。惟卿忠翊朕躬，勳在王室。宣風邊徼，備著勤勞。宜屬壯猷，共恢遠略。蓋聞敵人用兵深忌暑月，要即騎卒解甲弛鞍之際，稍資秦兵投石超距之餘，于五月間徑擣巢窟，一由同州渡渭以取蒲、解，一由鄜延界渡河以取晉、隰。俯從戰勝百倍之氣，仰符前王六月之征。用我計之未嘗，出敵人之不意，竊謂一舉，可圖萬全。卿宜審度事機，益深籌慮，勉卒賢業，無規近功。庶幾盡復兩河，迎還二聖，以底中興之烈，豈不偉歟！

又

朕以疆埸多虞，風塵未静。東巡江左，倏已逾年；西顧秦中，邈焉萬里。念王靈之阻闊，將使指以宣風。卿位冠樞衡，勳昭社稷。挺忠精之特操，早被簡知；秉經濟之遠猷，靡辭煩劇。曩疇咨而臨遣，獨慷慨以請行。載涉炎涼，備宣忠力。蒐卒補乘，既大振于軍聲；摘伏發奸，復少蘇于民瘼。每閱封章之上，具形憂國之誠。爰遣使軺，往宣德意。載念高秋在候，殘敵未還。恐尚肆于貪謀，蓋有資于外援。宜提勁旅，豫控上流。諒惟心德之同，必體國家之急。朕所倚重，寧煩訓辭。故兹親筆示諭，想宜知悉。

又

卿宣威關陝，備著忠勞，遣將出師，屢聞勝捷。昨得七月奏，已復鄜延一路及京兆府等，載觀規畫，良極歎嘉。仍期八月進兵，圖取蒲、解。自是之後，音驛不聞，夙夜惟念，頗深西顧之憂。蓋聞金人會兵進鋭以窺陝右，深恐萬一或墮敵計，更宜珍重，以收全功。今朕留會稽，沿江捍禦，頗嚴淮甸，敵人不敢南渡。但江南諸盗未静，已遣張俊同池帥呂頤浩悉力翦除，皆不足慮。計卿欲知，因令密院遣人問卿動息，軍事曲折，可悉以聞。

又斬趙哲待罪

比聞金人糾合重兵，力圖關陝。惟卿倚重，寬我顧憂。雖提五路之全師，乃當百戰之勍敵。非賞罰信，號令明，不撓不疑，鮮克有濟。爾來縱敵玩寇，驕惰成風。卿能明節制之權，正逗撓之律，罰一勸百，孰謂不然？引咎露章，益見忠謹。況乃一勝一負，兵家之常，所亡不多，無足介意，更圖後舉，以收全功。其堅乃心，益務持重。庶幾盡復境土，以成中興之烈，朕之所望也。所待罪放，想宜知悉。

又

朕眷關中天下根本，卿將使指，爲朕遠行，載涉歲華，具宣忠力。自得去年九月所上章，尋降親筆放罪去訖。比覽吕頣浩奏，謂卿失利之後，退保興州，欲取間道至熙河，點兵以圖再舉。朕復聞此，宵旰增憂。重以山川阻脩，道路榛梗，音驛不至已踰半年，機事之間，難于逾度。復念自古成敗不可必期，卿宜審量事機，擇利而處。敵人既悉重兵以窺秦蜀，而我師挫傷之餘，或未能長驅而深入也，第宜謹守關塞，益務持重。儻或牽制狂敵不能南侵，則亦惟卿之功。當忍小忿，徐爲後圖。近者李成跳梁，剽殘江南數州，已委吕頣浩、張俊掎角進兵，大獲勝捷，想此逆賊不日勦除，而淮甸殘敵亦稍引去。諒卿聞之，當亦少寬憂國之意。人回，宜悉具彼中事宜曲折一一聞奏。

又

比得卿三月四日奏待罪及乞選委重臣鎮撫關陝事具悉。卿宣風陝服，久著忠勤。失地喪師，頗增憂顧。夫敵以乘勝不可當之鋒，我以新集不素練之卒，衆寡堅脆，固不可侔。欲一戰以收功，豈萬全之可必？天未悔禍，既往莫追。然敵人既得志于三秦，必垂涎于全蜀。而又南牧之寇尚頓淮、揚，則吞噬江左之心猶未已也。卿宜收合痍散，養鋭待時，但能據險堅壁，謹守要害，既以保固四川之地，又能牽制南下之師，則亦惟卿之功。兵忿者亡，古人所戒。毋疾戰以規近利，毋深入以蹈覆車。益遠乃猷，毋忽朕命。相去萬里，音驛罕通。次舍之間，更宜尚慎。所待罪放免。

浙西親征詔

朕念中原之微弱，憤强敵之憑陵。固嘗屈己以請和，尚復阻兵而肆虐。比由海徼，還次越邦。赤子流離，殆失耕桑之候；聚廬焚蕩，盡爲瓦礫之塲。咎在朕躬，禍貽爾衆。幸民心之未替，知天命之攸歸。然而殘寇尚假息于江壖，潰卒復肆行于近境。坐念傷痛，詎容懷安。是思晉文桑下之謀，遠跡漢高馬上之略。斥嬪御、膳羞之奉，躬鞍馬、甲胄之勞，董率六師，巡行列部。既欲撫綏于凋瘵，又將彈戢于姦偷。庶幾消弭禍災，圖回基緒。尚賴朝廷將士、州縣吏民戮力奉公，忘家徇國，各務殫于忠赤，用宏濟于艱難。朕以四月某日巡幸浙西，所有六官百司並留越州。

賜門下詔

朕顧德弗類，遭時多虞①。臨民馭朽索之危②，涉道濟巨川之遠。向者敵師深入，國步載艱。永惟責躬避位之圖③，專爲講好息兵之計。力祈大國，冀迎二聖以遄歸；庶保丕基④，可致四方之綏静。今則奉太母之慈訓，念嗣君之幼沖。致兵民推戴之誠，諭內外請祈之切⑤。謂防秋在邇，當愛日以有爲；謂遣使出疆，恐尋盟而未遂。露章狎至⑥，復辟爲期。朕以太后之旨不敢違，羣下之情不可卻，遜辭靡獲，任重難堪。仰太母之慈仁，許同聽斷；肆眇躬

---

①「多虞」，聚珍本、四庫本同，三朝北盟會編卷一二八作「多難」，建炎復辟記作「多艱」。
②「臨民馭朽索之危」，聚珍本、四庫本、三朝北盟會編卷一二八同，建炎復辟記作「臨莅御朽索之危」。
③「圖」，聚珍本、四庫本同，三朝北盟會編卷一二八、建炎復辟記作「因」。
④「丕基」，聚珍本、四庫本同，三朝北盟會編卷一二八、建炎復辟記作「丕圖」。
⑤「諭」，四庫本、建炎復辟記同，三朝北盟會編卷一二八作「兼」。
⑥「狎至」，四庫本、三朝北盟會編卷一二八同，建炎復辟記作「疊至」。

之寡昧，敢憚憂勤。朕惟東朝有垂簾保佑之勞，元子有踐阼纂承之託。上徽稱于長樂①，以致四海之歡；正家嗣于青宫，以繫萬民之望。式頒温詔，誕告多方。嗚呼！有臣三千，實倚同心之助；卜年七百，復開過曆之期。更資中外之交修，庶格神天之協佑。咨爾有衆，咸體至懷。太后宜上尊號曰隆祐皇太后，令有司擇日奏請。嗣君宜立爲皇太子，令有司擇日備禮，册命施行。所有三月六日赦書應干恩賞等事，有司疾速施行。如有稽違，重寘典刑。故兹詔示，想宜知悉。

又

朕遭時艱危，兩宫北狩。實賴隆祐皇太后母儀天下，保佑朕躬。非德寡祐，奄臻禍變。伏讀遺誥，貶降禮儀，固宜仰遵慈仁之訓。爰念太上皇帝繼統于哲宗，靖康垂簾，授位于沖眇。中更苗、劉之變，尤高社稷之功。雖正隆名，未極大養。非盡尊崇之典，曷昭仰報之誠。隆祐皇太后應干典禮，可比擬欽聖憲肅皇后故事，令有司討論，詳定以聞。朕以繼體之重，當從重服，以稱孝思之意。故兹詔示，想宜知悉。

又

朕惟隆祐皇太后坤儀如昨，葴奉有期，永懷夫保佑之功，務極其哀榮之典。爰念蒙垢于紹聖之末，即瑶華而退居；復位于上皇之初，實欽聖之慈旨。屬姦諛之當制②，乃隱没而不言。未洗謗傷，久淹歲月。肆朕纂紹，逢時艱難，雖正隆名，未伸褒册。將即廟庭而登配，豈容典禮之久稽。用詔攸司，載加追賁。可令禮部、太常寺討論合行册

① 「上徽稱」，聚珍本、四庫本、三朝北盟會編卷一二八同，建炎復辟記作「振徽稱」。
② 「屬」，聚珍本同，四庫本作「值」。

禮，及奏告天地宗廟等事申尚書省。

太后賜門下詔

敕門下：以公滅私者，哲王之明訓；右賢左戚者，治世之遠圖。吾以寡昧之資，際艱難之運。永惟付託之重，寧辭保佑之勞。聽政垂簾，非眇躬之得已；遭時多壘，豈故事之敢遵。已裁御府之膳羞，仍損家庭之恩數。靡敢伸于私諱，恐涉僭踰；復申敕于本宗，以防干撓。乃掌兵于内外，或庀職于朝廷，事屬嫌疑，理宜避免。克自抑畏，期感格于天心；始于憂勤，庶緝熙于治道。咨爾有衆，咸體至懷。除膳羞已裁減外，其因垂簾應干恩數，痛行減省。故事當諱父名，亦更不避，以稱吾恭己抑畏之意。本宗子弟，已降詔旨，不任要職，不于私第見宰執，不干預朝政，可令今後不得任内外掌兵官及在京並行闕職事官，忠厚見提舉巡幸一行事務亦罷。故兹詔示，想宜知悉。

賜中書侍郎王孝迪赴闕詔

敕孝迪：朕遭時艱危，宵旰求治，實賴左右前後協恭戮力，以圖康功。卿譽望才猷，簡于朕志。圖任共政，時惟舊人。召還廟堂，允資經濟，固宜朝聞命夕引道也。倚注滋久，未聞造朝，其悉大臣體國之誠，無徇匹夫小廉之節。亟祗新命，以副虚懷。已除卿中書侍郎，詔書到日，卿星夜起發前來赴行闕，不得更有辭免。故兹詔示，想宜知悉。春暄，卿比平安好，遣書指不多及。

賜浙西安撫大使劉光世詔

承州殘敵攻圍山陽，諸鎮之師逗撓不進。以卿任兼將相，勳望特隆，已即指揮，並聽節制。比見探報，王師砦柵皆在高郵之南，去楚尚遠，勢不相及。深慮淹久，致失事機，脣亡之憂，于卿爲重。宜速渡大江，以身督戰，庶使諸鎮用命，戮力盡忠，亟解山陽之圍，一埽垂盡之敵。朕亦議遣大軍，以爲卿援。諒卿體國，必悉朕懷。

賜張浚特進學士院詔

浚躬率將士，列屯兩淮，以至經理上流，皆中機會。邇者逆賊擁衆深入，蹂踐淮西。浚親臨大江，以身督戰。將士賈勇，一剿無遺。而襄、漢之間，捷書屢上。勳勞顯著，深用歎嘉。宜有褒陞，以勸列位。

賜江南西路安撫大使朱勝非詔

朕比裂江北之地，分置鎮撫，以捍外寇。眷惟江南密邇行在，復擇勳望之臣，建三大帥。所賴心德惟一，精神折衝，稽之公言，蔽自朕志。卿惟舊弼，朕所眷知。九江上流，倚卿爲重，意其朝聞命夕引道也。抗章遜避，殊拂朕懷。朕以艱難累歲，夙夜究圖。小大之臣，所宜戮力。呂頤浩、劉光世皆以復辟之勳，當一面之重，授任而往，罔敢憚行，庶幾公忠，表倡列位。卿其體國，勿復固辭。除已令學士院降詔並遣使撫問外，故兹親筆，宜悉朕懷。

又

朕建三大帥控臨兩淮，率用勳德大臣，以隆方面之寄。卿惟故相，朕所眷知，畀卿九江，選任實重。除命之下，已淹歲時，猶未奉詔之藩，搴帷視事。彈章累上，謂朕失刑，命令儻或廢于大臣，法度豈復申于百執？朕亦恐道塗尚梗，或致愆期，而典憲遽加，有傷體貌，益思全度，務極始終。卿宜念九江收復之初，百姓凋弊之極，即日引道，往見吏民，拊摩瘡痍，招輯流冗①，不獨逭卿逋慢之責，亦得以副朕勤恤之心。毋復稽留，重招物議。故兹詔示，其體至懷。

① 「流冗」，聚珍本、文淵閣本同，文津閣本作「流散」。

賜威武大將軍曲端詔

朕遭時多艱，移蹕暫避。眷關中阻山帶河之勢，爲天下勁兵健馬之區，捍我邊虞，倚時將略。邈在遐外，惕然顧懷。曩臨遣于樞臣，俾昭宣于德意。惟卿姿稟沈毅，世篤忠勳。久提貔虎之師，式著疆埸之略。比覽行臺之近奏，益知分閫之賢勞。已建殊名，俾護諸將。旁兼制于五路，外折衝于二邊。用彰推轂之誠，復峻廉車之秩。寵嘉特異，眷倚可知。庶圖展盡于猷爲，豈復致疑于讒間。朕念隆上都而觀萬國，孰踰關陝之雄；得猛士以守四方，遠相韓、彭之烈。其體朕志，無媿前修。

賜孔彦舟詔

汝頃事朕藩邸，具知忠勤。從軍累年，頗著勞績。比聞提兵遽入湖南，公肆侵擾，遠近驚疑，以謂汝有攀附之恩，亦復如此，爲天下笑，朕爲汝惜之。諒因軍兵闕糧，非汝本意，昨已除汝正任觀察使、湖南副總管，想已祇受。今聞李成遣馬進攻圍江州，江南大擾，吕頤浩已統萬人問罪。朕以行在防秋，未欲繼發大兵，汝可統率部曲解圍江州，併力以討馬進，候勦除淨盡，入覲行在，不特以功贖過，朕當以節度使授卿。勉立大功，務全終始。故兹親筆，宜悉朕懷。

賜浙東宣撫副使郭仲荀詔

朕以金人渡江，移幸旁郡，委卿宣撫浙部，統率將士，以捍强敵。始欲俟朕駐蹕明州，期卿等來。今會到錢穀數極微少，深憂乏絶，以飢我師。而又探聞敵師已圍建康，分兵由常或宣、徽，或衢、婺以窺會稽，則區區之意，專在朕躬。又思敵人雖强，勞師遠襲，已非所利。而況吴越阻山帶江，地皆沮洳，道徑隘狹，得地之利，于兹爲多。若以逸待勞，以少擊衆，資卿忠智，誠非所難。又思國家艱難以來，裁損百費，竭力養兵，若俟緩急，以保衛爲名，不復接戰，已非本意，而又君臣聚首，竄身海隅，縱獲生存，豈不有媿？朕中夜思念，寢食靡遑。今卿與張俊①、辛企宗有甲兵二萬，並李鄴所聚民兵亦約萬人，西阻濤江，南依山險，以此衆戰，誰能禦之？卿宜審思，以身督戰，大將以下有不用命，當以軍法從事。俟卿戰退大敵，功狀來上，即除卿同知樞密院事。故兹親筆，卿宜知悉。

賜嚴州柳約詔

金人入寇，遽犯臨安，復遣偏師，遠及明、越。朕方避地，遵海而南。將士惰驕，鮮復用命。卿守偏邦，慨然請行，欲與諸郡合從，克復吴會，比覽來文，良用嘉歎。今張俊在明州，已聞捷報。韓世忠全軍在檇李，杜充在儀真，各圖邀擊。已令周望遣陳思恭統兵前去收復臨安，卿更審量事宜，統率將士、士豪以決進討，如不可躬行，即選將官前去。候立功績，當不次褒擢，其餘將士、士豪等第推恩。故兹親筆，想宜知悉。

賜新除端明殿學士同簽書樞密院事鄭瑴辭免恩命不允詔

勑鄭瑴：省所奏辭免恩命事具悉。朕纂承丕緒，蒙訓東朝。國步多艱，允賴股肱之力；邊鄙制勝，尤先帷幄之籌。博選人豪，俾參兵柄。卿純心許國，厚德鎮時。諫垣多補過之規，憲府著摧剛之節。直而不撓，屹砥柱于中流；行其所知，灼元龜之先見。已信顧言之行，兼圖濟武之文。宜密贊于樞機，亟延登于廊廟。允符公望，何事撝謙。往即官常，毋替朕命。所請宜不允。故兹詔示，想宜知悉。

賜新除端明殿學士同簽書樞密院事李邴辭免恩命不允詔

勑李邴：省所奏辭免恩命事具悉。朕以寡昧，屬兹艱虞。內侮外陵，國有阽危之勢；將驕卒惰，人無賈勇之心。

① 「張俊」，原作「張浚」，據文淵閣本改。

顧經世之鴻才，付本兵之重寄。卿器姿閎達，問學淵深。粲然華國之文，藉甚映時之望。復登鼇禁，小心蓋得于鄭綑；肆演綸言，大手每煩于德裕。已賴揮毫之助，更資借箸之謀。入贊鴻樞，實諧清議。曷過形于奏牘，欲懇避于恩章。往即欽承，體茲眷待。所請宜不允。故茲詔示，想宜知悉。

賜新除户部尚書孫覿辭免恩命不允詔

敕孫覿：省所奏劄子辭免户部尚書恩命事具悉。文學、政事，昔爲兩科。文學之士，患于虚浮而無實用；政事之才，患于固陋而無遠謀。求其兼全，付以劇任。卿以文學則博通古今，而有可用之實；以政事則練達利害，而有經遠之謀。惟時地官，實總國用。制多寡之數，以節其出入；斡盈虚之權，以通其有無。卿蓋優爲，何足遜避！惟長與貳，事任略同，循次而遷，公議僉穆。亟祗成命，務體眷懷。所請宜不允。故茲詔示，想宜知悉。

賜新除翰林院學士李邴辭免恩命不允詔

敕李邴：省所奏辭免恩命具悉。朕惟纂承大統，雖有事于戎昭；鼓動多方，亦莫先于文告。簡求隽老，寓直禁林。卿學探本原，文參經緯。發揮七制，曩聞黄絹之詞；流落兩朝，宜復青氈之舊。仍竚論思之益，豈專潤色之工。成命既頒，公言胥穆。寧煩沖挹，亟體眷懷。所請宜不允。故茲詔示，想宜知悉。

賜右諫議大夫鄭瑴乞待罪不允詔

敕鄭瑴：省所奏乞待罪事具悉。比以强敵歲侵，中原日削，奄入淮甸，駐蹕吴中。引咎責躬，以弭禍變。卿以忠義之節，謇諤之言，宏益居多。庸臣沮傷，不悉聽用。肆予寡昧，方賴箴規，屏居固辭，非朕之志。往安厥次，益罄乃忠。所辭宜不允。故茲詔示，想宜知悉。

賜新除御史中丞鄭瑴辭免恩命不允詔

敕鄭瑴：省所奏辭免恩命事具悉。朕聞良藥有苦口之利，明鑑無見疵之尤。惟求讜言，有補治道。方竚告猷之益，式圖已試之功。卿遠識造微，純誠許國。踐揚諫省，箴規久著于青蒲；擢長臺端，彈擊竚觀于白簡。宜亟殫于忠赤，以弘濟于艱虞。何執撝謙，尚形遜避。往祗成命，益體眷懷。所請宜不允。故茲詔示，想宜知悉。

賜新除中書侍郎王孝迪辭免恩命不允詔

敕孝迪：省所奏辭免恩命事具悉。天下有緩急之勢，君子有行藏之時。上既求賢而圖濟于艱虞，下思行道以自期于著見，則君臣相得，而治功可成。卿望臨一時，身兼數器。顧予眇質，允賴于交修；惟爾舊人，乃先于圖任。況茲國勢未振，政本久虛，何弗體于眷懷，尚曲形于謙挹。亟踐厥次，無復有辭。所請宜不允。故茲詔示，想宜知悉。春暄，卿比平安好，遣書指不多及。

賜新除徽猷閣待制康允之辭免恩命不允詔

敕允之：省所奏劄子辭免恩命事具悉。朕省方觀民，録德定位，式示臣工之勸，豈容名器之私。卿識慮精明，風力强敏。壽春假守而羣偷辟易，隱若長城之賢；武林開藩而千室晏安，熏然慈父之政。肆加詢攷，備見忠勞。可無勸賞之公，以慰借留之願。賜金增秩，頒漢室之璽書；簪筆持荷，綴甘泉之法從。增華使節，允協師言。何必撝謙，尚仍固避。往祗成命，亟體至懷。所請宜不允。故茲詔示，想宜知悉。

賜資政殿學士葉夢得辭免知洪州恩命不允詔

敕夢得：省所奏劄子辭免知洪州恩命事具悉。朕惟才能之士可與有爲，而或失之輕；道德之士可與有守，而或失之緩。乃選于衆，兼用所長。卿學問深博而道德足以鎮浮，識慮精明而才能足以辨劇。眷南昌之都會，實行闕之藩維。輟吾重臣，殿此南服。惟鎮浮而不擾，乃能綏靖兵民；惟辨劇而不勞，乃能鎮服姦暴。允穆清議，寧煩固辭。式遄其行，無替朕命。所請宜不允。故兹詔示，想宜知悉。

賜淮南諸鎮詔

朕秉德弗類，遭時多虞。敵騎憑陵，貪殘滋甚；乘輿播越，艱險備嘗。永懷祖宗積累①之勤，遠念父兄劫遷之難。下憫黎元之荼毒，近傷井邑之陵夷。跼地蹐天，痛心疾首。比旋師于江浙，尚牧馬于淮壖。静言淹久之因，復有窺乘之意②。爰念肇分列鎮，實控賊巢。奮忠誼以致身，必思賈勇；顧寇戎之在境，諒已疚心。矧盛夏之亢陽，屬敵營之解甲。弓弩弛緩，鞍馬疲羸，事亦易圖，機不容失。宜倡齊公九合之義，共成宣王六月之征。擊其惰歸，庶有符于往志；貴乎拙速，當毋失于天時。懋建非常之勳，即膺不次之賞。候詔書到日，可會合諸鎮，同共剿除淮甸金人餘黨③，以成大功。故兹親筆示諭，想宜知悉。

賜御營都統制辛企宗詔

朕比委卿于會稽，固非得已，始圖駐蹕，馳驛召卿。今聞敵師之東，專欲窺朕，四明空乏，無以聚兵。朕之精兵，皆會吴越，若不依地利之險阻，作士氣以驅攘，則君臣竄身，去將焉避？中夜思念，圖濟艱危。已詔仲荀、俊戮力協

① 「積累」，聚珍本、四庫本作「積德」。
② 「窺乘」，聚珍本、文津閣本同，文淵閣本作「窺伺」。
③ 「金人」，聚珍本、文淵閣本同，文津閣本作「敵人」，疑原作「虜人」，爲清人諱改。

謀，以捍遠寇。況聞分兵而來，其徒必不衆多。惟卿宗族，被遇累朝，卿之忠嘉，朕所體悉，告辭之際，屢布悃誠。若不以入衛爲心①，則天下非朕所有。卿宜體國家之急，忘位貌之殊。賈勇争先，無致嫌隙。賞罰之柄，朕不敢私，儻有成功，即頒旄鉞。示兹親筆，朕不食言。

明州奏捷賜詔

朕觀國家自金人入寇以來，士氣沮喪，莫敢攖其鋒者，今復遣輕兵深入四明。卿賈勇先登，以身督戰，大獲勝捷，忠誼之節，俘馘之功，獨高一時。載覽封章，良極嘉歎。已令張公裕具海船二百隻前去，以俟凱還，更宜勉勵，以全大功，毋使匹馬生還，是所望于卿者。懋功之賞，朕不敢私。故兹親筆奬諭，想宜知悉。

---

① 「若不以入衛爲心」，原作「若皆以入衛爲心」，據文津閣本改，文淵閣本作「諒不以入衛爲心」。

毘陵集卷十

啓

賀范相公知温州啓

伏審注想舊弼，誕揚明綸。起殿東南之邦，稍孚中外之望。惟大賢之出處，繫一世之重輕。雖辭榮避寵者前哲之高風，而求舊念功者明君之先務。況乃邊虞未靖，方深仄席之憂；人望所歸，宜示賜環之漸。恭惟某官學識足以貫古，宇量足以鎮浮。發大策于賈誼之妙年，登本朝猶馬周之素宦。大河喬嶽，鍾此山川之靈；寶鼎介圭，挺然邦國之鎮。曩躋柄路，旋正台司。與時偕行，密勿經綸之業；不可則止，雍容進退之風。久安綠野之居，實繫蒼生之望。車轓暫偃，聊借重于偏州；鼎鉉正虛，佇歸榮于上宰。某同升固久，辱照尤深。陪末議于政塗，莫贊爕調之術；假餘光于鄰燭，復親撫字之規。念稍迫于桑榆，且久荒于松菊。矧復支離之難强，不堪倥傯之徒勞。方乞身力請于聖時，期拭目永觀于賢業。願言調護，益副瞻祈。

回賀知福州曾尚書啓

伏審起從祠館，就領价藩。望實前孚，已歎何來之暮；教條始布，固將不令而行。屏翰增隆，搢紳胥慶。恭惟某官剛毅有立，悃愊無華。懿文足以潤色帝猷，遠識足以經綸庶務。踐揚要劇，藹著事功。久從嶺海之游，益注朝廷之意。惟是閩粵稍遠于行闕，矧經寇虐之震驚；猶爲東南全盛之奥區，故屬老成而卧治。諒識鄭崇之革履，即頒宣帝之璽書。而某頃以非才，亦嘗承乏。近觀舊政，故慙播秕之前；側聽輿言，必誚無襦之昔。尚賴匿瑕之大德，庶逃司敗之深文。先辱牋滕①，第深銘感。

回賀知揚州葉待制啓

伏審外庸既著，克宣疆場之威；次對復陞，誕布絲綸之寵。藩垣增重，紳笏交歡。伏惟某官識慮敏明，才猷秀傑。學問由于世濟，風績藹于民謡。自結重旒之知，寖膺持橐之選。鑠金之口，歎潝訿之交興；匪石之心，歷險夷而不貳。比者捍窺乘之强敵，撫凋瘵之餘民。恩威並行，聲實兼茂。宜還從列，以慰公言。歸僞境之侵疆，更賴折衝之略；致行朝之奠枕，益隆夾輔之勳。屬弭鴐之云初，拜飛緘之遽及。未遑贊喜，先辱謙光。欣感之誠，敷宣罔既。

回賀知温州章尚書啓

伏審輟六卿之長于中臺，牧千里之民于便郡，褰帷視事，擊壤騰歡。恭惟某官學造精微，氣涵剛大。志節更險夷而不貳，才術遇盤錯而有餘。折狂悖之氣于危疑之時，抗忠嘉之言于獻納之地。張旝絶域，自請終軍之纓；返命行朝，不棄蘇武之節。益隆天眷，進長地官。方須柄用之榮，遽得蕃宣之請。惟義所在，與時偕行。識革履之聲，豈容久外；促鋒車之召，竚聽来歸。慙慶牘之未馳，辱榮函之先及。静言欣感，曷究敷宣。

賀朱相公除右僕射啓②

伏審大廷敷號，舊弼登庸。宿望昭宣，慰蒼生之傾屬；同心翊戴，扶黄屋以奠安③。中外歡愉，華夷讋服。竊以

①「牋滕」，聚珍本、文淵閣本同，文津閣本作「瑤牋」。
②大全文粹卷一六題作「賀朱丞相啓」。
③「奠安」，原作「尊安」，據聚珍本、四庫本、大全文粹卷一六改。

九重旰食，軫國步之屯邅；四海疚心，歎人謀之回遹。急于赴功，則攘臂以事兵力；膠于應變，則拱手以須天時。類失厥中，無益于治。宜得魁壘豪傑之士，以爲經綸康濟之圖。人固患于難知，政莫先于任舊。恭惟某官學窮道奥，識探幾先。德度恢閎，撓汪汪之陂而不濁①；才猷敏達，游恢恢之刃而有餘。曩警蹕之時巡，倚鈞衡而爰立。一德始熙于帝載，兩兇遽亂于國經。八柱承天，即正高明之位；五龍夾日，灼知潛授之功。扶顛談笑之餘，遠引江湖之上。謗書一篋，何傷丹扆之深知；細札十行，旋趣鋒車而入覲。邇英晝訪，宣室夜前。衮衣繡裳，既喜歸于姬旦；命圭相印，復加禮于裴公。固應展盡夫遠猷，豈復規圖于近效。裕民積粟以固邦本，詎專兵力之强；嘗膽枕戈以修政刑，亦戒天時之變。將見運籌帷幄，以決勝于千里；端委廟堂，以爲準于百僚。沃心清燕之閒，拭目中興之盛。某頃陪從橐，嘗蒙薦慰之私；比解藩符，復忝交承之契。仰止熒煌之座，稱慶無階；苶然衰病之蹤，依歸有所。祗聞新拜，喜倍常情。

賀張知院除右僕射啓

恭審渙號大廷，晉陞良弼。宸衷簡注，見考慎之得人；國勢尊榮，知治安之有日。竊以君臣相遇，古今至難。玩歲愒日，則必悔于噬臍；趨事赴功，則每虞于掣肘。故時君克斷，裴度所以成功；而朝議多違，羊祜不能如意。自非天意悔禍，人謀允臧，則何能用大度之言，于以啓中興之運。恭惟某官奇才命世，遠畧濟時。洗日咸池，功素高于社稷；捫參蜀道，名已振于蠻夷。雖更夷險之殊，不替始終之遇。屬傳羽檄，趣駕鋒車。復正位于樞機，仍撫師于疆埸。運籌帷幄而決勝于千里，致强敵之宵奔；端委廟堂而爲準于百僚，副輿人之夙望。實惟圖舊，何止策勳。伊尹一德以享天心，無間然矣；漢高五載而成帝業，尚竊遲之。益堅帶礪之盟，增煥鼎鐘之勒。某辱知最久，贊喜尤深。

① 「陂」，原作「波」，據四庫本、大全文粹卷一六改。

閩海相從，已熟衰殘之迹；荆溪休老，願諧退縮之心。頌詠之私，名言罔既。

賀趙相公除左僕射啓①

伏審決定大策，建中興不拔之基；褒賞元勳，正上宰久虚之位。王庭孚號，海宇交歡。竊以赤舄衮衣，美征東之姬旦；命圭相印，答平蔡之裴公。播在聲詩，光于簡册。況卻憑陵之巨敵，有開恢復之宏規。示丕勸于羣工，宜首膺于異數。恭惟某官直方而不撓，惇大而有容。獻納論思，夙著排姦之節；贊襄輔弼，尤高經遠之謀。惟光武能推赤心，而絳侯可屬大事。會羽書之遽至，奉革輅以徂征。師律一新，坐據江山之險；捷書屢上，幾成京觀之封。致醜類之宵奔②，本嘉猷之辰告。射雕賈勇，雖多李廣之無雙；指獸收功，誰出蕭何之第一。宜頒宸綍，首冠台躔。舍爵之賞既行，歸疆之期可待。某逖聞誕告，喜越常情。昔忝同升，謬託金蘭之契；老思自放，願諧丘壑之求。頌詠之私，敷宣莫究③。

回馬運使啓

伏審抗旌俯次于近封，視印已從于刮目。姦婾之吏，聳威望之前孚④；凋瘵之民，跂寬條之下逮⑤。羣心相慶，一路所同。伏惟某官智識高亮，而詳練于事機；才猷敏强，而緣飾以儒雅。念江表瘡痍之未復，緊淵衷宵旰之不忘。

① 大全文粹卷一五題作「賀趙丞相啓」。
② 「宵奔」，原作「胄奔」，據四庫本、大全文粹卷一五改。
③ 「敷宣莫究」，聚珍本、文津閣本同，文淵閣本作「敷陳莫究」，大全文粹卷一五作「敷宣曷既」。
④ 「威望」，原作「滅望」，據四庫本改。
⑤ 「跂」，原作「跋」，據四庫本改。

顧將上不乏于邦儲，下少舒于民力。類非文俗吏之所能辦，故屈老成人而不爲嫌。某苶然衰病之蹤，求去未遂；仰止帡幪之託，爲幸兹多。修慶牘而未遑，辱榮函之遽及。感愧之至，敷述奚周。

代郡侯賀應運使啓

竊審榮拜宸綸，就更使節。允資心計，上斡邦儲。入境宣風，涓辰視事。恭以某官機猷敏濟，業履粹明。出逢熙盛之辰，益茂經綸之志。久兹詳試，蔚有休稱。寖膺睿哲之簡求，洊被光華之臨遣。領均輸于淮甸，已聞百室之盈；總轉漕于浙邦，用充九年之蓄。佇疇茂最，入踐華資。某偶此叨恩，鼎來假守。稔聞德望，適在鄭君之鄉；行遂郊迎，聊繼蜀人之寵。依仁竊幸，稱慶無階。跂詠攸深，名言罔喻。

回賀郭少傅啓

伏審頒大廷之顯制，進亞傅之崇資。凡預觀瞻，同深忭蹈。恭惟某官勳高列辟，望著三朝。入扈殿廬，壯儀刑于陛戟①；出分帥閫，聳威譽于邊陲。曩聞烽火之累傳，屬仰海邦之静治。介圭歸覲，宜膺眷奨之隆；孤棘陞華，增重蕃宣之寄。某披瀝惟舊，荷照尤深。側聞綸綍之誕揚，方媿藤牋之獨後。過蒙謙眷，第極感銘。

回江東二漕啓

叨膺宸旨，俾鎮陪都。揣分引辭，方徹九重之聽；飛文垂慶，蓋踰十部之賢。深維留鑰之司，非曰養痾之地。顧宦情已矣，老將至而止合投閒；病骨枵然，力既憊而豈宜任重。此蓋某官誠心樂善，屈己定交。借妙語而陰辱推揚，

①「陛戟」，原作「階戟」，據四庫本改。

先衆人而俯加勞問。方頒諭詔，少安衡宇之居；莫敍謝誠，姑報珍函之寵。感慨之至，敷敍奚殫。

福州到任謝宰執啓①

起自三吴之故里，洊更兩越之名藩。試用罔效，委寄加隆②。嫌于擇事，不敢力陳疾病之身；即已到官，于是具宣寬大之詔。惟七閩之巨鎮，接五嶺之炎荒。地狹而山谷深，民貧而風俗悍。向由劇寇，屢欲窺乘。繼以大兵③，頻資供億。致公私之儲埽地，加夏秋之旱流金。不堪歎息愁恨之聲，宜有還定安集之政。顧如某者心雖許國，才不適時。進無補于謀謨，退不堪于煩劇。承流輔郡，曾訟銗之未清；假寵經帷，辱召環之遽及。第緣衰荼，屢控忱誠。未奉俞音，更叨煩使。此蓋伏遇某官才高而兼濟，道大而有容。惠綏外服之民，開濟中興之運。念傷夷之凋郡，當解煩苛；故畀付于陳人，使專牧養。敢不鞭策駑鈍，拊摩瘡痍。儻正信之教興，庶幾弭亂；雖催科之政拙，詎敢辭勞④。

再知紹興府到任謝宰執啓

觸熱之官，諏辰視印，在私良便，仍昔所臨。政拙心勞，吏民習知其駑鈍；頭童齒豁⑤，魚鳥亦怪其衰殘。伏念某向誤聖神之知，偏更中外之任。由寵榮之踰分，致盈滿之挻災。疾病相仍，長恐膏肓之逼；聰明不及，益知髖髀之難。顧共理之寄，大懼于曠瘝；而投閒之章，屢闕于聽覽。既不責其避事，又復畀以便藩。此蓋伏遇某官光輔聖時，

---

① 大全文粹卷三〇題作「帥到任謝宰執啓」。
② 「加隆」，聚珍本、四庫本同，大全文粹卷三〇作「加重」。
③ 「繼以」，原作「總以」，據四庫本、大全文粹卷三〇改。
④ 大全文粹卷三〇篇末多「有以及民是爲執國」八字。
⑤ 「頭童」，文淵閣本作「頑童」。

丕隆賢業。威加有截，收召公辟國之勳；鈞播無私，得伊尹格天之道。欲拊循于凋瘵，尤慎簡于循良。遂致陳人，復叨舊物。適使軺之驟至，乘帥閫之暫虛。冥搜殆甚于察淵，公取不嫌于竭澤。方遠夷之猾夏，當海徼之防秋①。而乃帑無宿儲，吏罷月俸。欲剥膚椎髓，恐非仁政之宜；而折骨絶筋，何補公家之急。尚賴至明燭隱，盛德包荒；惠以初終，免于顛沛。田廬在望，少休抱疾之身；溝壑未填，盡是報恩之日。

轉官謝宰執啓

承流無補，增秩爲榮。洊懇避而弗諧，終兢慙于非據。伏念某學既老而益落，氣被病而逾衰。誤膺分閫之求，僅弭弄兵之習②。兩年黽勉，敢歎周南之滯留；六沴侵陵，真作漳濱之沈痼。數祈罷免，少逭曠瘝。豈尚闕于俞音，復明陞于顯秩③。賣刀買犢，欣暫反于農疇；求牧與芻，媿數闕于朝聽。顧撫字之心勞，而催科之政拙，功何有于絲毫；繄高明之位列，而亭育之功全，物率歸于陶冶④。此蓋伏遇某官懋格天之賢業，建辟國之遠猷。約以待人，故每棄瑕而録用；醲于行賞，將使趨事而赴功。枯荄猥費于霑濡，老馬徒勞于鞭策。上流甚重，誠非臥治之時；下澤可乘，終假投閒之便。永惟未死之日，期報不貲之恩。

回賀湖州方侍郎啓

伏審光膺眷注，榮領蕃宣。公議稍伸，輿情交慶。恭惟某官受才宏毅，稟氣中和。早貢讜言，藉甚外臺之譽；晚

① 「防秋」，原作「方秋」，據四庫本改。
② 「伏念某學既老而益落氣被病而逾衰誤膺分閫之求僅弭弄兵之習」，聚珍本、文淵閣本同，文津閣本作「伏念某心雖許國才乏匡時歷中外而謬荷隆恩以衰朽而猥叨劇任」。
③ 「明陞」，聚珍本同，四庫本作「叨陞」。
④ 「繄高明之位列而亭育之功全物率歸于陶冶」，聚珍本同，文津閣本作「難免曠官之誚恩忽頒夫綸綍遽叨進職之榮」。

疇賢望，揚于法從之華。一從祠館之游，殊鬱搢紳之論。起臨輔郡，作屏行朝。佇還漢橐之持，豈容孔席之暖。某久欽賢範，欣覿除書。屬弭駕之云初，念慶函之未及。遠貽翰墨，第極感銘。

回賀常待制啓

伏審得請真祠，暫諧雅志；躋榮從橐，稍慰公言。恭以某官學問見于躬行，直諒由于世濟。扶持國是，共高謇諤之風；潤色帝猷，不廢論思之益。暫均勞于支郡，實簡眷于淵衷。自厭風波，有懷丘壑。直西清之五閣，仰觀出綍之優；覲北闕之九重，行被賜環之寵。某比因假道，幸遂披風。屬稅駕之云初，致賀牋之獨後。先蒙翰墨，第劇感銘。

謝翟給事舉改官啓

竊祿鼎來，未能暖席。掞章甚寵，實慰窮途。佩德不貲，寄顔無所。竊以賢否異趣，迹每混于淄澠；貴賤相求，勢實侔于胡越。疑似之迹，則每難于必見；邈絶之勢，則不能以自通。故有公卿不揖客之譏，英俊沈下僚之歎。惟識解超世，則賢否之淄澠，相絶于千里；以人物爲心，則貴賤之胡越，不間于一毫。用能得真材于稠人之中，卓然振高義于流俗之外。如某者愚無一得，窮有百罹。襲科舉腐儒之常談，無經術高世之遠見。謀及親之三釜，蚤餬口于四方。一昨遘禍不天，痛枯魚之銜索；置身無地，類窮猿之投林。謬策足于詞場，偶竄名于書局。拜恩四易，待次三秋。訖無補于秋毫，颯已垂于素髮。加以秉性迂僻，與世闊疎。留滯天都，未暇三書于宰相；揭來鄉校，正期一識于荆州。豈徒斂版以走下風，庶獲執經而趨文席。潘令厭斗筲之役，雖懷色養之違①；顔氏無簞瓢之憂，蓋得依歸之所。既發藥其膏肓之疾，復借重于布帛之言。耳受心維，日開月益。悵遭逢之獨晚，故蹇薄之是宜。豈期酸寒流落

① 「雖懷」，聚珍本、文淵閣本同，文津閣本作「恒思」。

之蹤，曲致哀憐收拾之意。兹蓋伏遇某官人倫標的，吾道主盟。立心則和而平，故雖疎賤而接以誠意；待人則輕以約，于至愚陋而收其寸長。不勞假借于先容，雅欲振明于公論。顧未能執筆，輒獎借其藝文；有意讀書，謂博涉于墳史。是欲一顧而增價，端非兩喜之溢言。豈獨推挽以脱于冗賤之中，又將誘掖以堅其問學之志。儻容卒業，庶幾君子之歸；固將終身，以圖國士之報。

回賀樞使張少師啓

伏審光膺鳳檢，進秉鴻樞。釋宣威疆埸之勞，茂洪化經綸之業。中權增氣，外境懾心，伏惟慶慰①。恭以某官識洞古今，望高夷夏。忠烈貫于金石，勳業焕乎旂常。上眷素隆，志濶告猷于左右；外庸既訖，理難循次以褒升。用正機衡，誕敷綸綍。庶盡攄于遠略，遂協濟于中興。川陸非遥，莫預造門之列；山林待盡，尚須奠枕之期。慙慶牘之未馳，辱縈緘之先貺。感銘之至，敷敍奚殫。

賀林提學啓

竊審褒承帝渥，就領使華。董正師儒之聯，振明庠序之教。允符公論，同極歡悰。恭惟某官學極淵源，文參經緯。奮揚賢業，光嗣家聲。早闊步于詞林，即横翔于英轂。雍容學省，夙傾衿佩之心；留滯泮宫，久欝搢紳之望。惟義所在，與時偕行。果協僉言，寖基鉅用②。星軺臨遣，雖暫寄于行臺；文陛對揚，諒已膺于前席。某猥緣寒陋，特荷眷憐。逖聞用之則行，幾欲喜而不寐。山川悠遠，益睽眉宇之瞻；竿牘敍陳，難極心旌之戀。静言抃蹈，實倍

① 「伏惟慶慰」四字原脱，據永樂大典卷九一八引張守毘陵集補。

② 「寖基鉅用」，聚珍本、文淵閣本同，文津閣本作「應符衆志」。

等夷。

代賀提學孫宗博啓

茂膺宸渥，出擁使華。董正師儒之聯，振明庠序之教。涓辰視事，揭節宣風。伏惟某官學造淵微，行成矩矱。早飛英于藝苑，遂擢秀于詞塲。寖履亨塗，允膺妙簡。談經學省，已模範于宗英；將命使臺，緊表儀于鄉秀。諒令吴越之地，追還鄒魯之風。佇列儁功，入登華貫。某祇宣條教，幸託芘輝。望眉宇以非遥，跂心旌而竊抃。

賀王右丞啓

伏審光奉宸恩，褒陞右轄。出聖神之獨斷，符朝野之公言。一札播聞，多士交慶。嘗謂經遠者實本乎器識，垂後者莫大乎文章。宇量宏深，于以臨大節而不奪；詞章超邁，用能揚偉績之無前。嘗歷攷其兼全，蓋絶無而僅有。絳侯勃能任大事，特病其少文；公孫弘號爲名儒，或譏其多詐。全才之士固不易得，有道之時亦爲難逢。間自負其所長，輒每悲于不遇。佐佑六經如韓愈，未免流離；度越諸子如揚雄，終甘寂寞。上方講求久逸永寧之計，時乃登用協謀一德之人。宜有卓爾不羣之才，庶幾曠然大變其俗。恭惟某官氣鍾英偉，道極醇深。碩學通乎九流，懿德備乎三俊。絶世之器識，汪乎萬頃之波①；華國之文章，沛然三峽之水。身既兼于數器，會復際于千年。自膺密勿之知，寖發經綸之蘊。便蕃三接，清切九遷。鳳閣摛華，復見坦明之制；烏臺執法，具高謇諤之風②。汲長孺之忠，謂賁育不能奪；董仲舒之道，雖伊吕無以加。亟召登于禁林，繼入承于密命。發揮典册，焜燿搢紳。蔚矣邦家之光，偉哉廊廟

① 「波」，聚珍本、文津閣本同，文淵閣本作「陂」。
② 「具高」，聚珍本同，四庫本作「共高」。

之具。果由内相，進轄中臺。蓋將力振宏綱，大明清論。上以告嘉猷于后，下以施實德于民。若礪若舟，即正鼎司之重；如綸如綍，佇聞廷告之頒。某江湖孤蹤，口耳末學。抗塵走俗，自悲流落之餘；舐筆和鉛，尚泥平生之好。比竊名于英轂，實借重于文衡。緬懷贈衮之言，妄起彈冠之志。然而間關一命，荏苒再朞。謀生無負郭之資，望禄有倚門之切。自笑守株而待兔，可謂迂愚；念嘗披霧而覩天，實爲幸會。遜聞新命，尤激懦衷。雖霓連蜷，故喜知音之誤辱；大鈞块圠，端如播物之無遺。恨阻川途之脩，莫預門闌之慶。静言抃蹈，倍越等夷。

回賀知紹興府孫尚書啓

伏以聽尚書之履，暫别宸廷；懷太守之章，復開盛府。恭惟某官三朝耆碩，多士宗師。學貫九流而獨探其精微，文追兩漢而尤高于典册。蚤以人望，簡于聖心。直道而行，柔莫甘于慕舌；見幾而作，後何悔于噬臍。自詭侯藩，益隆天眷。教條惟舊，遺愛常新。入境抗旌，擁歡迎之竹馬；當宁側席，行趣召于鋒車。某久此周旋，悵然離索。褰裳濡足，媿明哲之高風；緩帶輕裘，想蕃宣之樂事。方深慶羡，遽辱緘縢。感悚之私，敍陳罔既。

代賀應漕除直祕閣啓

伏審拜命帝宸，登名册府。增寵輝于使節，動榮觀于儒紳。伏以某官稟姿粹明，應變通敏。洊歷光華之寄，益攄經濟之才。持飛輓之權，邦儲已羡；紀將明之效，天眷有加。膺王綍之褒崇，登道山之清切。是基持橐之選，行奉賜環之榮。某梓里備員，久叨輝芘；蘭臺寓直，獲附英游。抃喜之誠，名言罔喻。

回李參政啓

久嬰衰疾，志在投閒。忽徙便蕃，辭不獲命。觸熱遵于遠道，疾驅及于近郊。顧惟舊學之荒唐，加以頹齡之晼晚。千巖萬壑，謾記于昔游；十束三鍾，第慙于虛受。況帑廩一空之後，仍邊陲多壘之時。宜有傑才，以當重寄；豈伊名壤，可付陳人。此蓋恭遇某官惇大有容，直方不撓。暫去巖廊之邃，尤傾海宇之瞻。博采衆才，陰借齒牙之論；曲形高誼，首勤竿牘之私。獎與過情，詞華溢目。而某曩獲聞令尹之政，今復玷鄭公之鄉。條教具存，竊詠翦棠之戒；風化所繫，願觀拔薤之規。欣幸之私，名言罔既。

狀

回汪相公遠迎狀

伏以四牡騑騑，久陟川途之遠①；三台兩兩，行瞻次舍之光。父老駢迎，江山改觀。恭惟某官望高鼎鉉，勳著旂常。保佑潛藩，成五龍之夾日；贊襄清蹕，竦八柱以承天。久避地于炎荒，實簡心于丹扆。尚艤濟川之舟楫，暫適高懷；行聞鼓物之雷風，亟還舊弼。某曩竊依于陶冶，玆喜奉于光塵。候館已虛，尚幸飆牽之未竭；前旌俯屆，莫諧弩矢之先驅。敢謂撝謙，首勤華問。感銘之切，敷敘奚殫。

又回鄭侍郎遠迎狀

阻奉晤言，恍迷歲月；遡聞殊用，大慰簪紳。正從橐之清班，洗沈僚之永歎。伏惟某官才華廊廟之具，器業邦家之光。屹若老成，表于朝著。躋榮武部，方有賴于論思；將命朔庭，復暫勤于行役。顧衰殘之屏處，望聲采以非遥。莫遂披瞻，過形問勞。方際霜風之厲，益調鼎餁之和。速返旌旜，上符旒扆。

---

①「陟」，聚珍本同，四庫本作「涉」。

回知建州魏龍圖狀魏時自饒州引嫌易建。

輟烏臺之南榻，增重蕃宣；兼龍閣于西清，式昭睠遇。拜恩易地，諏日下車。伏以某官藴識高明，受才英敏。片言悟主，應龍飛天而雲霧來；正色立朝，猛虎在山而藜藿茂。勉從懇請，暫寄承流。行即迓于賜環，諒不容于暖席。政途聯事，久聞婉晝之優；江國避嫌，行遂賓鄰之託。敢圖謙德，先辱榮函。欣感之懷，敍陳罔旣。

回知常州鄭右司狀

伏審輒從宰屬①，出領侯邦。兼榮册府之清華，增重行朝之屏翰。已頒條教，第極歡悰。伏惟某官學問淵深，器資凝遠。蚤擅搢紳之譽，寖結冕旒之知。冠豸霜臺，已想聞于風采；含香蘭省，復詳試于猷爲。旋陞宰士之要途，宜即從臣之峻列。勉從懇請，暫寄蕃宣。地俯控于江淮，政資備禦；人曩經于寇盜，尤賴拊綏。佇觀報政之成，即有賜環之寵。某分符在遠，阻修桑梓之恭；視印云初，竊聽袴襦之詠。先蒙問勞，第極感銘。

回知常州陳檢詳狀

奉祠宮之香火，病臥漳濱；瞻刺史之麾幢，喜依河潤。塗詠何來之暮，人争快覩之先。伏惟某官學以躬行，賢由世濟。踐揚要近，盍登論思侍從之聯；流落燕閒，允蹈用舍行藏之義。比從人望，暫領藩符。斂大惠于偏州，詎容淹久；奉細書之一札，佇有褒陞。兹以衰遲，處于閒散。獲帡幪之託，睇鷁首以非遥；修桑梓之恭，媿魚牋之不敏。首蒙謙眷，第極感銘。

① 「輒」，原作「輙」，據四庫本改。

回知信州夏太博狀

衰晚投閒，方養疴于畎畝；聖明念舊，復假寵于藩維。已見吏民，具宣條教。載惟江右，故號吳頭。鑾馭在行，尤謹上流之寄；潢池未静，更深南顧之憂。曾是疏遲，莫知稱塞。伏惟某官義敦久要，學富多聞。賁以牋題，寧論十部從事；副之篇什，真是五言長城。既增朽質之光，仍託善鄰之賓。庶幾黽勉，少逭譴訶。感媿之私，名言罔喻。

回汪相公賀正狀①

伏以王春肇序，人正謹時。惟國元臣，受天純嘏。恭惟某官厚德表世，純誠格天。早依日月之光，功高弼亮；晚避風波之險，身遂燕閒。兹薦祉于椒觴，佇歸榮于槐鼎。方圖修慶，先辱飛緘。感頌之誠，敷宣罔既。

回賀九月望日狀

伏以物華就實，序極杪商；月魄分中，曆占既望。恭惟奉使飭躬謙慤，秉志忠嘉。順履肅霜之辰，茂膺好德之福。遽蒙華翰，良極感悰。

又

伏以金風既肅，民興築圃之功；璧月載盈，節紀降霜之候。恭惟奉使天姿忠恪，使節光華。茂對休辰，具膺遐福。辱珍題之俯及，仰厚德以難忘。

---

①「汪相公」，原作「江相公」，據四庫本改。

謝土物狀

伏以暫偃旌旜，獲展郊迎之禮；遽頒箱篚，分霑庭實之餘。祗沐多儀，益知厚意。兹爲銘佩，曷既敷陳。

又

伏以輶軒授館，彌使節之光華；聘幣造庭，分土毛之珍厚。媿無以報，義不獲辭。感悚之誠，名言曷喻。

回謝請大排狀

伏以貢珍遠届，良多衝涉之勤；宴豆肆陳，敢後獻酬之禮。祗修薄具，少奉清塵。媿率爾以伸辭，辱惠然而肯顧。更貽尺牘，彌激寸心。

又

伏以航海奉琛，仰使華之勞勩；侯邦致館，接燕語之從容。特枉高軒，祗勤菲具；更蒙謙德，曲示華緘。荷意良深，喻言罔既。

代越帥答高麗副使遠迎狀

伏以遠飭使航，來從出日；肅將貢篚，入覲中天。欣旌旆之俯臨，辱緘縢之遽及。瞻迎伊邇，慰抃難名。

又

伏以祗率邦彝，遠輸琛賮。風馳使傳，俯次郊圻。佇披奉于光儀，遽先蒙于珍翰。其爲欣抃，曷既敷宣。

回賀除進大資狀

備位劇藩，久慙尸素；升華祕殿，復玷寵光。實不副名，榮祇爲媿。伏念某學雖泥古，智昧知幾。壯歲固已無聞，投老安用；平時僅能寡過，遇事則疎。曩强敵之憑陵，固羣心之憂憒。欲資調度，訖無横草之勞；敢意褒遷，叨拜出綸之寵。懇辭莫獲，忝冒難勝。此蓋伏遇某官稟氣中和，待人輕約。念勸功必償名德之重，故聞善陰借齒牙之餘。遂致衰遲，亦叨擢序。移書贊喜，辱眷意之相先；拜命懷慙，識謬恩之有自。其爲感激，未易敷陳。

回趙提點狀

聯事江湖，久託提封之芘；臥痾衡泌，頓疎執訊之儀。方深眉宇之懷，忽奉誨函之及。驅馳遠道，審畫鷁之鼎來①；寤寐光儀，欣景星之先覩。其爲感抃，罔既敷宣。

代答鎮江李尚書狀

伏審拜恩易鎮，涓日開藩。凡竊芘庥，同增抃蹈。恭惟某官學蚤窺于聖域，望夙著于賢關。親逢黼扆之知，度越搢紳之右。便蕃三接，清切九遷。亟登八座之榮，久隆睿眷；屢奉一麾之寄，彌著休稱。報政淮堧而莫遂借留，下車江國而已歌來暮。諒履聲之既識，竚環召以遄歸。曾是衰遲，久茲睽逖。方結心旌之戀，復欣眉宇之瞻。念慶牘之未馳，辱榮函之遽及。悚佩之素，敍陳曷殫。

① 「畫鷁」，聚珍本、文淵閣本同，文津閣本作「鷁首」。

書

代侯元功與宰執書

伏念攀附英游，叨辱金蘭之好；棲遲田畝，遽興露草之悲。勉駐殘魂，力伸危悃。某奮身寒苦，遭世盛明，晚誤睿知，叨陪政路。奉身而退，訖無横草之勞；尸禄既盈，已積負芒之媿。更蒙起廢，復俾承流。敗材難逭于人非，豐屋復貽于鬼瞰。乃嬰疾苦，以迫衰殘。瘍發枯顱，謾勞砭劑；毒乘沴氣，遂逼膏肓。念聖代之難逢，望台閎而永隔。懷恩莫報，齎恨無窮。尚勉須臾之留，以通咫尺之問。伏惟某官懋昭賢業，光輔聖時。調御至和，永肩許國之誼；維時極治①，用廣格天之勳。恩既浹于幽明，感難忘于存殁。神離形瘁，氣索詞窮。瞻望門牆，無任依戀之至。

答晁公爲顯謨書

某頓首：臨海使君子幕顯謨執事人至，辱惠書一通，並先公文集六十卷及雜論、變騷等。柳子厚所謂如入羣玉之府，珪璋琮璜，各有列位，動心駭目，喜可知也。且欲求品題于固陋之一言以爲重，則執事不能無過也。某童丱時喜讀書綴文，然絶無師承。又少貧且弱，不能裹糧重趼，問道于四方，每聞先生長者之風，則服膺而心師之。自東坡先生主斯文之盟，則聞先公與黄魯直、張文潛、秦少游輩升堂入室，分路揚鑣，蔚乎其揚袂，炳乎其相輝，每文一出，人快先覩。某嘗窺見一二，而恨不預執鞭之役也。每念士生斯時，獲游東坡之門，如取平于衡石，質疑于龜筴，收名定價，萬世不易。借使後之君子問學詞采、人物之鑒出東坡右者，欲加損毫末，亦不可得已，况如某之固陋，而强聒一言，不惟不韙之罪是懼，亦安所措詞哉！

① 「維時」，原作「維持」，據四庫本改。

來書乃謂揚子雲著書，使不遇桓譚君山，則十三篇之作遂有醬瓿之厄，某竊以爲不然。君子信道篤而自知明，初不因人而輕重。司馬子長著史記，藏之名山，副在京師，以待後世君子，而雄固有言曰：「世不我知，無害也；後世復有子雲，必好之矣。」則子雲之書脱不遇君山，其遂泯滅而無傳乎？至于信道不篤而自知不明，以得一人譽而喜，一人毁而愠，故左太冲賦三都，以時人未之重也，乃欲取決于皇甫謐之一言，使不幸而謐見小異，遂棄十年之功于一夫之目，豈不謬哉！所以王筠誦郊居賦，僅得其音律，而沈休文拊掌矜衒，以幸知音之遇，亦云陋矣！

先公信道篤自知明者也，固不假人言爲輕重。少以文顯，初無子雲一時之譏，而有東坡器許之重。閣下又欲增重于後人之一言，不惟某所不敢，舉世亦莫之敢也。某固以爲執事不能無過也。雖然，厚意不可虚辱，閣下所謂居上位則功業見于時，在下位則文章垂于後，信然。君子處世，必居一于斯二者矣！達則行道，窮則立言，其志一也。道行則有益于當時，立言則有益于後世，其爲效亦一也。故達者不以功業自多，而窮者不以文章自少，然後安于義命而無苟免倖得之心。雖然，達則文章無聞，窮則功業不著。如日南而景北，晝長而宵短，天之賦與，殆有定乎？疑不得兼也。

先公名位屈于一時，而文采表于萬代，豈乘除之理固如是乎？然閣下既以文世其家矣，方且力行先公之學而見之事業，所以顯揚先公照耀不朽者，夫豈資于人哉！閣下其勉之！不宣。某再拜。

爲外甥定婚書

合好所以繼後，兹重大倫；納采而復問名，式嚴嘉禮。占鳳鳴而協吉，贄雁幣以通勤。伏承令姪女幼習婦規，頗著言德容功之美；而某小姪某長聞義訓，粗免驕奢淫佚之邪。猥緣瓜葛之餘，敢卜絲蘿之好。矧惟自出，久辱深恩。如母存焉，固託渭陽之義；非吾耦也，敢忘齊大之嫌。

代答書

事非人謀，夙表刺眉之異；禮嫌自獻①，或先坦腹之求②。念雖擇對之有緣，亦貴因親而曲照。伏念令姪知名有自③，居然寧氏之甥④；而某姪女幾娘傳業無人，藐是中郎之女。來從萬里，孑爾一身。得吾宅相之賢，託此宗盟之重。玉臺下聘，綽著于風流；荆帚贈行，敢忘于訓戒。

① 「禮」，原作「理」，據婚禮新編校注卷八改。
② 「或先」，婚禮新編校注卷八作「偶先」。
③ 「伏念」，聚珍本、文津閣本同，文淵閣本作「伏承」。
④ 「寧氏」，原作「裴氏」，據婚禮新編校注卷八改。

毘陵集卷十一

記

福州州學釋奠記

郡縣之祀，惟孔子、社稷爲最重，長吏親有事焉，禮也。福州自唐常公衮一變儒風，多士甲于諸郡，而鄉校特盛。太守以二丁釋奠于先聖，莫敢廢也。自三舍行，一切以法從事，而禮固已輕。舍法一罷，學校僅存，而禮幾廢矣。繼以郊壘軍書略無寧歲，春秋雖舉舊章，取具臨時，太守率委事于其次，有年于兹。某以紹興壬子秋九月叨領帥事，竊歎儒冠之盛，厥有來哉。明年春，猶有軍事，有司遵故例而行，實自媿焉。既而盜賊屏息，閭里少安。秋八月丁亥，于是躬帥僚佐暨諸生，執爵奉幣，祗見祠下。庶後之君子念風化之本原，毋曰可緩，毋憚小勞，歲舉兹禮，自今以始云。晉陵張某記。

植桂堂記

紹興十年秋，毘陵蔡子戰藝于國子學，捷居上游。既而試禮部不合，略不形意色，益刻厲學問，洛下師友，以策其所未至。即居之南圃，築爲游息之地，士大夫過之，則授館置醴，將攷德問業，以卒其志焉。屬余名之，余名以「植桂」。

圃廣數畝，脩竹嘉木，奇花名果，分畦行列，所植不可勝計，而余獨以桂命堂，何哉？蓋士患無志，志苟不奪，何求而不獲？蔡子朝夕堂上，豈獨資燕居耳目之娱，固將徜徉乎書林，馳騁乎義路，登高而放目，漱流而洗心，自是射策决科，與鑷髭拾芥等耳。郄生一枝，可指日俟云。紹興壬戌中秋日記。

四老堂記

紹興十年，余再承乏會稽。明年春，病甚，求解郡章，上恩賜可，復領洞霄，歸毘陵私第。又明年，金人尋盟，歸我太母洎三梓宫，于是疆埸敉寧，淮、浙奠枕，而余以病瘁里居，無復異時驚憂轉徙之患，乃于舍西得荒瘠之地，誅茅築垣，結廬其中，以養吾疾，寄吾懷而娱吾老也。屋纔五楹，軒牖四闢，飾以青黝，不侈不陋，隨我力之所及也。中敞三楹以度暑，東西北各爲一室以御冬①。南有故池，增植蓮芡，魚游而龜曳。堂之前後，雜蒔花竹，鶴唳而鹿呦。

余既以病謝客，時曳杖步屧，徜徉其間。老兄弟間來問疾，則相與講衛生之經，談出世之法，醉賢人之酒，而飽腐儒之餐，有足樂者。然地纔數畝，東西褊迫，無高山流水之勝，無奇花怪石之玩，無洞户曲室、絲竹歌舞之麗。賓客益落②，門庭寂然，豪士、貴公子往往過之而竊笑也。然韓退之嘗云：「辛勤三十年，以有此屋廬。此屋豈爲華，于我自有餘。」顧余寒士，丁時多艱，辛勤殆有甚焉。天假之年，及見中興。使吾疾未及于沈篤，俯仰笑詠于一堂之上，固有餘于昌黎公矣。且余四兄弟蒼顔華髮，頹然四翁，幸還里門，獨季留浙東，方折簡趣其歸，儻時會合，婆娑堂上，慰遲暮之餘日，斯足樂已，亦復何必如退之以鈞樞在坐爲誇耶？于是名其堂爲「四老」。時兄養正自權吏部侍郎，以集英修撰提舉江州太平觀，年六十六；泰定自吏部郎中，以直祕閣爲福建漕使待次，年六十三；余年六十；弟師是以文

① 「各爲一室」，「一」字原脱，據永樂大典卷七二三八引張守毘陵集補。
② 「益落」，原作「寥落」，據永樂大典卷七二三八引張守毘陵集改。

林郎爲浙東鹽司屬官，年五十八云。紹興十三年歲次癸亥六月朔記。

序

姚進道文集序

余頃客京師，與姚致道遊，因識其弟進道，與之語，詞氣翛然，絶出塵垢之外，若世之利害毁譽無足以動其心者，余固已奇之矣。及見其詩文，一如其爲人。一日，出稾一大卷，蓋日有所賦也。對景遇物，感懷遣興，風花之朝，雪月之夕，贈遺唱酬，操筆立成，若借書于手。興寄高遠，句律超妙，有老于文學而晝窗夜燭，抽肝擢胃，苦心罷精冥搜不能到者。若無所賦，則濡墨伸紙，隨意而書，亦復燦然有味其言。余以爲駒龍雛鳳，已具千里之駿氣，五色之奇采，會須跨康衢而翔煙霄，未可量也。未幾，卒于京師，年纔三十。悲夫！下世之後，文字散落，致道訪親舊間，篇搜句掇，得古律詩、長短句與夫雜書，僅成兩編，特平生之什一，且要余爲序其首，余曰：「昔李長吉詩文絶出筆墨畦逕間，卒年二十七，杜牧之嘗曰：『使賀未死，少加以理，僕奴命騷可也。』進道天才，何必減李協律？雖奇詭驚邁差不類，而思致過之。少假之年，顧不下視屈、宋輩耶！進道撰著甚多而流傳者少，又不以壽終，皆與長吉合。嗚呼！天賦之才而嗇之壽，不可致詰者，古今所同也。詎知進道不坐凝虚殿賦白玉樓乎？」進道名穀，秀之華亭人。

秦楚材易書序

皇帝以天縱之聖，紹隆絶業，英規雄斷，視周漢宣、光，不足儗倫，而勵精六學，緝熙光明，博綜兼該，尤邃于易，所以極深研幾，開物成務，範圍二儀之化，躋登中興，蓋有所自矣。聖學之餘，游意翰墨，寶跗揮灑，凌跨鍾、王，又非前代帝王所能跂及也。

敷文閣直學士秦公梓頃以布衣游太學，嘗集朝士大夫共寫易書，或以字畫之工，或以名德之重，或以位著之崇，凡一百十八家，自大觀迄于宣和，幾二十年而書僅成，然獨乾卦不輕以屬人，而士大夫亦顧避莫敢下筆者久之，後雖有以備數，蓋歉然不滿也。紹興十有三年，公既以儒學詞藻被上眷知，視草禁林，勸講經幄。一日造膝有請，上欣然從之，于是雲章奎畫，鳳翥鸞迴，赫赫巍巍，冠于篇首。羣臣盥手拭目，傳玩嗟愕，以爲四聖之書而河圖之畫，真復見于今日，且歎公與此書皆千載之遇也。日月麗天，衆星滅没，羣臣筆于卷後者固莫能仰望清光，然名列其下，預有榮耀焉。公欲鑱之金石，以侈上賜而傳不朽，屬爲敍引，其敢以蕪陋辭？某竊歎自魯壁、汲冢之藏一出，而漆書、竹簡不復見于後世。去古益遠，學者苟婾，而聖人之經，僅出于鬻書之肆刊印射利，乃與傳記小説、巫醫卜祝、下里淫邪之詞並壽于廛閈，大抵捐數千錢，則巾箱五經可以立辦，故士子于經亦褻慢不虔，苟取名第，則委棄藉躪，黏牖覆瓿，炷燈拭案，不復顧惜。蓋得之也易，則用之也輕，而傳之也不久，凡以志于利而已矣！公識慮超世，服膺絶編，心明十翼之辭，神授三爻之畫，乃于窮陋未遇之時，罷精悉力，辦此奇事。更靖康變故之後，兵掠火毁，一簪不留，而以易書自隨，豈志于利者能之乎！神物護持，不至失墜，卒遭遇上聖，拜宸翰之寵，則得之固非易矣。潔静精微之道，仰契聖學，日侍燕閒，啓沃贊襄，措諸事業以幸海内，則用之固不輕矣！勒之琬琰，墨本四出，人快先覩，且將什襲寶藏，以爲子孫無窮之玩，則傳之之久，又可不問而知也。閏四月十四日謹序。

大陽明安禪師古録序

夫功以漸修，道由頓悟。漸修匪易，頓悟匪難。一宿九年，非久非近。昔我世尊憫佛子等歷劫漂沈①，周迴生

① 「昔」字前，文淵閣本多一「憶」字。

死，開大法門，極力拯救，揩磨積習，令不退轉，垢盡明現，始見本原，猶在護持，然後純熟。今一世人無勇猛心及堅固力，口耳所傳，未證爲證，墮落虛空，無棲泊處。又有甚者，習氣未除，淫慾貪嗔，自謂無礙，流轉苦海，永無出期。由世導師，輕談空寂，遂令末學，迷真逐妄，不亦悲乎！

大陽明安延公禪師，洞山玄孫，梁山嫡子，真得佛祖所付心印，事理兼融，開遮自在，機鋒覿面，坐斷乾坤。至其出力接引後學，惟恐學人或墮邪見，防閑開譬，具佛慈悲。洞山以來，家風不墮。真歇老人出示古録，一語一句，具真實法，雖非即此可以傳授，亦非離此而能證明，與近世師繫風捕影，疑語後學者異日道也。因書篇首，廣衍流布。所期學者勿信口耳，不忽所易，不倦所難，端的不差，證無上道。紹興癸丑六月朔旦，東山居士序。

雪峯慧照禪師語録序

慧照預禪師提如來密印，坐大洪山孤峯頂上，轉大法輪，文字性離，言語道斷，超佛越祖，心如太虛。至于隨緣應機，接引調伏，如大醫王對病與藥，金毛哮吼，百獸皆瘖。建炎以來，襄漢莽爲盜區，赤地千里，大洪屹然其間，豺虎環視垂涎而不敢犯，道俗依師獲免者殆數千萬人，夫豈偶然也哉！

余帥甌、閩，始挽師來乾元，繼主雪峯，與其弟了相後先，宗風大振，道價益高。門人以師前後言句示，余歎曰：「昔聞丹霞淳而不及識，乃識其三子。」師蓋嫡嗣也，次即了，住永嘉之龍翔；其季覺，住四明之天童，一家三傑，皆爲東南大導師。聞者奔趨，見者厭滿。所至坐下常千餘衆，凡經印可，便爲叢林龍象，亦盛矣哉！

慧炬所燭，昏霾自消，猶且開方便門，以無説説普度一切，無弦琴上品就宮商，白玉田中種成桃李。即見與聞，而自悟入，豈無其人耶？紹興八年歲在戊午二月晦日。

跋

跋唐子方林夫送行詩卷

唐氏父子皆以論宰相南貶，高名勁節，冠映兩朝。夫潞公之功名，荆公之眷遇，非異時宰相比，而二公廷諍凜然，不少回隱，蓋亦一門盛事也。當質肅公上疏，昭陵震怒，召執政示之，公辯論不已，樞密副使梁適叱下殿，而辭益堅。潞公遜謝不已，獨留再拜言：「臺臣言事，職也，願不加罪。」始貶春州别駕。而御史中丞王舉正、修起居注蔡襄相繼救之，昭陵尋亦悔悟，改英州而罷潞公，且遣中使護送，曰：「毋令道死。」不數月，起監郴陽税，尋倅長沙，而復召用矣。嗚呼！昭陵之聽納，潞公之謝過，祖宗所以致太平者，可以槩見也。

至林夫之論荆公于裕陵委已信任之時，越班叩陛請對而亟言其非，亦難矣哉！始貶潮陽别駕，而荆公乃謂唐某素狂，不足深責，遂授大理評事、監廣州軍資庫，其欲薄其罪僅似潞公，而言則異矣。時熙寧五年秋，耆舊往往皆去朝廷，莫有出力援之者，卒不復召用而流落以死，尤可哀也。林夫之從姪遵以其送行詩、謝表等編次而鑱之石，既欲顯揚前哲之美且傳示來世，飭稚昧于無窮，則遵之居官行己必將無媿于其先云。

跋劉紹先詩卷①

文武之士，互相觝排，文人則曰：「兒輩挽兩石弓，不如識一丁字。」武人則曰：「安天下、定禍亂，當用長鎗大劒，安事毛錐子！」蓋一偏論也。文武雖異用，皆不可不學，而將不知書，爲患尤大。古之謀帥，必以説禮敦詩爲賢，此孫仲謀所以諄諄于吕蒙也。

① 文淵閣本題作「又跋劉紹先詩卷」。

劉君將種，以忠勇智略世其家，又能博采古名將事業而歌詠之，意氣所期，蓋不在古人後。誠景慕力行，棄所短，用所長，必有以自表于世。劉君將赴官陝右，出示詩卷，要余志其後，因以勉之。

跋鄒舍人詩

古語有云：「孔子家兒不知罵，曾子家兒不知踞。」生而見教也。舍人鄒公于其子筮仕之初，誨飭如此。都官奉以周旋，仕雖不達，而清德著于家，餘澤鍾其後。至道鄉先生以讜言勁節冠映搢紳①，而子若孫皆有萬石君之家法，蓋生而見之，世守其訓，莫敢墜失，遂躋登茲。念艱難以來，風俗頹替，父兄之教不先，子弟之率不謹。儻使家有此詩，人識此義，中興其庶幾乎！

跋丁晉公詩

故龍圖閣待制唐公仕章聖朝，名德顯著，載在國史。丁晉公乃能深知于布衣時，其人物之鑒，過人遠矣。詩句清麗，有唐人風氣。晉公雖不以名節令終，要其所長，亦不可貶也。待制曾孫遵出示所藏聯句，爲題其後。

跋唐誥

唐太宗收右軍蹟至三千六百紙，當時士庶家藏固亦不少，故唐人多能書，雖小夫賤隸，下筆皆有可觀，豈非去魏晉不遠，鍾、王遺蹟流傳尚多，人人得所師承，抑風俗慕尚，莫敢苟作也耶？武德告身殆非近世士大夫所能跂及，況刀筆吏乎？爲之一歎！

---

① 「道鄉先生」，原作「道卿先生」，據四庫本改。

跋宋景晉金剛經偈

無量河沙身，須彌七寶聚，布施獲福德，不若信此經，或書寫受持，所獲更殊勝。具茨老居士，種無上善根，游戲筆硯間，成此大緣事。今我得瞻覩，歡喜同贊歎。

跋唐千文帖

景晉所藏千文，或以爲褚河南，非也，當是薛少保書。凡闕五字，曰世，曰民，曰秉，曰治，皆避唐諱，則唐賢真蹟可以無疑，而「衡」亦諱，則少保避其曾祖道衡諱耳。少保師褚河南，又得外祖魏鄭公、虞、褚舊蹟，刻意摹寫，頗有典刑。此書有膚肉，差不類正書。然艱難以來，古蹟殆絶，此書無一字刓缺，當與夏璜、趙璧什襲珍藏。景晉乃摹刻諸石以永其傳，且欲與好事者共之，其賢可知。

跋趙表之所藏江氏民表帖

定力堅決，故不退轉；慧觀照了，故不疑悔。古人用能成辦大事，况世間法乎？至于死生去來，殆猶戲事耳！釣臺老人將寂①，猶爲廣濟之民一行，其出于此也歟，諄諄于表之，蓋爲道也。

跋辛企宗所收名公帖

世人務收名公尺牘，第知藏多爲榮，間有非真蹟而不暇辨擇，亦好事之過也。此軸甚富，無一紙贋，誠可寶云。

---

①「釣臺老人」，原作「約臺老人」，據全宋文卷三七九三校勘記：釣：原作「約」。按江公望字民表，釣臺老人其號也，真文忠公集卷二八有釣臺江公集序，是也。「約」乃形近而誤，今改正。

跋懷素帖

古人專一藝而無他好，乃能名世傳後。懷素正書、行書非一，所傳聞自謂得草書三昧，殆由用志不分耳。使草聖不傳，天下後世豈復知有懷素也。六一先生反以此譏之，豈浮屠氏之學，所在貶耶？

跋顔魯公帖

魯公剛正之氣，凜然見于心①，書法之妙②，余平生所最嗜也。晚見此帖，尤天然遒勁，初若無意于書，而落筆自中繩尺，殆非學者所能到也。晉陵張子固題。

跋周君舉所藏山谷帖

山谷老人謫居戎僰，而家書周諄，無一點悲憂憤嫉之氣，視禍福寵辱如浮雲去來，何繫欣戚③。世之淺丈夫臨小得失，意色俱變，一罹禍辱，不怨天尤人，則哀呼求免矣，使見此書，亦可少媿也。紹興十年二月八日，毘陵張某子固觀于會稽郡齋。

跋歐陽文忠公帖

六一先生學識文章、節槩事業皆與日月争光，使尺牘不工，人固藏之以爲榮，而顔筋柳骨，自不在古人後，獨不以

---

① 「見於心」，「見」字原無，據四庫本補。
② 「書法」，聚珍本同，四庫本作「畫」。
③ 「欣戚」，原作「欣戒」，據聚珍本、四庫本改。

名世者，蓋不足爲公道也。世之操觚弄翰、夸墨池筆冢以取名一時者，其可同年而語耶！

跋劉孝述司馬温公帖

熙寧己酉春二月，王荆公始參大政，首定謀殺聽首之律。吴興劉公孝述以御史知雜判刑部，率同僚丁諷等封敕還中書，至于再，時論浩然歸重。先司馬温公嘗辨論幾數萬言，廷臣以爲非者亦十七八，于是御史中丞吕獻可並其屬請如刑部議，卒莫能奪。其故謀殺人而聽首，天下至今疑之。秋八月，公又率侍御史劉錡、錢顗極論安石專肆胷臆，輕易憲度，驚駭物聽，動摇人心，以至曾公亮畏避固寵，趙抃囊括依違，反覆數千言。又獨論中執法舉屬不拘秩任，非祖宗法，兼與治平手詔之意異，故貶錡、顗監當，而劾公與諷等不奉詔之罪。士大夫寃之，上章救公，如孫昌齡罷御史，范堯夫罷修注，温公疏入不報。諷等于是誣伏，而公獨謂朝廷不當劾言事官，卒不承，乃貶知江州。自獻可首以論安石得罪①，氣燄熏灼，不變則懼矣，公復毅然，曾不爲身謀，賢矣。夫温公時在翰林，申理不獲。既造公敍別，又以手帖勞之，實其年九月五日也。語法而意篤，其端方剛毅之氣，親仁樂善之誠可以槩見于詞翰。後六十四年，公之孫嶠仲高提點福建刑獄，出示此帖，求志其後。某念比年多故，典籍殘缺，國史所載，世或不知，幸此帖之存，故樂爲天下道也。温公善隸，故楷法有隸體云。紹興壬子除日，資政殿學士、左中大夫、知福州兼福建路安撫使張某子固題。

跋司馬温公趙清獻公帖

前輩至誠樂善，奬勵後進，不以名位自高。觀文正、清獻二公與鮑君手帖，則後世恃才傲物、矜名位以驕人者可

---

① 「自獻可」，原作「吕獻可」，據四庫本改。「安石」，原作「交石」，據四庫本改。

少媿矣！鮑君以掾曹受二公之知，其賢于人者，可不問而知也。

跋了翁乞銘帖

竊觀夫請銘之書詞情曲折，詳密懇到如此，其誰敢辭銘？字畫精勁蕭散，有蘭亭典刑，自應寶藏以傳不朽，當不獨以名節之重，文詞之工也。

跋王摩詰畫

山水一變于吴道玄，李將軍父子遂度越前輩，至摩詰尤爲擅場。張彦遠以謂人家所蓄多是右丞指揮工人布色，在當時已如此，則今人所藏可知矣。疾風送雨圖精深秀潤，未嘗設色，非有胸中丘壑不能辦也。所謂雲峯石色，絶迹天機，顧豈工人能措筆耶？知音者希，真奇殆絶，臨本之獲厚幣，宜哉！使出真蹟，未必售也，爲之一歎！

跋章政平刺血上表乞父北還表後

士之爲親訟冤者有矣，刺血之詞則未之前聞。故河中使君章公孝愛天至如此，事雖沮格，而上章之明年，丞相北歸，兹豈偶然也哉！囊封既達御府，後三十餘年復歸公家，尤異事也。其子傑出以示余曰：「此非止手澤，蓋遺體也。」襲藏巾笥，猶懼遺逸，乃龕石而瘞之先塋之側，且摹搨以傳不朽。念大觀間公牧吴興，時余爲郡掾，受公之知，三復至于出涕。

跋龍眠渡水羅漢

余昔于孫叔静家見王摩詰渡水羅漢圖，與此纔小異耳，龍眠所作蓋有自也。大士游行世間，方便接物，初無以異于人，奚必隻履騰空，一杯渡水，常作如此狡獪變化以驚世駭俗哉！山谷以阿羅漢具神通，何至拖泥帶水如此，便謂非王右丞筆，然則龍眠豈效尤者耶？

跋洪州西山十六大士

紹興乙未歲夏六月不雨，用邦人之請，迎致西山十六大士于黄堂，日修淨供，香華梵唄，極崇奉虔祈之意。閲半月，遷奉于總持寺，又半月而歸之。旱勢既廣，疑天數默定，雖仙聖亦不能違也。然始至之日，將歸之夕，皆微雨霑潤，亦隨緣赴感，聊答邦人之誠歟！

跋吴司諫命子名字所書

傅説躬畚築之勞①，一旦位廟廊之上，輔成中興之業，若固有之，以所學素定也。司諫公所期于子者，學爲王者事而已矣！遇不遇，用不用則天也。王儉乃字子以玄成，取仍世作相之義，不亦陋乎！

題後

題鎖樹諫圖後

嗚呼！以偽漢僭竊割據之小國，劉聰篡逆淫暴之虐主，賊殺不辜如薙草芥。陳元達數批逆鱗，卒亦優容之，至以「納賢」名園，「媿賢」名堂，所謂盜亦有道也。劉氏私赦停刑，手疏切諫，與勸「撲殺此獠」者亦有間矣。元達安貧

① 「畚築」，聚珍本、文津閣本同，文淵閣本作「舂築」。

樂道之高人也，一旦應聘而起，知無不言，卒亦死于非命。雖昧擇木之智，其忠于所事，賢矣哉！嘗怪士處明時，事賢主，履高位，噤如寒蟬，或至導諛以誤國，視元達宜有媿，豈非亂世有忠臣、聖主無諫諍，理固然耶！紹興甲子八月望日，書于建康郡齋。

題耆英圖後

某早衰多病，年過半百而齒髮凋零，意氣頹謝，固將結廬荆溪之上而老焉。上恩不貸，復寘政地。早夜黽勉，圖報萬一而後乞身，以卒區區之志而未遂也。比得洛陽耆英圖，想見方外蕭散之趣，披翫不能去手。況文、富、司馬公以元勳碩德領袖諸老，一時勝集，遂度越樂天之會。嗚呼，盛哉！竊窺典刑，歎慕之不足。既命工摹搨，復手筆諸公詩于卷後以見志。紹興丁巳六月上澣，毘陵張某子固題。

題張表臣詩卷後

古之文士多託事寄言以發其意趣，騁其詞華，乃或夸而失實。張公子詞采遒茂，師友淵源，其來遠矣！東坡追和淵明詩而發于夢寐，樂令所謂因也耶，其非寓言可知。

銘

銅雀瓦硯銘并引

銅雀瓦硯，王氏舊物也，去五十年而復歸承可，毘陵張某銘之。

其製則甓，其桓則石，其澤則玉。既潛而出，既獲而逸，既去而復。神其護持，不毁不墜。文字之祥，表于再世。

贊

觀音圖贊①

余舊供觀音，比得蔣潁叔所傳香山成道因緣，歎仰靈異，因爲贊于後。

大哉觀世音，願力不思議。化身千百億，于一刹那頃。香山大因緣，愍念苦海衆。慈悲示修證，欲同到彼岸。受辱不退轉，是乃忍辱仙。抉眼斷兩手，不啻棄涕唾。欻然千手眼，照用無邊際。至人見與執，不在千手眼。向來棄去時，初無一毫欠。乃至以千記，我亦無贏餘。是故將示寂，還復本來相。猶如大虚空，雲電或風霾。須臾各霽止，太虚自寥廓。我今仰靈蹤，歡喜發洪願。今生未喪世，誓願永歸依。更與見聞者，同登無上法。

畫像自贊

佩金章紫綬而躬韋布之行，登金馬玉堂而有山林之想。顧形槁木而心止水，豈丹青所能倣也。

頌

漢神魚舞河頌並序

漢宣帝以英睿之姿勵精庶政，齋居臨決，登用丙、魏。綜核名實，吏良法平，民安其業，滋溢滲漉，百穀屢豐，昆蟲闓懌。熏爲太和，天瑞地符。若動若植，應期紹至。故甘露、醴泉、金芝、嘉穀、白虎、威鳳、黄龍、神爵之祥，史不絶

① 標題原脱，據全宋文卷三七九三補。

書。越神爵元年，幸河東，祠后土，飭躬齋精，祈爲百姓，東濟大河，神魚出舞，見于三月改元之詔。嗚呼，休哉！竊嘗謂信及豚魚，古人難之。故魚鼈咸若，紀大禹懋德之效；於牣魚躍，稱文王靈德之應；魚入王舟，爲武王受命之符。而鰽鯊鰋鯉之盛多，亦以誦周家治定而備禮，蓋非至誠感格，三靈嘉嚮，則安能使潛淵之鱗，翔徉濁流①，如游于濠梁而聽瓠巴之瑟也。宣帝中興之業，比迹于商宗、周宣，攷之于此，端知其不誣，是宜播之聲詩，以侈盛德之事。頌曰：

物囿一形，飛潛動植。神者司之，監觀帝德。厥德惟盛，天地報貺。垂恩儲祉，太平之象。在漢孝宣，郅隆大業，燀威耀靈，水慄陸讋。龍荒朔漠，奔走象譯，人物昆蟲，大小闓懌。既幸河東，后土是祠。誠昭靈億，匪神之私。乾符坤珍，史不絶書。飛有神爵，潛有神魚。鑾輿絶河，天氣清静。非龍非螭，發祥流慶。圉圉洋洋，如出禹穴。頳首莘尾，揚鬐奮鬣。疾徐俯仰，動于天機。物得理所，太和發之。惟魚有生，安于深渺。動或躍淵，静或在藻。豈伊濁流，鼓動上下。其發龍門，竦踴變化。羽衛星陳，弗驚弗眩。具瞻龍顔，喜欲鼇抃。昔在庖犧，河出馬圖。神魚之祥，允協皇符。亦惟虞舜，韶作獸舞。神魚之祥，克追帝矩。東海之鰈，北溟之鯤。披圖攷異，掩于前聞。丕顯宣帝，既受帝祉。改元之詔，焜燿青史。厥初武皇，瑞薦郊廟。詩章垂鴻，詞雅義奥。中宗中興，繩其祖武。時而颺之，用綴樂府。

祝文

奉安忠懿王廟祝文

維王生以忠勇英傑之姿撫臨一方，殁以聰明正直之德廟食百世。閩越全盛踰二百年，生齒日繁，衣食滋殖，推原

①「翔徉」，原作「翔洋」，據文津閣本改。

所自，繄神之休。某來帥此邦，越今兩稔，風雨時若，兵民晏如，德神之私，其敢忘怠！顧瞻廟貌，頽敝弗嚴，乃捐公帑，命有司飭而新之，以稱一方崇事于百世之意。工既訖事，不敢不以告。

上梁文

倦飛亭上梁文

伏以老馬伏櫪，已無千里之心；倦鳥投林，惟幸一枝之託。倦游居士效官三紀，遇主十年。再入政途，屢臨藩郡。易盈之器，每虞富貴之危機；多病之身，復有烟霞之痼疾。奉真祠之香火，收暮景于桑榆。揚子一區，足庇風雨；蔣生三徑，旋理林泉。製東閣非曰宴賓，倚南窗敢云寄傲。冬延可愛之日，夏迎解愠之風。固將蘇病骨之支離，亦復騁幽懷于眺覽。小山秀發，屹衡、廬、嵩、華之奇；方沼清深，助渤澥江湖之趣。景絶尋丈之内，意超宇宙之間。土木不煩，工徒自力。既諏辰于龜策，遂趣架于虹梁。聊贊歡謡，且形善頌。

兒郎偉，抛梁東，鼛鼓聲參警蹕中。居士未忘憂國念，吾皇十載尚行宫。

兒郎偉，抛梁西，門去長安路已迷。長願窮冬閒夜柝，臥看落日吐晴霓。

兒郎偉，抛梁南，五柳陰陰翳碧潭。小沼無風開曉鑑，奇峯得雨上凝嵐。

兒郎偉，抛梁北，澒洞風塵何日息。將軍有意定三關，老臣願上燕然勒。

兒郎偉，抛梁上，煦煦太虚包萬象。悠然舉目送歸鴻，不放纖塵礙清曠。

兒郎偉，抛梁下，擊壤耕田陶聖化。相期努力事軍須，四郊幸有如雲稼。

伏願上梁之後，五兵漸偃，萬乘言旋，夷狄遂平于鳥竄，邊陲永息于狼烟。四海九州，共慶中興之旦；五風十雨，長逢大有之年。俾居士安山林而老矣，與親朋接盃酒而欣然。謝利名之奔走，脱世俗之拘攣。

毘陵集卷十二

祭文

祭辛中丞文

嗚呼！猛獸在山，惠及藜藿。朝廷重輕，實繫臺閣。表表辛公，勁節清標。叅副臺端，以直去朝。晚從祠館，拂衣高蹈。屢詔不回，望實彌邵。天子注想，起公南牀。念時多艱，翻然來翔。崇論宏議，輩古遺直。信道而行，不詭不激。吾皇從善，疾如轉圜。虚懷聽納，公亦盡言。擢長御史，謂即大用。被病乞身，眷禮彌重。臨漳便郡，延閣清班。暫煩臥治，跂佇言旋。既歸里門，告老稱篤。奄即長夜，百身何贖。某晚守公鄉，始獲從公。聚散存殁，露電一空。觴酒寓哀，侑以斐詞。公亦無憾，惟時之悲。嗚呼哀哉！尚饗！

祭方少監文

嗚呼！公家三秀，定交苕川。離合升沈，逾三十年。曩伯季氏，繼踵下世，獨公惸然，又以病廢。念昔猶子，贊我幕府，因復見公，亹亹笑語，倒指再閏，訃音忽聞。賢人興嗟，歲實在辰。嗚呼哀哉！孝友慈祥，家以雍穆。學問詞采，士所傾屬。越在靖康，刷羽登朝。螭陛蘭臺，咫尺烟霄。天嗇其予，忽復垂翅。其蓄不施，老于跋疐。抱痾十年，衛生有經。謂雖阨窮，必永其齡。蒼蒼不淑，何奪之遽。匪公是哀，善者其懼。某謝病里居，欲弔道阻，緘詞寓哀，有隕如雨。尚饗！

祭謝参政文

維紹興四年歲次甲寅九月丁未朔八日甲寅，具官張某謹以清酌庶羞之奠致祭于故衢州使君資政殿學士謝公之靈。惟公學有淵源，文有典則，性介而通，氣粹而直。出入累朝，騰譽赫奕。晚踐政地，言則裨益。造次忠厚，畏遠深刻。網羅人材，百恐遺一。引疾抗章，領麾均逸。泉南三守，綽著風績。入侍經幄，謂還丞弼。出牧三衢，曾未暖席。天乎不淑，喪我耆碩。嗚呼哀哉！某識公最晚，傾蓋如昔。同升廟堂，聯巾接舃。去國背面，星霜再易。我來于閩，相望咫尺。寒暄之間，每見情赤。趨召經從，一笑暫適。歲律僅周，訃音在驛。聲容何許，俯仰塵迹。嗚呼哀哉！食有千指，家無四壁。惟萬金産，表表嗣嫡。公實不亡，人用慰釋。我畏簡書，悵望窀穸。侑觴矢詞，莫爲悽惻。尚饗！

祭范丞相文

維紹興六年歲在丙辰十二月甲午朔三日丙申，具官張某謹以清酌庶羞之奠致祭于故丞相高平范公之靈。建炎庚戌，敵寇南渡。將士辟易，遠邇震怖。六飛在行，進退失據。公猶執法，入秉機務。予忝西樞，始與公遇。同遭艱危，晨惕夕慮。並扈東巡，鯨波上泝。明年回鑾，東越是駐。乾坤瘡痍，海湖氛霧。潰卒狂盗，長驅並騖。王師單弱，邦儲窘寠。公時入相，無喜有懼。曰兹孔艱，辭不敢固。予亦洊陞，政事竊與。公曰國勢，如病沈痼，駛藥下咽，立致顛仆。凡所施置，勿亟勿遽，補罅塞漏，生息保聚。拊摩飢羸，洗剔緇蠹。遠姦近偷，以次討捕。愛惜名器，均節財賦。詳慎精敏，宏廓平恕。雍容啓沃，不吐不茹。慨念曩朝，姦諛塞路。爵賞猥濫，衣冠垢汙。爰舉舊章，繩以尺度。畫一始頒，貪沓並怒。翻然奉身，有赫其譽。予亦踰月，復以病去。公居于温，脱屣世故。島嶼雲水，日尋杖屨，若將終焉，儕友鷗鷺。予帥甌粵，懷紱南赴，邂逅之笑，置酒修具。送于水濱，意色疑沮，解手背面，數枉尺素①。後公守温，上意益注，謂公還朝，共掖天步。我歸里門，奄忽聞訃②。朝餐未終，驚失匕箸。盛德青春，遽先朝露。而我病瘁，迫此頹暮。益悲身世，孰匪暫寓。惟公之升，腰裹飛兔。凌厲烟霄，良樂莫御。曾不朞歲，正位台輔。天故生之，必有所付。不少假年，茫昧孰喻。嗚呼哀哉！某抱疴里門，南北異處，奠不臨棺，送不及墓。同朝之契，生死懟負。琢詞寓哀，莫寫情愫。尚饗！

祭胡尚書文

維紹興十二年歲在壬戌四月甲子朔七日庚午，具官張某謹以清酌庶羞之奠祭于故端明殿學士台州使君胡公同年兄之靈。嗚呼！昔在崇寧，射策紫宸，同里同年，十有六人。閱歲四十，生存無幾，公與孫公，暨予而止。遇主登朝，名位略同，白髮蒼顔，頹然三翁。相期歸田，幅巾杖屨。三老往來，以慰遲暮。孫公居温，尋復南遷。尚佇公歸，庶幾踐言。天乎不淑，遽喪耆碩。奪我益友，弔影自失。嗚呼哀哉！惟公淹貫之學，典册之文，忠厚孝友，表儀人倫。老于從臣，未究業藴。承明厭直，把麾近屏。時予守越，將母經過，置酒淹留，抵掌笑歌。我尋西歸，音問絡繹。書墨未乾，訃音何亟。嗚呼哀哉！我雖少公，久矣病衰。公能衛生，宜極期頤。我衰而存，公壯而逝，幻影此身，寧久于世。別我逾年，旍旐遄歸。予心之哀，公知不知！有酒盈樽，肴羞庶品，寧如平生，大嚼痛飲。拂龜告吉，歸窆有時。侑觴以詞，寧寫我悲。嗚呼哀哉！尚饗！

祭許龍學妻趙碩人文

嗚呼！清獻之德，表于搢紳，慶鍾其家，綽有典刑。猗歟夫人，婉嫕静淑。秦晉是匹，允宜右族。承尊接下，率

---

①「數枉」，原作「數杯」，據四庫本改。
②「奄忽」，原作「奄不」，據四庫本改。

禮弗違。正順所格，家道以肥。舅踐政途，夫扶從槖①。炳蔚後先，鸞臺龍閣。開號顯榮②，衮衮蘭玉。謂登期頤，享有全福。天乎難諶，不假之年。川流逝矣，空華寂然。某謬領州麾，稔聞懿德，敢緣末契，薦此薄物。哀哉！尚饗！

誌銘

朝奉郎陸虞仲墓誌銘

建炎三年春，女直犯淮南，余以史官扈屬車南渡。抵錢塘，亡友陸虞仲之子景端與其仲過余，泣且請曰：「不肖孤奉先君子之喪至自京師，既克葬而未有銘。念先君子之友無厚于君者，儻惠顧先君子之好，施及不肖孤，乃賜之銘，則景端死且不朽！」余方扈蹕行在，未果諾。明年冬，待罪政府，景端請益堅。念余與虞仲交久且篤，哀其生不遇而死可悲也，乃以其實書之。

公諱韶之，虞仲其字也。世爲錢塘人。曾大父滋，以高行聞仁宗朝，拜本州文學，贈宣教郎。大父逢休，不仕。父申，累贈中奉大夫。

公幼孤，鞠于大父③，器質嚴重如成人。大父卒，依諸父，皆愛重之。聰悟不凡，甫冠，舉進士爲牓首。明年擢第，益刻意問學，時譽藉甚。調復州景陵尉，次蘇州常熟丞，改宣教郎、知開德府衛南縣。稍厭吏役，試教授，中之，除真定府海州教授。講説答問，多自得之旨，學晚益粹，發爲文詞，温厚典雅。

① 「扶」原作「持」，據文淵閣本、永樂大典卷一四〇五〇引張守毘陵集改。
② 「開號」，原作「名號」，據永樂大典卷一四〇五〇引張守毘陵集改。
③ 「大父」，原作「人父」，據聚珍本、四庫本改。

試詞學兼茂科，復首中，有旨除書局官。時宰相汩于勢利，蔑侮寒俊，命久不下，公恬不介意，亦不爲小屈。或勉之，則曰：「吾鬻技有司而幸中，竊已媿矣。天子有命寘之文字職，而執政者不我與，命也夫。」有直公于朝者，宰相乃曰：「彼欲自致富貴耳。」久之，除敕令所删定官。未上，會減員，罷，遂授公大晟府按協聲律，公亦無愠色。或賦「簡兮」諷公，公曰：「爲貧而仕，豈曰能賢？奚敢沽激爲高耶！」兼編集舒王遺文所檢討官。會有詔裁罷在京冗局，公歛版詣政事堂曰：「樂府有協律郎，又置按協聲律，冗孰甚焉，宜罷。」後果罷。

通判宣州，且攝郡事數月，精明豈弟，吏民愛仰之。漕臣有挾宰相親黨椎剥爲姦利，屬邑迎意風靡，無敢迕者。時徽州新殘蠲賦，俾鄰郡輸秫以釀，民方告病而徽偶能自辦，漕臣乃檄諸郡曰：「已取給他州矣，當以應輸見償，且轉移之費，斛追錢一千二百。」民益病之。公率太守張公叔夜聞于朝，宰相下其事，漕司反劾奏，奪一官。益縱裒歛無所憚，令民租以次色輸十益六，及賤估均糴，追理積欠，民不堪命。一日至宣城，公折之曰：「米之精麤，斗校十許錢爾，奈何欲十許錢取六升耶？均糴本路，惟以若干貫，不以若干石，蓋朝廷不欲多取于民也。今斗米二百，而以半價售之，不太傷民矣乎？積欠嘗蠲且多亡絶，皆不可行。」漕臣怒，誣奏公四罪，寓家問中以聞。得旨衝替，人皆寃之。公自謂無媿，不復辯，由是人益知公。時相既免，除太常丞。繼擢監察御史，未上，以疾致仕而卒。

公端靖温厚，不輕愠喜，人有過失，不以挂口。燕居接下，未嘗妄戲笑，見者必爲之正容莊語。談經論文，倫類該貫，妙極理致。所爲詩文，以意爲主，不事華靡。所著五百餘篇，遭寇亂僅存其半。貧而喜施，家人或難之，乃曰：「我貧不愈于彼耶？使我每有以予人，亦復何幸！」至于親故婚姻、喪祭不能辦，不待請而助之，坐是雖禄仕二十年，家無餘貲。與弟襲之友愛特厚。妻俞氏，封安人。三男：長即景端，次景莊，次景寬。景端，迪功郎。二女，尚幼。積官至朝奉郎，賜緋衣、銀魚。宣和七年十一月二十七日，卒于京師，年止四十六。景端護喪菆于錢塘城外僧寺。建炎元年八月，陳通叛，近寺皆焚，而菆塗所在獨不及，人皆異之。以其年十月十六日壬申，葬于南山履泰鄉之積慶原。銘曰：

天既生之而弗殖之，纔予之名而復抑之，宜且有年而又啬之，蒼蒼是非，誰其識之！

詹抃墓誌銘

政和某年，鑿三山，回大河，復禹故道，倚山爲梁，調京東西、河北之民，三路騷動，役至再三而功未就，數百縣病之。毘陵詹公成老知廣濟軍之定陶，下車未幾，適是役再舉也，乃慨然歎曰：「吾邑小而貧，力竭而役未已。厲民以苟禄，非吾志也。」遂拂衣而去焉。于時憸人欺君幸寵，争立新奇之功以取勝，至斷千載不可力制之大河，使由山徑之蹊，以人勝天，逆理咈衆，羣小靡靡和附，並爲一談。公獨以病民至于謝事，嗚呼，賢矣夫！

公諱抃，成老其字也。詹氏，周桓王屬大夫家父之後，曰强者①，仕吴爲會稽太守。曰俊者，唐武德中爲雲陽令，子孫家金陵。至公曾祖，避亂始居于常，遂爲常州人。曾祖儀、祖泌、考誼皆潛德不仕，考以公贈朝奉郎。始朝奉饒于貲，築館延客，縱其子從賢士大夫游，以至于貧不悔。

公幼警悟，與兄揚俱稱鄉里，號「二詹」。王補之、王平甫相繼主鄉校，皆賞異之。甫冠，舉于開封，俊譽煜然。試禮部不中，再舉，復報罷。繼丁從母内外艱，不獲試于有司者十年。益刻意問學，以功名自期。卒于五試禮部策于庭，授某府助教，主饒之樂平簿、黄州司理。用薦者陞從事郎，泛恩進文林郎，就移衢之西安丞。復用薦者改宣教郎、知定陶，以勞轉通直郎，遂以奉議郎致仕，時方年六十有六。後五年而卒，寔某年七月二十九日也。

公純孝天至，每言：「平生惟飲酒貽吾母憂。」終喪，因不復飲。伯仲謀分異，公曰：「先人之敝廬在，其忍裂之。西圃有小亭，先人所游憩也，幸而獲居，敢以湫隘爲病。」伯氏許之。凡别業他貲一不取，由是益貧，晏如也。敏而强記，讀書纔一過目，尤邃于易。方未仕也，賢守令多以禮致公主學，而士大夫率遣子弟從之，其收科第、登禁從者甚

① 「曰」，原作「自」，據四庫本改。

衆，最賢有聲如鄒公浩。交游亦多名公卿，陳公瓘、俞公偉尤厚善，嘗欲同薦公于朝，會二公罷黜乃已。公卒流落不偶以死，有識所深悲也！

公吏事强敏，案牘經目則宿姦積弊無復隱情，而卒處以平恕。其在樂平，郡守曹宣符延致郡下，事多諮決。時學法峻急，公權獄官，有胡潤色者以傳授就逮，特未嘗受賕。公訊所傳義，則伸紙疾書所自爲爲人者凡十篇，不少留思，無一字牴牾。公異之，遂緩其獄，卒會恩免，其全護士類如此。曾彦和守饒，益器公，遇以賓客，終更，率郡僚宴餞于郊門外，州人榮之。凡當塗賢部使者，一見必改容加禮。雖在州縣，不知塵埃趨走之勞也。其調定陶，故人在要路，欲稍薦用之。公曰：「定陶事簡而俸優，老而貧者幸也。」徑歸待次。

權鹽官令。縣瀕海，獄多鹽盜，公稍寬其禁，囹圄遂虚而課亦辦，邑人德之。既至定陶，以三山之役，歸意決矣。復會使者以度牒糴米數十萬，公謂使者曰：「山東樸魯，非江浙比，俗不爲僧道，故寺觀絶少，而廣濟小壘，止定陶一邑、天寧一寺而糴數與諸州等，且僧牒數百，將安用之？」使者怒，語頗侵公，公辯詰不少阻，退又歎曰：「是趣吾行！」章即上。郡官挽留，公不可，曰：「某仕不如志，禄不及養，老通朝籍，恩亦及泉壤矣，而貧者吾所安也，又將何求？」遂歸。稍葺故居，開軒名曰「友陶」，自爲記，大要謂與淵明之出處無媿云。對親舊置酒盡歡，不問家有無。公雖不飲，客必徑醉，賦詩、奕棊無虚日。客退，觀書不置，家人勞苦之，則曰：「吾對書史，如見故人道舊耳，不以爲病也。」寢疾且革，處後事不亂，命筆留語，如釋氏偈而絶。

娶邵氏，封孺人，賢能相其夫，後公十一月亦卒。子一：必明，性資孝謹，承顔不違，克盡子職，故公居貧而樂。女二：長適具雲，雲早卒，女不復再適。次適張宏，皆舉進士。孫男二：惠迪、允迪。孫女二，皆適仕族。

公氣韻高雅，商略古今，言辯而理暢，音吐清越，聽者忘倦。詩文敏贍有思致，談笑立成，若借書于手，至尺牘亦燦然可觀。文集五十卷、易書二卷、語説十卷藏于家。必明以宣和三年九月二十四日乙酉，葬公于晉陵縣定安鄉求仲村下城之原。既葬十一年，求誌于某。念從公游且久，而公次壻，某兄也，知公爲詳，敢辭銘。銘曰：

三山之役，違天罔君。吏規功利，蠹國病民。公獨有云：「吾職撫字，忍毒斯民，趣辦吾事！」掛冠神武，如棄涕唾。里居再閏，郢唱絶和。才豪氣剛，噤不獲施。老于下僚，搢紳所悲。有蔚其文，有赫其名。陵谷儻夷，其攷我銘。

右通直郎曹君墓誌銘

左朝散大夫、通判饒州曹璉狀其先叔父通直之行，泣且訴于晉陵張某曰：「始璉之先伯父直講公登嘉祐進士第，學行名東南，後進生無遠近負笈執經，屨滿户外。時叔父羈丱侍坐，竊聽講論問答，皆默識不少遺，直講愛異之。遂力學多聞，議論有前輩風。數試進士不合，則刻意治生産業。先大父晚致家事，叔父談笑處決，悉得理合，衣食滋殖，治居第、園館，延賓客無虚日，公卿貴人時從之游。振貧恤孤①，不問多寡。士緩急扣門有請，必悉力赴之。既去且貴達，往往不復顧念，而叔父絶口不道也。祕閣修撰蔣公圓爲布衣，公兩以女妻其子。樞密張公康國召與語，奇之，奏補假承務郎。改官制，授登仕郎。宣和間，浙西置水利司，部使者聞其才，挽爲屬。既至，見其謀畫乖剌，拂衣徑歸，後果敗事，皆坐法，而叔父獨不預，其識慮過人如此。不見施用以歿，士大夫歎息之。夷攷其行應銘，而璉之先兄珙昔嘗爲無錫令所窘，移江陰捕之。先兄時以母疾迎醫他州，璉具以訴令，令遷怒併按，追逮甚急，賴叔營救乃免。不肖璉報德無日矣，惟是忍死乞銘于當世聞人，俾叔父之實不泯。若璉得没于地，戴面見先叔父，庶乎其可也，敢以死請！」念余與通直昧平生，固辭。璉繼来請益勤，又以余族父之命鐫諭切至，乃敍而銘之。

公諱礎，字潤甫，世居金陵。上世避李氏亂，徙江陰，遂爲其軍人。曾祖延訓，祖維正，父文雅皆隱不仕。公至建炎元年，以其子球陞朝，封承事郎致仕，累封通直郎，又以球轉官回授，賜緋衣、銀魚。以紹興五年四月十七卒，年七十五。

---

① 「振貧」，聚珍本、文淵閣本同，文津閣本作「濟貧」。

娶朱氏，封安人，先公而卒。男三人：長即球，武翼郎、前兩浙路都巡檢使。次琚，次瑶，皆應進士舉。孫九人：岠、嶧、峒、巖、岱、嵩、岡，二未名。嶧預鄉貢，以公喪未赴禮部試。七月壬辰，葬于縣之順化鄉黄山村，從安人之域。猶子璉賢業表于薦紳，言可信不誣。余既載其語，且系以詩曰：

維德有基，維學有師。有藴不施，天維顯思。昌其本支，黄山之陲。納石琢詞，萬世是詒。

毗陵集卷十三

誌銘

左中奉大夫充祕閣修撰蔣公墓誌銘

公諱圓，字粹仲。蔣氏系出周公。至漢，左衛司馬、員外郎、散騎常侍鄭領會稽郡，子孫因家暨陽，公即其後也。鄭弟函亭鄉侯澄居義興，故禮部侍郎堂、知樞密院之奇即其後也。冠冕相屬，爲毗陵右族。公曾祖某、祖某、考某皆隱不仕。考以公贈宣奉大夫，母丘氏贈淑人。初，宣奉遣公就學，年十五，誦書史夜分不倦，宣奉嘗異之，謂淑人曰：「他日必大吾門，恨老人不及見云！」宣奉臥疾，侍藥靡不去側，有爲人所不能者。宣奉即世，毀不勝喪。

既冠問學，詞采日開月益，雋譽藉甚，邦人遣子弟師之常百數十輩，毗陵故號多士。凡四預薦書，一爲舉首。中元祐六年進士第，調海州司理參軍，治獄明恕，當死者必求生路，所全活甚衆。遷潤州丹徒令，有能名。夏不雨，行路多暍死。公鑿井道旁九十有三，人賴其惠，或號「蔣公泉」。曾丞相布買山于邑人，鄰者訟之。曾爲上鄰，法當得①，公直言之。時蔡京用事，怨于曾氏者不遺餘力也，謂公奪民田爲曾氏葬地，屬漕臣劉何劾治甚急。何面詰公，公恬不爲意，斂版進曰：「與曾公無一日雅，法當爾耳！」何怒，語侵公，公不少屈，何即悔悟，謂州曰：「丹徒奉法如此，吾

①「曾爲上鄰法當得」，聚珍本、文淵閣本同，文津閣本作「讞者將寘曾于法」。

其可誣人以徼福耶？」遂反薦公，時人兩賢之。丁内艱，終喪，除提舉在京外諸司文字。用舉者改宣德郎、知無爲軍無爲縣。未赴，改提舉西京北路學事司屬官。知樞密院張公康國挽公爲編修官，公謝曰：「足不登公門，姓名何自聞耶？」張公曰：「知公理曾氏田，不爲時相屈也。」

修經武要略等書成，賜對，上問天下所以安危，公曰：「唐李珏嘗謂文宗曰：『安危如人之身，當四體平和，必順寒暑之節，恃安自忽，則疾患旋生。朝廷無事，宜省闕失，從而補之，則禍難不作。』今承平久，願陛下以珏之言爲鑒。」上嗟美之，擢開封府刑曹。時京尹苛酷少恩，公約其過而濟之以寬，吏民畏戢，府中爲之語曰：「不畏府尹杖，但服刑曹筆。」尹亦德之，表公自代。

昭懷太后園陵，點檢頓遞橋道，進官知鄂州，陛辭，上諭以「荆湖多盜，卿何以治之」？對曰：「唐崔郾嘗治鄂，謂土沃民剽，雜以夷俗，非威莫能服。臣雖能薄，敢不竭犬馬力，稱器使。」敷奏悉稱上意。上謂輔臣：「蔣圓奏對有體，議論可觀，武昌今得人矣！」至鄂，以軍食不繼，洶洶幾變。公慰撫之，郡以無事。明年，辰、沅溪峒黄安俊叛，公以糧萬斛饟二州，遣兵援之。賊平被賞，辭不受，終更知晋州。未行，徙知濠州。淮西大旱，濠爲甚。公欲蠲賦，其僚懼漕臣之督過也，噤不敢應，公獨銜以聞，且乞蠲十之九。會周武仲察訪淮右，凡州不以旱聞者劾治之，得公狀，薦于朝，敕書奬諭。未幾，徙知沂州。宋江嘯聚亡命，剽掠山東，一路州縣大震，吏多避匿，公獨修戰守之備，以兵扼其衝，賊不得逞，祈哀假道，公嘸然陽應，偵食盡，督兵鏖擊，大破之，餘衆北走龜、蒙間，卒投戈請降。或請上其狀，公曰：「此郡將職也，何功之有焉？」除開封少尹，輒乘驛詣闕。陛見賜對，上問宋江事，公敷奏始末，益多其才。時年已七十矣。贊貳浩穰，智力不少衰，以治辦聞，被旨鞫浙寇方臘輩，賜三品服。元夕從登樓，上命中貴人以寶杯宣勸，一府以爲榮，御筆除大卿。翼日，拜光禄卿。以疾乞補郡，遂除祕閣修撰、知通州。復以疾辭，提舉江州太平觀，歲滿再任。素清儉，歸即故居，人不堪其湫隘，公裕如也。子時欲極温凊之奉，稍易而新之。公間與姻舊觴詠自娱，終日夜無倦容。子孫歲時爲壽，極水陸甘毳，無一日不滿意。優游八年，士大夫榮之。

靖康間，聞二聖蒙塵，號仆幾絶，尤念太上皇眷知，鬱鬱不得志，疾寖革，遂上章致仕。嘗戒子姪曰：「吾疾殆不起矣！歷仕四朝，踰四十年，以廉約自持，雖無餘貲，伏臘粗給，慎勿嗜利，玷吾清規。」一日，趺坐屬後事訖，手加額上誦佛而逝，首項堅直，經宿不變，非了了于生死之際，其能爾耶！寔建炎四年七月十七日也，享年八十有八。積官至中奉大夫，爵宜興縣開國男，食邑三百户。

娶扶風馬氏，再娶丹陽葛氏，皆有賢行，先卒，並贈令人。子男二人：時，右從事郎；旼，將仕郎。女、孫女並嫁爲士人妻。孫男二人：逢吉，右迪功郎；永吉，登仕郎。遺表恩及其外孫，以其年九月二十六日祔葬于安樂山宣奉之域。

公姿醇茂，不妄語笑。始居窮約時，撫四女弟如其子，皆擇配嫁之。好學，老不廢卷，爲文有體要，表章、古今詩等二十卷藏于家。後五年，門人鄧佚狀公行，求銘于某。念頃同里黨，不辭，且攷其實，宜銘之曰：

惟得也茂，惟積也厚。以衍其壽，以大其後。

樞密院檢詳文字魯公墓誌銘

左朝奉大夫、樞密院檢詳文字魯公詹卒，季弟訔狀公之出處行實、治歷①、官壽而其尊奉議自檇李寓書，南走三千里問銘于閩粤帥張某曰：「壽寧行負神明，老失冢嗣，悲不克自勝。惟是詹之平生，載訔狀不誣，得名世君子書之，則老人死且瞑而詹不朽矣！君其寵嘉之。」余念請之勤、言之哀也，敢不諾而銘諸。

公諱詹，字巨山，魯氏伯禽之後。望出扶風，上世徙居秀之嘉興，今爲海鹽人。曾祖延厚、祖惟辯皆毓德隱居。父壽寧，始遣子宦學，以公封右奉議郎致仕。

① 「治歷」，聚珍本、文淵閣本同，文津閣本作「治績」。

公幼即警悟，鄉譽煒然。東書遊太學，中崇寧五年進士第。授將仕郎、揚州天長尉。用薦者陞通仕郎，以勞遷文林郎，移蘇州常熟丞。邑事劇，公攝令，談笑而辦，民愛吏戢，豪右慹服。郡人朱勔父子怙寵陵暴，而禍福州縣吏于嚬笑之間，衆皆媚承，公獨不爲少屈。延安帥趙公銓辟府儀曹，以親老辭歸。銓授亳州酇令，邑小訟簡，治行益高，七邑之訴冤獄滯訟者皆願以屬公，部刺史交列其才，凡十有四人。故相張公商英、樞密王公襄、中書侯公蒙皆薦之。

俄丁内艱，服除，始改宣教郎，擬知泰州海陵縣。未行，監裁造院、提舉福建市舶。舶司遠朝廷而多奇貨，吏鮮自潔，商人亦困于侵牟，公私兩敝。公檢身律下，一掃故習，歲入倍稱。會省提舉官，以漕司兼之，估客挽留公，遮道涕泣，漕臣張穆以吏能自高，亦歎公規畫之善。還朝，復論市舶費寡而利不貲，官不可罷，從之。除提舉兩浙市舶，尋遷福建轉運判官。

建炎三年，金人寇浙江。明年春，車駕幸永嘉。公慨然曰：「天子蒙塵，既不能捍寇難、護屬車，而職在轉輸，宜具一日之積，以佐調度。」乃同憲司裒一路經費之餘，得銀八萬兩上之。賜詔奬諭，且召赴政事堂，仍賜對。詔諭：「今秋議大舉，器械未備，已屬卿繕治甲冑數千，儻以時辦，當不次擢用。」公進曰：「陛下啓恢復之謀，社稷大計也。至繕治器械，臣子當盡力，不足煩聖慮。」退又白宰相曰：「修器甲，易事耳，利害有大者。閩去朝廷遠，守倅多罷老，及自本路闕歸吏部，州縣多權官，苟媮蠹民，皆害之大者。」于是得旨易守倅數人。還漕司，已擬官七十餘員，一路便之。尋上所造鎧六千聯，宸筆稱善。

建州范汝爲反，怙險跳梁，官軍失利，部使者多以招安爲便，朝廷因遣謝嚮、陸棠撫之。嚮、棠自謂汝爲故部曲也，至則訹以美官，幾幸有功，卒不得要領。公累言嚮、棠憸人，養寇滋患，願別遣大將擊之。既而賊果熾，嚮、棠助爲聲勢，脅制州縣。建、劒、汀、邵不逞輩和附蠭起，卒遣大臣宣撫，以神武軍討平之，而嚮、棠亦抵罪如公言。尋以糴穀募海舟，不擾而辦，除直祕閣。

公自以才結主知，益展四體，修職業，知無不言。上軫閩盜連年，詔監司牧守條安輯撫綏、消弭盜賊、便民利物之計，公上疏，其略曰：「盜賊滋多，由招安之非策。安輯撫綏，在縣令、巡尉之得人。便民利物，乞悉罷行户，以至發常平粟以平穀價，減上供銀以寬民力。」上顧謂大臣曰：「魯詹所陳皆可行。」于是縣令、巡尉衰懦失職聽易置，而免行之利及天下矣。他悉如所請。攷覈財賦，未嘗加横斂而用不乏。至軍興，或不免于率貸，則約實費，梶吏姦，民不告病。

始建賊之張也，朝廷遣貴將將萬人入邵武，駐兵不敢進，邀取軍須，威震一路。官吏跼蹐趨命，公曰：「本不相屬，何至爾耶？」公事止移牒，遂大失將意，而忌公者從媒孽之。既而將陞制置使，裒軍食益急，促公至軍，人爲危駭。公即往白事，因曰：「朝廷倚制置辦賊，而邵武餽糧未至乏絶。今餉道梗，户知之，乃責漕臣飛輓他州以取贏，則某不敢愛死，恐終非制置利耳！」將度不能屈，改容謝之。然公自是歸志浩然，卒以親老求閒，除主管臨安府洞霄宫。拂衣還家，若將終焉。未幾，大臣有薦者，上亦簡記，召爲度支員外郎。凡三賜對，言切事機，不爲甚高不急之論。既還檢詳，衆謂自是用矣。謁告歸覲，俄被疾致仕，不數日卒，寔紹興三年某月日也。官止左朝奉大夫，春秋五十二，士大夫識不識，皆歎息至于流涕。

公至孝，仕稍遠庭闈，則不能一日安職，以故進取泊如也。淵聖登極，以所賜緋魚回授其親。及謁告而歸也，曰：「一班一級，不見其味，當復匄閒以終老人意耳！」晚學佛有得，病劣無一語及他事，忍死之言，拳拳于老人，可悲也已！公頎然秀整，醇白寬厚，言動有法度，雖與孩稚語，必盡誠信。端人正士一見則契悦，而憸巧貪鄙之流，疾之如仇。家饒于貲，未始問出入，而于公藏則稽較精詳，不容毫髮欺也。

喜讀少陵詩，以意箋釋①。爲文有理致，所著詩十卷、雜文二十卷、奏議二卷、吏役録三卷、杜詩傳注十八卷，藏于家。娶范氏，故承事郎、直祕閣致沖之女，尚書左丞致虛之姪也，賢能相其夫。男一人，可封，捧公表賀上即位，命

①「以意」，原作「以之」，據文淵閣本改。

以官。女三人，一先卒，二尚幼。卜以三年十二月丙申葬于湖州歸安縣至孝鄉高峯塢。余既與公友善，而余兄之子許妻公之子，故得敍載其實，而系以詞曰：

才周兮德龐，表粹温兮裏方。萬不試兮一出，玉垂虹兮蘭芳。入贊兮紫樞，睇雲霄兮翺翔。朝鳳儀兮帝庭，暮鵬止兮君堂。抱奇藴兮弗施，襲長夜之茫茫。苕之水兮清寫①，高峯之塢兮君歸。坎石兮幽扉，亘千載兮騰輝。

資政殿大學士左光禄大夫王公墓誌銘

紹興七年冬十月，資政殿大學士、左中奉大夫、提舉臨安府洞霄宮王公以不起聞，天子震悼，輟視朝，以左光禄大夫告第。明年既葬，其孤走毘陵，奉吏部侍郎晏敦復狀，號且訴于某曰：「先公頃同御史府，相繼登政事堂。先公平生，惟夫子知之。先公即世，盛德遺澤不絶如綫，不肖孤懼弗克負荷以没，儻有詞刻諸石，惟夫子銘之。」余曰：「嗚呼！余其敢以不敏辭！」于是敍其世次、官閥、行實、年壽、卒葬而書之。

公諱綯，字唐公，系出遼西，遷太原，又徙河南。至公之五世祖秦懿王審琦事藝祖，以佐命功賜第京師，遂爲開封人。高祖承衍，尚秦國賢肅太長主，累官護國軍節度使、駙馬都尉，贈鄭王，謚恭肅，于是爲京師甲族。曾祖世融，内園副使，贈太子太保。祖克存，都官郎中，贈太傅。考發，宣德郎，贈太師。宫師學行著稱，元祐中，應賢良方正直言極諫科，有進策十卷行于世。嘗上書論時政，坐黨錮幾二十年。

公幼敏悟，始冠，游太學，試藝數占前列，士譽籍甚。崇寧五年，賜上舍第，授將仕郎、和州含山尉。易襄州光化尉。除辟廱太學録、辟廱正。秩滿，再任，遷博士。仕兩學十餘年，恬于進取，未嘗謁請權貴爲身謀，士論歸重，遂擢尚書禮部員外郎。有吏代書文案爲姦利，公案獲，法當得賞，公曰：「人被罪，吾受賞，安乎？」兼王府直講。賜對，

①「清寫」，原作「請寫」，據聚珍本、四庫本改。

徽宗曰：「卿德行素著，宜爲人師。」由是宣和初，皇子出閤，必以公兼講席。元年，賜緋衣、銀魚。明年，賜金紫，拜國子司業，遷祕書少監。又明年，爲廷試詳定官，天子以得士爲喜，褒詔有「舉善以善，知賢以賢」之語。擢起居郎，試中書舍人。宰相與公有舊，嘗遣客私于公，要結爲黨助，公不納，惟公事往見，未嘗輒請間也，宰相不悦。留掖垣四年而後遷給事中。知宣和六年貢舉。蔡京復用事，根排異己者①，公畏之，上章求去，天子固留，乃諭京曰：「如郭三益、王綯之賢，不可去朝廷。」讒不得入，公終不自安，復力請，以徽猷閣待制、提舉西京嵩山崇福宫。

靖康中，蒐用耆舊，起公知壽春府。及境而潰兵至，公呼首領諭遣之，皆俯伏叩頭去，秋毫無所犯。鄉民有嘯聚爲盜者，逼府城，聞公至，相語曰：「給事非秦王家耶？王嘗持中正節歸鎮，有德于我邦，今其子孫來，奈何犯之？」一夕遁去。視事三日，謁廟堂出城，忽復潰兵宵集城下，有司請易日，公不聽。啓關則兵露刃立，從者懼，公沛然如平時，叱馭而行，衆有宣言者曰：「此雍丘王給事也。」揮衆就列聽命。蓋公嘗居雍丘，邑人識之。其世德純誠，馴伏强暴如此。金人寇亳社，壽春城惡，岌岌不自保，士民相邀引避，公留家城中不爲動，衆恃以安。

今天子即位，覃恩犒軍，郡帑空乏不能辦，衆洶洶幾變。時有經制使寄帛十萬有餘，莫敢輒用，公命給之，衆遂定。即上章自劾，朝廷置不問。再除給事中，自宋都扈蹕至維揚，遷禮部侍郎兼權直學士院。天子初詔取進士，命公條上所當行者，公因論經義兼用注疏，不當專王氏之説，學者以爲然。兼侍講，拜御史中丞。不務矯激，亦無所阿徇。近侍有超轉使額者，引舊制論列。時相遣客諷擊其所憎，公曰：「中執法，天子耳目，可屬以私耶？」相惡之，除工部尚書，雖遷，實奪之權。

建炎己酉歲，金人渡河，遠近驚懼，以爲必犯行在所。公率二三從臣對便殿，陳迎擊、退保之策，得旨詣政事堂與大臣議。宰相曰：「諸公之言，三尺之童皆能及之。」不聽。卒破淮南，遂致南渡。公倉卒扈駕，不復至其家。

① 「根排」，聚珍本、文淵閣本同，文津閣本作「擠排」。

儲宮初建，以公爲資政殿學士、權太子太傅。未幾，元懿太子薨。公惶恐上疏曰：「臣爲傅無狀，故事當免。」不報，即拜中奉大夫、參知政事兼御營副使，蓋天子欲大用久矣。

移蹕建康，遣大臣宣撫川陝。公奏：「川陝重地，不可專任，宜求同心同德之臣協贊之。」雖不行，士大夫以公言爲然。其後大臣以專命被罪，亦頗悔不以命副爲請也。

始上踐阼，太學生陳東言事忤權臣被誅。上自建康幸臨安，至鎮江，公言：「東以忠死，此其鄉里也。」于是賜金其家而官其子。退語人曰：「乃知東死非上意。」上幸會稽，韓世忠邀金人歸騎于揚子江，公議遣兵與世忠夾擊，雖格不行，士論韙之。

在位幾年，稍厭機務，上章求罷，遂除資政殿大學士、提舉醴泉觀兼侍讀。公雖得請，上眷不衰，嘗于講筵御書「霖雨思賢佐，丹青憶老臣」之句于扇以賜公。又嘗遣帶御器械辛永宗至私第宣示御製徐熙落墨梅花詩，命公和進，俾書于畫卷。

及扈蹕還臨安，請外逾力，上面諭曰：「卿潛藩舊僚，豈宜遠去？」抗章不已，改提舉臨安府洞霄宫。還居會稽。未幾，就除知紹興府兼浙東路安撫使。專務德化，民不忍欺。艱難以來，鄉校隳圮，上丁釋奠，顧瞻而歎曰：「斯吾責也。」乃捐俸葺之，齋館一新，多士坌集。積次淮南軍衣絹及禁軍闕額錢糧數猥多，朝廷責償甚急，公度無以辦，即疏以聞，且移書宰相曰：「寧以償次不足獲譴，不欲以違詔剥下被罪也。」浙東地震，詔求直言，復申言之。尋求奉祠，復提舉臨安府洞霄宫，徙居吴門。雖閒退，猶以國事爲念，應詔上民間及邊防利害十數條，優詔褒答曰：「有臣如此，朕復何憂！」

公自登侍從至政府，于時得失多所建明。章既上，必焚藁，故世莫得知。晚喜佛書，頗契宗旨。寢疾，家人命醫且灼艾，公曰：「時至便行，留連無益。」至革不亂，以十月九日薨于平江府崑山之僧舍。前二日，命筆書「戊戌」字示左右，乃屬纊之日也。享年六十有四。爵至清源郡國侯，食邑至一千一百户，食實封一百户。

娶高氏，贈廣陵郡夫人。再娶强氏，封建康郡夫人。子晐，右奉議郎、前通判嚴州。孫男三人：晞高、晞曾，皆右承務郎；晞祖，未仕。孫女二人，尚幼。以八年五月一日，葬于湖州烏程縣永新鄉永定里。

公天資醇厚，不事矜飾，行己恭，待人恕，好賢下士，與人語，亹亹無倦容。人一言善，則手自記録。族既衆大，南渡以來往往流散失所，公存撫賙恤，曲盡人意，婚姻喪葬，皆身任之，官未仕者數人。每以禄不洎親爲恨，衣食裁取温飽，服用簡樸，雖位通顯，退然如寒儒，處一室，惟書帙縱横，無一種長物。牕几蕭然，不異在學校時，人不堪其陋，公晏如也。博涉强記，議論有根據，屬文該贍，落筆有至數千言不衰，極師儒翰墨之選，人不以爲過也。有内外制四十卷、進讀事實五卷、論語解三十卷、孝經解五卷、羣史編八十卷。又掇取佛書密議號内典略録一百卷，藏于家。銘曰：

王氏之先，植德儲慶。接武兩王，開國秦鄭。本支碩茂，冠冕蟬聯。篤生醇儒，有光于前。學以發身，誠以悟主。出入三朝，不茹不吐。晚始大用，翊襄政經。言必蹈義，善不近名。進退有餘，始卒無玷。鐘鼎山林，孰贏孰欠。俯仰一室，左圖右書。人或病之，公則晏如。忘筌佛乘，脱屣世故。臨絶之言，不疑不怖。卜宅苕溪，山蒼水清。勒銘弗諼，萬世之寧。

毘陵集卷十四

誌銘

徽猷閣待制贈左正議大夫陳公墓誌銘

公諱戩，字沖休，建州松溪人。保寧軍節度掌書記傳正之孫，贈奉議郎希正之子也。母葉氏歸寧外祖朝議公，夜夢朱衣吏導金章紫綬者入謁，旦而生公。少英邁不羣，崇寧初，貢于太學，中乙科，授懷州司理。治獄平允①，郡太守賢之，事多資決。屬縣得盜，上之州獄，公察見其冤，而尉挾姻黨之貴私請于公，公正色曰：「殺無罪以希賞，安乎？」遂釋之，人益知其賢。有旨跨大河繫橋以便北使，公私病之。守以訪公，公曰：「兩朝通聘問百年，未嘗以無橋爲病，是必小人貪功幸賞，然州縣論之，必以爲避事也。第飭有司寬期會以須，必有指其失者。」已而兩河之民訴于朝，役遂寢。其料事明審如此。

除鞏州教授。時童貫宣撫五路，氣燄赫然，方借寵賢德以取名，然小迕意則禍辱隨之。部使者薦公于貫，公稱病不出，或勉公一往見以遠禍，公曰：「内侍怙寵市權，吾所切齒也，忍復見其面耶！」朝廷聞而嘉之。移處州教授，未至，除國子博士，改宣教郎。連丁内外艱，終喪還朝，權諸王府記室，事上潛邸。

① 「平允」，原作「平九」，據四庫本、永樂大典卷三一四七引張守毘陵集改。

上踐尊極，進官四等，除虞部員外郎，尋除監察御史。車駕幸浙江，前將軍范瓊捍金賊無功①，剽殘郡邑，擁兵上流，徘徊觀釁，朝廷以爲憂。公上疏，請詣瓊趣使入覲，從之。單車至豫章，徑造其壘。瓊整兵列戟而後見，屠剥人以懼公。公神觀自若，徐曰：「盛衰治亂，何代無之？漢唐亦皆中興，况聖主勇智度越前代，而又宵旰圖治，注意將相。將軍宜戮力濟難，以遺澤于子孫，垂名于竹帛。召命之至，當效郭汾陽朝聞命夕引道也。」瓊猶豫不決。公復曰：「將軍不見苗傅、劉正彦乎？稱兵叛逆，不旋踵而敗。願將軍熟計之！」瓊翻然改容，具朝服北嚮謝恩，亟趨行闕。公入對，上勞問喜甚，曰：「潛邸舊僚，行擢用矣！」進官除户部員外郎。未幾，拜太常少卿。

金人犯浙江，扈蹕之永嘉，上疏論事，無所回隱，其畧以爲「兵將用命，則寡可以敵衆；不用命，則多適以致敗。今之握兵柄，秉旄鉞，非闒茸即跋扈也，國之典刑不能加之將，將之威令不能施之軍。宜申嚴紀律，使進退左右惟命之從，則虜可破也②」。又謂「守令非人，或賄賂敗官，或庸懦失職，或貪功生事。漢宣帝每拜刺史守相，輒親見問，有名實不相應，必知其所以然。唐太宗于都督、刺史皆臨軒册授，後不復册，猶受命日對便殿。本朝守土之臣得召見者七十有三州，紹聖初，節鎮守臣並賜對，外除者必先入覲而後之官，願令節鎮守臣除罷皆引對。」上嘉納。除徽猷閣待制兼侍講。每入侍，必從容進説。嘗謂艱危之時，宜循名責實以興治功。論東晉之失，以譏切時病。所上疏無慮千百言。賜告展省，還朝，除給事中。益感激論事，知無不言，除授失當，多所論駁，士論浩然歸重。時諸將握重兵，有尾大之勢，公論古今兵制，以謂：「御營兵分隸諸將，在某將則曰某將兵，不復知有天子朝廷，宜稍損益其制。」于是創號神武五軍，始爲天子之兵矣。又論「齊桓、晉文、漢高、光武皆身當矢石以集大勳，願陛下躬耀神武，收功馬上，則將士賈勇而醜虜知懼③」。後上疏論五失，其一謂執政尚寬厚、示大體、務姑息。其二謂寵任將臣，輕授之柄，遂使冒功

①「金賊」，原作「金」，據永樂大典卷三一四七引張守毘陵集改。
②「虜」，原作「敵」，據永樂大典卷三一四七引張守毘陵集改。
③「醜虜」，原作「醜敵」，據永樂大典卷三一四七引張守毘陵集改。

邀賞，怙寵市恩，至謂本兵大臣出其門下。其三謂臺諫顧望朝廷，交結權倖，毛舉細務以塞責。其四謂郡守、監司身自犯法，豈能律姦？其五謂内侍之權漸盛，附結將帥，瀆亂紀綱，恐臨安之變生于不測。上歎獎其言。

有詔臺諫、侍從陳保民、弭盜、遏虜①、生財四事，公上疏，其略謂省徭薄賦，敦本厚生爲保民之道。用光武策，聽盜自相糾擿，以追捕多少爲守令殿最爲弭盜之術。占上流，據形勢，爲遏虜之策②。躬儉節用，量入爲出，斥内庫之藏以歸太府，爲生財之計。上納用之。

菆奉隆祐太后，有司費出無節，公上疏，謂：「陛下念太后保佑之勞，社稷之勳，務極追崇，而有司觀望，輒因權宜菆奉而援異時園陵之制，典禮失當，中外竊疑。他日歸祔泰陵，將復用何禮耶？内有都大監領，以閹寺爲之，而提點、按行之屬復異其名；外有總護使司，以大臣爲之，而頓遞、修奉之類各設其所，辟置官吏，增加俸給，賜予、宴犒數亦不貲。至謂會稽之山無可採，而欲取他山之石；廂、禁之卒不足用，而欲調諸郡之夫，並緣爲姦，騷動州縣。又況梓宮僅取周身，明器止用鉛、錫，而有司夸侈如此，豈不違太后慈儉之遺訓，而失陛下崇奉之本意乎？」由是菆宮一切鐫省。

論辛道宗不當除副都承旨，編修官王銍不當改官。又論諸將造政事堂與大臣狎昵，紊亂朝綱，恐緩急不爲用。于是樞臣上章待罪，諸將亦岌岌不自安，人頗爲公危之。公曰：「論事職也，獲譴宜矣！」天子知公之忠，公亦力請宫祠而弗之許也，遂除寶文閣待制、知處州，慰遣加渥③。至則守法奉公，政尚簡易，吏民畏愛之。時苦亢旱，下車而霑足，人以爲隨車雨云。移守四明，民遮道借留，幾不得去。四明新殘，屯兵防海道，異時郡守畏懦姑息，犒賜無度，歲入不能繼而兵益驕，公私憂危。公至，裁定多寡之數、久近之節，將士有過失，一切以法從事，于是軍政立而民始安。

① 「虜」，原作「敵」，據永樂大典卷三一四七引張守毘陵集改。
② 「虜」，原作「敵」，據永樂大典卷三一四七引張守毘陵集改。
③ 「慰遣」，原作「慰遺」，據四庫本、永樂大典卷三一四七引張守毘陵集改。

身雖在外，而政事得失，密疏論之，大臣頗不悦，而公恬不恤也。久之，以建州數被盜，姻族散徙，力丐就閒。上乃移公守泉州，以便其私。既至，鋤姦發伏，豪右惕息。泉自軍興，歲入不足以供經費①，賦十而加五六，貪吏乘時虐取，而民不堪命。公止收十一爲鼠雀之耗，經理關市而收其贏，總覈盈虚而節其費，亦不至乏事。會范忠肆竊松溪，妻令人悖卒。聞訃痛悼，復累章求外祠，遂提舉建州武夷山沖佑觀。觸熱還鄉，感疾致仕，卒于建州之水南僧舍，乃紹興三年六月十日也，享年五十三。積官至左朝議大夫。疾革，自草遺表以聞，上嗟悼，贈左通奉大夫。

娶吳氏，封令人。二子：鼎，右承務郎；次鼐，舉進士。三女：長適右承務郎、監潭州南嶽廟任寳臣，餘尚幼。

公資純孝，承顔不違，曲盡子職，間遠去庭幃，未嘗廢甘脆之奉，居喪不踐户庭。赴急難、賙匱乏惟恐後，俸入分姻舊，不爲後日毫髮計留也。人有餉予，輒卻不受。閨門雍睦，内外無間言。季兄早世，撫其孤猶己子。孀妹百指，携挈于官下，復推貲産予之。胸次曠達，接人恂恂，不與物忤，至立朝則慷慨盡言，毅然不可奪也。然壽僅踰半百，未究才具而賫志以殁，可哀也已！諸孤以五年正月丙午葬于建安縣崇聖院之山下，吳氏祔焉。邦人李公彦敍公爵里、行實請銘，余頃長御史，公寔爲僚。余備位二府，而公又進用，于時知之爲詳，敢辭，銘曰：

治極而溢，政柄失授。伊優在堂，孤雄束咮。皇綱失紐，萬目隨弛。夭矯横騖，禍越古始。睿明中興，蒐攬遺直。寢饋龜鑑，甘腴藥石。矯矯陳公，逮事潛藩。騫翔禁途，克昌其言。罔避權嬖，忠而能力。連章累牘，展盡丹赤。連牧三州，風績有聞。胡不永年，究其經綸。佳城同穴，公安于歸。惟公不忘，斯銘不欺。

太孺人時氏墓誌銘

太孺人時氏，故贈承事郎嘉興陳公獻臣之妻，監察御史確之母也。年十八而歸，聰敏絶人，遇事迎解。奉姑周氏

① 「經費」，原作「軍費」，據永樂大典卷三一四七引張守毘陵集改。

恭以勤，待姻族無親疎莫不滿意，御下嚴而有恩，婢妾慰且懷，閫内肅如也。經理生産業，不避寒暑。承事邃于醫，務以藥石濟人，而家事置不問。姑且老，于是喜曰：「自吾婦入門，吾心泰然矣！」太孺人躬菲約，辛苦以助成其家。然好施予，雖服用物，視人有欲得之色，則不小靳也，篋中常蕭然。歸十有七年而喪姑，又三十有三年而承事下世，既專内外，斬斬一如姑與承事無恙時。晚年事付諸婦，有不能決，必資太孺人一言而定，衆皆歎其不及。遇勝日必修具，命家人訪佳山水以自適。諸子環侍笑語，彌日不倦。清尚之趣，殆不類女子云。

御史通朝籍，遇宗祀恩，以紹興五年二月受封，而其年十二月二十日無疾而卒，享年八十有二。明年正月十有七日，葬于嘉興象賢鄉深葉村之原，祔承事之墓。子男八人：長未名卒，次公明、公畯，法昭爲浮屠氏，公暘、公晦、公曜，而確其幼也。惟公暘、公晦、確奉大事，餘皆先太孺人而卒。女四人，長適陸璋，次吴堯佐、次楊汝霖，長與季亦先卒。仲女早寡，不再嫁。孫男二十一人，女十有九人，已嫁者七人，曾孫男十人，女四人。

承事天資醇厚，業醫而不利其貲，鄉人稱長者。先娶馬氏，早卒，壯未立嗣。再娶太孺人，而毓衍如此。嘗謂承事曰：「自入君家，資用粗饒，羣兒戢戢，他日所乏者非貨也。況君以醫活人多陰功，其後必大，恐不當僅仍故業。」承事曰：「是吾心也。」始命確從師讀書。于是弱冠取科第起家，而學行、詞藻爲時聞人。擢監察御史，引疾請外，提點江南東路刑獄。餘皆修飭有立，兄弟孝友，諸孫亦彬彬知文藝。族大而睦，中外無間言。里閭有鬬鬩者，其父母必呵之曰：「汝不媿陳氏家兒耶？」

太孺人素無疾，歲時子孫上壽，綵衣盈庭，長幼序列，膳羞豐甘，慈顔懌舒，御史亦不樂遠宦，多從諸昆侍左右，壽祉康樂，世亦鮮其比矣！

曾祖供備庫副使。祖廉，左侍禁。父允，不仕，世爲安樂著姓①。父從侍禁至淮南，生太孺人于真州，遂爲揚子

①「安樂」，聚珍本、文津閣本同，文淵閣本作「安陸」。

人。攷其行應銘，而御史頃官余望中，從余守越，復在幕府，知之爲詳，以狀請銘，其可辭？銘曰：

孰婦非順，鮮正而義；孰母非慈，鮮賢而智。夫人有家，爲世才婦。亦既有子，爲世令母。其德弗愆，惟家之肥。嶷嶷御史，一鶚騫飛。孫曾環旁，蘭玉茂蔚。既壽而康，逝不以疾。惟公陰德，啓其慶源。卜隣起家，以成其天。表于鄉閭，而福全美①。鑿銘幽室②，以信彤史。

宋故孺人邵氏墓誌銘

奉議郎致仕詹公成老卒之明年，妻孺人邵氏亦卒。既葬十有一年，孤來泣且訴于余曰：「必明不天，併失怙恃。窀穸卒事，久而未銘，大懼先君子、先夫人之事實泯絶于不肖孤之手，重不肖孤之罪，敢以死請。」余曰：「某從先公游且親，已誌公墓矣，于夫人敢辭？」乃爲之言曰：

邵氏其先吴興人，乾符中，右補闕安石以吴興卑墊，徙常之宜興。曾祖靈甫、祖藏、父宗回皆隱居不仕。孺人鍾愛于父母，不輕以予人。公方英妙，鄉譽藉甚，貴人右族争以女歸之，公不爲意，獨以邵氏女賢有聞，又羣從光剛、如叶相繼登進士第，學行著稱，因願交焉。二家始平章，各意滿，即以配。孺人天姿静淑，入門事尊章曲盡恭順，接姻族恩意周洽，中外賀曰：「詹氏得賢婦矣！」歲時祭其先，必親臨修具。四女姪撫如己出，諄諄誨以女工、婦道。女懷其慈，以母事之。識慮精敏，遇事迎解，公臨官有疑，或謀之孺人，則從容指説，悉中理宜。自奉菲約，不喜華靡，誦佛書日不輟，夜諷祕呪，施餓鬼食，風雨疾病不渝也，數有異應。自書觀音偈「心念不空過」五字于經行坐臥之地，人初莫能曉。及感微疾，夜分索粥，已興坐，斥遣婦婢曰：

① 「而福」，聚珍本同，四庫本作「備福」。
② 「幽室」，聚珍本、文津閣本同，文淵閣本作「幽堂」。

「吾欲少憩。」遂枕臂側臥而逝。當盛夏，膚理如生，異香襲人，皆以爲好善奉佛之證云。寔宣和三年六月十七日也，享年若干。一男，即必明。二女，適具雲、張宏，皆進士，雲先卒。孫男惠迪、允迪，孫女適張庭幹、蔣天友。

孺人至孝，居家事親，先意順適。既歸詹氏，安問一月不至則憂見顏間。逮從公宦游，去庭闈益遠，寢食不自安，髮爲盡白。父母歿，屏葷茹苦，日常七八，以終其身。平生容色莊重，不妄語笑。聞人之善，若出諸己；至過惡，絶口不言。救急難，濟貧乏，竭力弗少靳。故死之日，囊無餘貲。必明以其年九月二十日，與公合葬于晉陵縣定安鄉求仲村下城之原。銘曰：

處而孝，歸而正，字而慈。信上下，睦内外，具壼儀。外百骸①，反真宅，契圓機。播清芬，詔有永，銘斯垂。

墓表

從仕郎臨安府錢塘縣令贈宣教郎朱君墓表

建炎三年冬，金人犯錢塘，縣令朱君死，上嘉其節，贈宣教郎而官其二子。明年，孤大廉等奉其喪葬于湖州安吉縣安福鄉之郎灣。後十有三年，大廉以行實狀泣訴于毘陵張某曰：「先君子之死節，太史氏必不没其實矣！惟是葬踰一紀而無銘，學行志業與夫死事之始末未及知之。不肖孤夙夜是懼，宜得當世聞人表于墓，敢請！」余曰：「先君余友也，將何以辭？」遂以狀證所聞而書之。

嗚呼！金人初犯中原，大將握重兵者往往聞風而靡矣，州縣吏或引避，或迎降，無復施一矢、出一語以抗者。方

①「外」，聚珍本、文津閣本同，文淵閣本作「蜕」。

其越天塹①，犯建業，蹂桐川而窺臨安也，君乃慨然請于郡太守曰：「賊逼境，宜戍千秋、獨松二嶺以扼其喉，徐定守禦之計。」守嘻笑曰：「吾城可保，吾人可戰否乎？」君變色曰：「如公言，十萬戶赤子可若何？或謂此戍江潰卒耳，非金人也，願得半紙書往諭之。不然，當緩頰以款敵，使杭民爲逃死計，則某死亦其所也！」守媿其言，許之。于是檄錢塘、仁和捕盜官，率弓手、土軍即日就道。同僚或勸止之，君曰：「此書生報國之日也！」策馬不反顧。行二十里而遇敵，始知爲金人，猶驅部曲以進，矢集如雨，我兵潰，君兩中流矢，不能騎，左右掖至天竺山，而鄉民有識君者，曰：「吾邑大夫也。」舁致于西溪。敵人四略，君裹創率里社以短兵邀擊，再至再卻，卒遇害，寔十二月十九日也。嗚呼！君之死可謂知所處矣！

君諱蹕，字子美，姓朱氏，世爲安吉人。朱氏出自曹姓，顓帝之後，周封其苗裔曹挾于邾，爲魯附庸。春秋後八世，爲楚所滅，子孫去邑爲朱氏，世居沛國。自質子禹坐黨錮誅，子孫有避難丹陽者。三國時，故鄣人治輔吴有功，封毘陵侯，後徙封故鄣，今安吉即其地也，至今烝嘗于安吉而朱氏爲大族。君曾祖而上隱于農，大父璘始起家爲池州青陽尉，父南强從仕郎、知越州上虞縣。始高祖某有智識，嘗自謂其後必大，稍遣子孫宦學，于是諸父從兄及從仕繼踵登進士科，然皆仕不達。

君少有大志，力學思自奮厲以亢其宗，亦累舉始中政和上舍第，授興國軍教授，除辟雝録，出爲河東提舉學事司主管文字。三舍法罷，去河南教授，陞從事郎。丁内艱，卒喪，除河東雲中府路經略安撫司准備差遣。改荆湖南路轉運司主管文字，易京西，皆不行。會金人大入，京師戒嚴，天子命吏部侍郎王蕃爲京畿制置司，挽君寘幕府。突未黔，敵薄城下，蕃逃襄陽②，坐罷，君籍制置司金帛、告敕等亟上之，且爲蕃申理，人皆賢之。

① 「天塹」，原作「天斬」，據四庫本改。
② 「逃」，原作「跳」，據文淵閣本改。

上即位，駐蹕維揚，近臣薦其才，召赴行在所，除太學録。君每歎主憂臣辱之時，欲效尺寸報國，不樂爲校官，丐使金國。會遣宇文虛中報聞，余爲殿中侍御史，被旨撫諭京師，遂挽君偕行。時道梗，公欣然戒途，間關賊盜兵戈中，相與爲存亡。抵京師，則金人渡大河，破滑臺，都城晝閉，君略無悔懼意。還朝，復除太學正，甫半月而敵騎至矣。大駕南渡，朝廷稍欲用之，而君詣政事堂曰：「縣令近民，類非才而民被害，願得一邑自試。」遂除錢塘令，治行有聞。上自建康幸吴越，吕丞相諸公薦對，余因論前日撫諭屬官之勞，故事當得賞，有旨轉一官，皆未及行而金人南渡矣！死年纔五十有一。紹興改元四月壬午，穿其妻史氏墓而合葬焉。三娶，先史氏，次沈氏，後賈氏。四男：大廉，右迪功郎、監衢州都税務；孝廉，右修職郎、鎮江府司理參軍；士廉、思廉皆從學。三女，長適右丞直郎、台州黄巖縣丞潘莘，次右丞直郎、添差台州司户金安雅，次進士練紀。二孫男尚幼。

君資孝友，從事及兄疾，衣不解帶，嘗徒走數百里訪醫于他郡。事繼母吕氏如嫡，居家和，訓子嚴，鄉黨急難，無親疎身任其事。少以功名自期，遭時艱難，憂國如飢渴，而志不少伸以死，命也夫！

神道碑

宋故贈太子少師劉公神道碑

資政殿學士、權同知三省樞密院事劉公自贛上走使數千里，狀其先宮師之行，寓書于某曰：「珏不天，逮事先君子之日淺，不肖孤無以顯揚明德之懿。忝以遭遇三朝，躐登侍從，既又視秩二府，數幸以恩追賁于九原，位二品矣。法得立墓隧之碑，而紀實刻詞未有所託。君其寵嘉之，庶幾侈上恩、表先懿，薄不肖孤之罪，敢以泣請！」某竊自念①，宮師之歿，

①「自念」，原作「有念」，據四庫本改。

諫議大夫陳公瓘誌其墓矣。諫議一時偉人，片言之重，固已發幽光、垂不朽，寧復假寵于不腆之文乎？敢辭。既而請益篤，不獲命，則敍而書之曰：

公諱定國，字平仲，世爲湖州長興人。曾祖文奎，不仕。祖承福，贈太子少保。父涉，贈太子少傅。母陳氏，贈齊安郡夫人。公幼警敏，讀書綴文不煩督厲，日開月益，授詩書易于安定先生胡公瑗。初名傳，既壯，則有安定國家之意，出應進士科，改今名。一舉于開封府，再舉于太學。既不偶①，退益刻礪，未嘗一日去書不觀。自司馬遷、班固、范蔚宗等歷代史，韓、杜詩文皆成誦，以至百家之言，如醫經、地志各究大指，文辭雅健，詩句尤清美。所交皆名人魁士，時譽翕然。桐川太守胡公戣、孫公覺皆以禮致公主鄉校，後學師仰之。元豐末，以五試禮部第于廷。泰陵初政，大臣欲稍更熙寧、元豐舍法，而迎合者不計利病，欲盡變乃已，公獨極論利病因革數十條，皆切于事情，人稱誦之。授某官，調通判司户參軍，率職不懈。歲饑，郡守廩餓者，公主給予，檢柅吏蠹，拊摩罷羸，人蒙實惠，後指公謂曰：「生我者父母，活我者公也！」

泰州瀕海，歲苦旱，議創函管引水，公私持異議不決，部使者以委公，公即究知利害所在，置三十餘所，迄今便之。凡職所當爲，不擇劇易也。一時鉅公交薦其才，工部侍郎賈公易尤知愛之。工部在言路，得公所條時政十事以聞，時論稱善。元祐五年七月，感疾，一日置酒會同僚，慘然有惜別意。呼子丕、畺、珏屬後事，且勉以立身大義，無一語亂。卒于官，乃二十二日乙酉也，享年五十有五。囊無餘貲，同僚共賻之。畺辭不受，曰：「義不傷先人名。」明年三月甲申，葬于其縣之尚吴鄉赭山少傅塋南百步。

娶嚴氏，婦道母儀著聞姻黨間，先公十年而卒，始葬齊安之墓左，後舉以祔公兆。子男五人：丕、至【案】此下似脱十數字。太學生，贈承事郎；噩早世；畺迪功郎、主管潭州南嶽廟；珏資政殿學士、朝散大夫、權同知三省樞密院。一

①「不偶」，聚珍本、文津閣本同，文淵閣本作「不遇」。

女未嫁而亡。孫男九人：唐賓、唐叟、龜年、唐俊、唐牧、唐稽、唐舉、唐任、唐曁。唐賓，通直郎；唐稽，承務郎；唐叟、龜年，早世。孫女四人，曾孫男四人，曾孫女一人。珏尤以學行、忠信表于搢紳，出入三朝，備著賢業。

公歿之二十六年，而珏爲國子博士，以郊祀恩贈宣義郎，繼歷臺察郎省，累贈公至通議大夫。又除龍圖閣直學士，贈通奉大夫。除吏部尚書，贈正義大夫。建炎三年，金人内侵，天子巡吴越，分百司之事于洪州，置三省樞密院以總焉。上親擢珏今職，仍御宸翰賜之，俾視二府，于是贈公太子少師，而嚴氏爲新興郡夫人。

公天資孝友，少傅臥病且久，公方成童，侍疾不解帶者踰年。少傅薨，號毀如成人，廬墓左，終其喪。少傅藏書萬卷，創横經堂于家圃，凡三從子弟皆肄業焉。公即堂南建善繼堂，掇古賢遺事可以訓者筆于屋壁，一時聞人賦詩，自丞相公布而下凡三十餘篇。

公尚氣節，人有過，必面折之，至其屈抑，力爲伸救。賑恤貧匱，赴人之急惟恐後。友人霍孝光死京師①，公挈其柩以歸。左班殿直李演卒于通州官下，三司副使陳經之女弟歸顔氏而亡，公皆爲收瘞如禮。凡親故貧不能嫁娶喪葬者，公身任其事。力不能及，則率同志助成之。至其持身，則廉介有守，不妄取予。浮屠慧通者嘗爲鄉豪所誣，幾坐法，公爲直之。浮屠夜携白金謝公，公驚曰：「我以義免汝于難，何遽輒汙我耶？」浮屠媿謝而去。每稱慕范希文義莊之美意，命諸子曰：「他日有餘力，必爲之。」今畺、珏市田給三族，蓋公之志也。公挾才具，既不克施用，雖家居常以利物爲急。邑有平遼、尚吴二瀆及李氏埭，湮圮不修，邑多水患。公率鄉黨浚築，又爲石梁以便往來，邑人德之，號「劉公橋」。始公兄弟起家，惟仲兄早世，餘皆登科。季兄揮、弟誼尤以學問文采顯于時，公獨不遇而死。然有劉公載、張公舜民、沈公括等哀挽之詞，有陳公之碑以紀其平生，而資政又以德業贊建炎之政，則公之不遇而死，固有以示後世矣！

①「友人」，原作「及人」，據四庫本改。

某宣和中嘗與資政同爲御史，至建炎又同爲侍從，嘗歎服資政之賢而知其所自，故書公之實，且系以銘曰①：

身窘一世，以仕則豐；仕困下僚，以德則隆。既閼其志，且嗇之壽。天積善慶，以大厥後。根植既固，枝幹茂碩。是似之賢，翊贊艱棘。騫翔華塗，亦既顯揚。累恩追榮，有煒其光。東宮之師，登秩二品。琢詞大隧，用詔億稔。

① 「銘曰」，原作「詩曰」，據文津閣本改。

毘陵集卷十五

賦

小黄楊賦

余几案間有黄楊，生拳石杯水間，有年數矣，蔚茂可愛，喜而賦之。

維黄楊之挺生，表奇姿于弱植。蟠霜根之數寸，竦貞幹之盈尺。濡兩掬之清泉，占一拳之怪石。攬以蒼翠之雕珉，培以光明之碎礫。朝假寵于陽暉，夕蒙滋于露液。受一氣之獨正，紛衆葉之多碧。已幸脱于泥塗，靡争妍于花實。安微分而自足，貫四時而不易。寘之函丈之間，綽有山林之適。明窗淨几，陰敷研席。笑昌陽之瑣細，與草芥而匹敵。誚巴苴之凡陋，望秋風而隕踣。二物皆植水中能生，故以爲比。傲冰霜之凜冽，玩陰陽之消息。配後凋于澗松，得全生于社櫟。雖蒙厄于閏餘，初不辭于屈抑。已無心于梁棟之用矣，毋或縱尋斧以求狙猨之杙也。

五言古詩

方時敏倅濬歸浙江待次送行

嶷嶷玄英孫，聞風自鄞川。方爲慈溪尉，余丞定海。聲迹常相聞。揭來苕霅間，王事亦復聯。相遇一傾蓋，論交即忘年。

開口見城府，落筆生雲烟。尋春五亭岸，釣月雙溪船。杯行各酣適，箕踞忘拘牽。放辭發奇偉，搜句窮鑱鐫。我時怯欲降，退壁常自堅。俯首試外臺，一矢雙鵰連。聯鑣仲與季，三秀來差肩。羣雋爲辟易，拱手不敢前。折箠破大敵，未足煩戈鋋。風低忽垂翅，信命付諸天。公飛東陽舄，我訪蘭亭賢。雙魚數流問，五馬方薦延。攝事古山陰，晤語復粲然。禪心扣空寂，蔬飯捐葷羶。一洗盡玷缺，皎皎尺璧圓。繼從甘陵遊，假道仍周旋。飄零我蓬轉，渠敢自意全。邂逅鳳凰闕，公亦仍迍邅。宦學舊輩行，金狨覆文韉。以及後來秀，青雲各聯翩。公方駕別車，去即三山巔。俟期下吳越，寄跡無一廛。尚及秋風殘，飽膾鱸魚鮮。我陋不足數，生理亦可憐。爾來犯不韙，策足英俊躔。文羞白羽扇，中豈青銅錢。家風故不惡，蹇步徒加鞭。迷途得蹭蹬，奄奄如寒蟬。別公起歸思，端欲驅其先。經營一囊粟，攀附嗟無緣。擿耳聽知音，拂拭朱絲弦。一札行亦馳，兩槳定復還。闊步白玉堂，一揮筆如椽。

貴溪道中寄信州夏蒙夫使君

薄晚雪逾密，助寒風更顛。長塗客衣薄，僕馬僵不前。綠林軫玉食，渠敢歎獨賢。行喜見故人，羈懷得披宣。冰花散渺莽，玉樹争清妍。遥知坐歗餘，鈴齋聳吟肩。

再和

六花照老眼，令我喜欲顛。頃刻萬株玉，巧趁春風前。竚立聽風謡，誦言使君賢。不事厨傳飾，皇化憂不宣。相見雖蒼顔，妙語加韶妍。小邦猶射鼠，安用彎黃肩。

來詩過有稱譽再和

任重非所勝，位高憂疾顛。歸耕半頃秫，榮枯付樽前。來作江南牧，衰謝媿五賢。郡有陳蕃、范寧、韋丹等祠，號五賢堂。

喜聞復故境，中興頌周宣。賢能不復遺，紆餘定爲妍。勿笑百僚尾，三署會須肩。趙嘏爲太常博士，有詩云：「何日肩三署，終年尾百僚。」蒙夫亦自奉常補外。

謝孫仲益察院借示詩卷

客游跨兩春，胷次飽塵滓。無人抉河漢，爲我一浣洗。故人富清製，放筆如翻水。此間渺無津，滂沛到筆底。長鬚遣大軸，光彩照窗几。我時食對案，驚喜失筯匕。風雅間何闕①，稍復聞正始。滌除塵想滅，肝肺挹清泚。早年上金閨，氣摩諸彥壘。風斤運無旁，四座羞血指。駸駸跨驄馬，奔輪不容柅。負大難爲力，得坎聊復止。熙辰崇盛典，潤色待東里。風雲吐憤鬱，事業振奇偉。餘暇賦天台，金聲追祖禰。

洪慶善提刑罷官過建康惠詩和答

若人儒林秀，俊聲自孩提。振鬣日千里，衆眼驚月題。盍登要路津，獻納蘇黔黎。聊乘使者車，枳棘非鸞栖。戢翼下吳會，客路秋風凄。弭帆江之濱，歸夢先苕谿。寄傲水南北，忘懷玉東西。況乃味禪悦，已知昔途迷。坐笑老婆禪，杖拂勞提撕。祇應浩然氣，中宵吐虹霓。功名儻來逼②，未免雲衢躋。祇今寵辱際，淵澄看旋鯢。龍鍾秣陵守，短髪那勝篦。邂逅見亹亹，野鶴羞凡鷄。言句謝筌栰，未易窮端倪。歸來見詹尹，寧復問突梯。

題王巖起樂齋

静者悦山林，夸者慕鐘鼎。人生各有適，所樂滯一境。王郎超世姿，名教得深省。窮通付風雨，一笑萬累屏。閒

①「間」，原作「問」，據四庫本改。
②「逼」，聚珍本、文津閣本同，文淵閣本作「遇」。

居祇蔬水，開卷味自永。從事雖賢勞，游刃失綮肯。此心故休休，閱世徒耿耿。開軒理松菊，留客辨果茗。得趣地自偏，無塵句尤警。他年觀出處，廊廟即箕潁。

澄懷菴【案】：詩中與君云云，當有爲某人標識，或即連屬前題，因永樂大典分韻録載脱去。

憶昨避寇亂，與君連一牆。别來幾寒暑，杳如參與商。君與喪亂際，徜徉水雲鄉。十年林下夢，不到聲利塲。結菴劣容膝，不爲大盜藏。此懷那須澄，已作冰雪凉。花竹供四時，飲水樂未央。何當謝塵鞅，解纓濯滄浪。

嵐光臺

雲山屹長空，烟水湛深渌。築臺萬象表，領略在吾目。凝嵐翠欲流，澄光烱堪掬①。盡洗纓上塵，長照杯中醁。

四達亭【案】：此亦脱去爲某人題。

胸中浩無旁，吞納九雲夢。高懷有所寄，亭中亦空洞。凉月侵風櫺，寒烟逼曉棟。達人意有餘，未許俗子共。

題閭丘氏巢鳳亭以其子登科胡茂老名之

令君命卿家，一經世遺子。煌煌丹桂枝，寂寞踰五紀。朅來山水縣，關館貯書史。竹梧森翠碧，鸞鵠自停峙。翩翩丹穴雛，一鳴驚衆耳。綷羽覽輝翔，百鳥各披靡。英姿凌雲氣，玉頰編貝齒。唾手取青氈，父老爲驚喜。寧無英妙年，亦或拾青紫。上堂拜重慶，此事世無比。勉哉尊所聞，烟霄千萬里。五斗暫折腰，百鍊無繞指。矯翼儀舜韶，作

① 「澄光」，聚珍本、文津閣本同，文淵閣本作「煙光」。

瑞明光裏。來者甑茲亭，甘棠同勿毁。

和曾宏甫告别兼簡幕屬

奉詔辭北闕，把麾到南州。向來政已拙，老去語更婾。條教雖屢下，瘡痍何時瘳①。猶喜豺虎息，稍解聖主憂。英英幕中彦，紅蕖汎清流。袖手聽婉畫，藥石兼珍羞。衰遲樗櫟姿，萬一桑榆收。吾人南豐秀，未應仄席求。飄泊乘別車，惠然肯來游。周旋見家規，會合非人謀。清詩日彫琢，不厭枯腸搜。束書赴嘉招，掉臂不我留。我無青玉案，何以報所投。從茲謝沮洳，龍門看吞舟。

秦楚材和六一先生秋懷因次韻送别

抱釁久羸瘠，兀若槁木枝。别離故作惡，未别意已悽。況此清商時，木落水潦歸。艤舟話心曲，未了舟欲移。借問何匆匆，直恐違官期。念此登臨意，何止騷人悲。子行不可留，子鬢殊未衰。痛飲置人事，江上鱸魚肥。

客居聞雁有感

涎涎社燕尾，嗈嗈霜雁聲。兩物巧相避，寸陰不得停。我來燕未歸，倏見雁南征。客游何當還，節物凜可驚。哀歌撫長鋏，獨夜羞短檠。念營堂上巢，媿爾飛冥冥。

常山神祠

籃輿破霜曉，駕言郡城南。雲山爲好色，風日仍清酣。古祠據山腹，深堂静潭潭。我來何所禱，禍福久已諳。頑

① 「瘡痍」，原作「創痍」，據《四庫本》改。

冥亦天資，乞靈謾懷慙。同來得我輩，勝處思窮探。爽氣排俗慮，濁醪侑清談。臥碑一拂拭，古鏡開塵函。斯人已仙去，寒泉獨清甘。扶藜山嶒崪，放目窺渾涵。前瞻羣峯翔，九仙駐飛驂。後俯歸路迷，城郭埋烟嵐。北望郡城在杳靄中。平生丘壑姿，回首不我堪。歸來耿不寐，青燈對書龕。

姚志道有書輒不借戲呈

我來春未動，兀坐秋忽老。客懷飽世味，塵土不容澡。尚餘筆硯癖，俯仰半華皓。中年得異書，夜諷或至卯。爾來口生棘，妙語時耳剽。故人吾臭味，囊帙富緗縹。什襲祕不傳，凜若璧在趙。念兹訪逸遺，從人掇殘藁。何當發其藏，困廪一傾倒。窮途百態惡，歸思疾飛鳥。終當餽所有，共此絶代寶。歲晚同吟哦，乘風上蓬島。

七言古詩

客居坐無茵褥賓至常苦之戲作

廣文坐客寒無氈，少陵人來坐馬韉。胸中富等千户侯，不使囊中餘一錢。嗟予久客貧到骨，兀坐長恐藜牀穿。才名未踏兩公閾，窮愁何遽容争先。畫餅端知不餬口，筆耕輒亦遭無年。媿無文茵薦佳客，促膝危坐如寒蟬。君不見漢朝博士能説經，五十餘席輸戴憑。又不見袁尚索席藉凍地，不意頭顱行萬里。空榻蕭然亦安穩，得失榮枯付天理。金狨覆鞍容墜傷，禍福由來相伏倚。

題舍弟舒嘯亭

不羨高門聯甲乙，欲傍林泉老蓬蓽。田間築室路三叉，亭子蔭茅簷四出。春霖竹牖上蝸牛，夏夜藜牀吟蟋蟀。

茅亭雖小容舒嘯，丘壑胸中故超軼。晨窗晚徑足披風，細柳脩篁長障日。閉關已作柴桑趣，況有腴田供種秫。客來共醉甕頭春，長嘯一聲百憂失。遥想妖氛纏象魏，忍見風塵侵警蹕。勿學蘇門真避世，要似武侯時抱膝。我紆郡紱病且衰，欲報君恩老無術。簪裳未覺柴柵殊，鼓吹殆與池蛙一。簿領幾回迷老眼，況復伸眉縱狂率。已蹔成瑨功曹諺，空憶劉琨胡騎逸。遐想東皋落成處，欲往從之足雙桎。夢君琢句俯清流，春草池塘到詩律。便應投紱賦歸來，肯待子平婚嫁畢。

題畫

二松偃蓋勢曲拳，二松竦幹凌風烟。霜姿舒卷全于天，笑看草木争春妍。杖藜誰子行蹁躚，欲渡略彴迴溪船。令我清夢歸林泉，章江流駛行可沿。

和族叔祖古風

去年謝病辭黄屋，夜夜鄉心夢相續。今年罷郡理菟裘，喜在家庭厠蘭玉。阿翁年德冠吾宗，時親典刑聽約束。懷奇終待玉三獻，世路不堪珠九曲。愛酒惟憂北海空，居貧不作揚雄逐。如何蔬糲肯淹留，不爲盤飧爲宗族。忘懷一醉見天真，窮達寧煩詹尹卜。歸作長歌寫悲壯，千載騷人可奴僕。客星在天翁莫愁，赫赫太陽升若木。

送提刑劉嶠解印還朝二首

贈君吉水麝煤之玄玉，毘陵兔穎之毛錐。玄玉磨研勝點漆，毛錐揮洒如印泥。增光纏龍之大字，焕發吐鳳之英詞。玉旒光邊借前箸，便好再勒中興碑。

贈君西蜀衛生之藥，南臺送別之詩。藥驅陰邪葆貞氣，詩敘平昔同襟期。願言加餐錫難老，念茲分袂送將歸。

時有平安寄來雁，慰我别後長相思。

次韻范寥孟冬大閲之什

承平不用衛與英，赤子頻弄潢池兵。猰貐向恃七閩險，彗孛欲翳三辰明。吾皇南顧念凋瘵，舊臣雖老堪一行。奉詔褰帷問瘡痏，一意摩拊無他營。爾來松溪掃遺孽，卒歲不聞枹鼓鳴①。九農豐登四郊静，孟冬大閲張軍聲。摩天金鼓動霜曉，井鉞色正參旗横。羽箭犀利七札薄，鐵騎馳突一鳥輕。是日射鐵帖，頗多中的，而中世景鐵騎尤精鋭。戰士人人逞驍儁，猛將一一懷忠精。吾軍如此粗可用，縱有綠林何足平。獨公之家雄洛京②，人物接武多名卿。天涯邂逅見典刑，豈止一善宜盱衡。胸中韜鈐想餘事，筆下文采嘗知名。登場縱觀重感慨，那得萬騎聽使令。通和息戰固下策③，自古三王猶有征。得君耆艾將神武，定看卻敵賢長城。

豐歲行 庚申年秋自豫章赴會稽。

早禾飽熟收山場，晚禾碩茂青吐芒。五風十雨作豐歲，一飽何以酬蒼蒼。牛遭癘疫大半死，挽犁豈誇人力强。妻兒翁媪共耕鑿，勤勞有此一稔償。人言穀賤三農傷，我喜不乏三軍糧。邊騎長驅自送死，卒致一怒煩君王。將軍輪忠士賈勇，獻俘獻捷來相望。忍令戰士有飢色，努力收斂輸太倉。勿言無以飽妻子，須知餓死勝兵死。

① 「不聞」，聚珍本、文津閣本同，文淵閣本作「不復」。
② 「獨」，原作「蜀」，據文淵閣本改。
③ 「息戰」，聚珍本同，文淵閣本作「强敵」，疑原作「强虜」。

五言律詩

晚霽獨坐戲呈周元舉劉希范許少伊同舍諸兄二首

吏散無人跡，風回掃積氛。虛涼簷際得，遠響静中聞。樹色深留暝，爐香細裊雲①。此間應有句，端合與君分。

疾風迴急雨，碧瓦散晴氛。幽趣何人共，微吟得自聞。扶筇翻倦鳥，岸幘送歸雲。病惱新涼夕，孤斟負十分。

出郊奉祠

薄霧林花潤，微風沙水清。鴻歸心共遠，鷗泛眼偏明。寸禄秋毫累，分陰尺璧輕。滄浪端可濯，藿食了餘生。

題潤公看經室

潤公看經室，山氣翠霏霏。花雨當軒墮，松雲入座飛。鑿池泉繞霤，採木露沾衣。欲覓三山石，空慙心賞違。

元舉希范見和佳篇皆有懷歸之意頗合鄙趣因次元韻

湖海關幽夢，峯巒想翠氛。詩囊閒事業，禪衲舊知聞。白簡留任昉，玄文付子雲。飛潛俱有適，物理聽羣分。

撫屬游君病起惠詩次韻

蛇影沈杯裏，牛鳴震坐傍。晦明生癘疫，神物護忠良。喜復神明舊，閒便日月長②。關心一枰上，黑白已分行。

---

① 「爐香」，聚珍本、文津閣本同，文淵閣本作「爐烟」。
② 「閒便」，聚珍本、文津閣本同，文淵閣本作「閒宜」。

王承可惠官字韻詩次韻二首

才疎空許國，老去謾爲官。長病同玄晏，多言媿嬾殘。歸心隨贛水，愁眼望桑乾。自笑髮如鶴，羞看鏡裏鸞。

昔年留建業，授館厠嘉賓。忝竊慙高位，淹留有故人。相逢青鬢在，誰信白頭新。晚歲良田熟，東阿豈謾云。

獲從樞密徐公游者累月雖接名理不敢言詩念揮斤般郢之門古人所誚也日者惡語流傳不圖徹聽過蒙奬譽形之篇什輒復次韻敘謝

詩壇推宿將，一諾重千金。長怯雷門過，惟堪澤畔吟。數篇真謾興，三歎忝知音。佳句如傳法，慇懃慰渴心①。

和王巖起惠二詩

頻年分將閫，那敢厭麤官。花著雙眸暗，霜侵兩鬢殘。四郊纔罷警，七澤忽憂乾。時方闕雨。未報君恩重，清高媿伯鸞。

勝流還入幕，賢否數嘉賓。郄超。婉畫無遺慮，佳言更可人。中郎才簡亮，開府句清新。淥水稱佳麗，于今不足云。

和答少伊

秋雨厭煩濁，清詩静垢氛。向來佳句法，不遣俗人聞。少伊前此不和。和氣回霜簡，閒心付嶺雲。只應明主眷，符

---

①「渴心」，聚珍本、文津閣本同，文淵閣本作「夙心」。

竹未容分①。少伊卒章有「衣袂惜將分」之句，時許請補外。

獨夜耿耿至旦蚤作偶書

久客迷歲月，勞生念斗升。寒侵風卷幔，夜静月窺燈。暗穴鳴飢鼠，晨窗上凍蠅。起來看鏡嬾，種種髮鬅鬙。

野飲 途中所作。

斜日明官柳，飛紅綴客衣。隔林鶯對語，掠水燕争飛。野飲聊排悶，羈懷得解圍。言歸歸未得②，今昨兩俱非。

胡己茂端明同年挽詞二首

孝友終身篤，詞章一世英。艱難扈行在，憔悴老承明。歸院花甎影，趨朝革履聲。一麾隨逝水，塵迹想平生。

道德文恭並，才猷修簡親。中庸漢伯始，清獻晉平春。望襲高華胄，身終侍從臣。不諧三老約，華屋繐帷新。公嘗與叔諧及余爲同年，三老之約歸里社相從，竟不遂。

① 「符竹」，聚珍本、文津閣本同，文淵閣本作「符水」。
② 「未得」，聚珍本、文津閣本同，文淵閣本作「未可」。

毘陵集卷十六

七言律詩

送秦楚材使高麗二首

虀鹽太學鬢先秋，乘興聊爲汗漫遊。戲把漢旌行絶域，不因卭竹取封侯。波神侑飲鯨翻鱠，海雨催詩蜃吐樓。不獨鷄林傳好句，會看弭檝上瀛洲。

學士風流異域傳，幾航雲海使南天。不因名動五千里，豈見文高二百年。貢外别題求妙札，錦中翻樣織新篇。淹留卻恨鵷行舊，不得飛觴駐蹕前。

送提刑劉嶠解印還朝

老懷欲别已辛酸，再歲周旋瞬息閒。誰遣暮潮催兩槳，卻應清夢掛三山。功名不許淹行色，談話何時復解顔。鵷鷺行間如借問，爲言衰謝合投閒。

紹興丁巳以大禮館客恩奏族叔祖有詩見戲次韻和答二首

少室山中計已成，臥看朝市等蠅營。對門山雪惟詩思，過眼秋雲即宦情。長恐搢紳嘲捷徑，勿緣升斗謂虚名。

翁看肉食顔如甲，何似村醪一笑赬。

衣冠相望兩卿家，列鼎當年辦咄嗟。後裔不應猶短褐，除書未怕失丹砂。恩光謾欲霑宗族，品秩何勞問等差。莫笑青衫同畫餅，也勝辛苦踏槐花。

送仲并倅湖州仲時攝帥司機宜。

佳麗江山得共遊，一時賓主亦風流。鳥飛魚泳青油幕，虎踞龍盤白鷺洲。坐席未温俄告别，題輿催上莫淹留。苕溪尺五烟霄近，入手功名不自由。

伯恭侍郎自吴門謝事有詩和者無慮百餘人矣且命屬和不可辭次韻

滄江洗盡眼中埃，飽看江山句更裁。風引前旌如挽去，山迎歸棹欲飛來。捐軀許國憂心在，袖手還家笑口開。應笑龍鍾豫章守，沈迷簿領日回回。

次韻張煇惠詩三首

詩鄰可卜擬誅茅，好句人間見一毫。吟就鉢聲應未絶，流傳紙價頓能高。謬成燕雀追黄鵠，已作蜻蜓避伯勞①。清夜月窗哦警句②，霜梧風竹助蕭騷。

投老須營一把茅，晚親珠玉看揮毫。賦牛絶敏驚曹植，刻鵠無成媿伯高。已放閒身栖寂寞，時憑佳句洗塵勞。

---

① 「伯勞」，文淵閣本、永樂大典卷八九五引張守毘陵集作「百勞」。

② 「哦」，原作「裁」，據永樂大典卷八九五引張守毘陵集改。

喜逢載酒經過客，老去無心作反騷。

老依背郭蔭堂茅，寒夜微吟自削毫。羡子筆迴霜氣勁，驚人句與月魂高。極知蹇足追隨苦，便覺長鬚走送勞。因識盧郎是佳器，定能痛飲誦離騷。

張子華作詩誤用事有詩訟其過因次元韻

咳唾成詩未許攀，腹中應著綺千端。畫蛇思巧因饒足，倚馬才高肯駐鞍。割肉固非方朔社，蒸壺曾入老盧盤。小瑕不揜千金璧，能事寧容俗眼看。子美以東方朔割肉爲社日，東坡以鄭餘慶蒸壺爲盧懷慎。

王承可再示次韻

爲僚東越肯忘年，南越相逢兩皓然。杜守謬容居召後，楊文那敢在王前。誰能狡兔營三窟，深羡神龍襲九淵。便合從公下吳會，濟時無術擬求田。

張子華屢爲唱篇有詩要余爲首唱次韻謝之二首

百篇無一可譏評，落紙銀鉤慕伯英。足蹇向來甘後乘，敵勍真合避先聲。探驪君每珠先獲，類鶩吾慚鵠不成。十五大都須趙璧，無勞鼠璞換秦城。

詩名宗黨不虛傳，又復春容見大篇。李蔡名甘居廣下，照鄰文合在楊前。盤斜敢下長鯨釣，引路須煩老驥先。紙貴韋郎一千首，不妨頻覓浣花牋。

李漢老參政寄和文字韻詩次韻謝之

高誼天涯日講聞，欲趨函丈畏深文。佳言阻聽霏霏屑，秀句欣披藹藹雲。鵷序略同慚晚遇，鑾坡並直記宵分。

中朝多少登龍客，應擬沙隄御李君。

楚材出示汪廷俊唱和詩次韻

大篇作者鬬春容，肯爲明時歎不逢。通塞任分蝸兩角，唱酬應禿兔千鋒。光依日月從初載，謂汪。名在蓬瀛第幾重。謂秦。聯轡盍歸廊廟去，支離容我受三鍾。

丞相惠詩復次前韻二首

學道居慙邴曼容，典刑今向海邊逢。德容璞玉長涵潤，才刃硎刀始瑩鋒。養壽不憂潘鬢二，趣裝行覲舜瞳重。期公展盡調元手，盛取勳名勒景鐘。

開函三復似南容，入眼清詩左右逢。絶唱自應開奧突，全提誰敢觸機鋒。朱弦清越宜三疊，寶玉森羅富五重。抽手吟邊無好句①，冥搜空恨五更鐘。

李道士惠詩次韻二首

澤國秋霖漲渺瀰，天都久客厭驅馳。不辭短褐供萊戲，苦憶長頭課楚辭。悵望巾車陶靖節，浪聞推轂鄭當時。此身長恐儒冠誤，已媿當年學稼遲。

秋空目斷白雲飛，過隙奔駒激箭馳。愛日王符空著論，悲秋宋玉謾徵辭。問天擬決行藏計，擇地猶難喜懼時。負郭儻容供旨味，窮年衡宇足棲遲。

① 「抽手」，聚珍本同，四庫本作「袖手」。

次川字韻

此生休問小行年，合抱遺經老玉川。處世長懷方外友，羨君今作地行仙。風塵京洛傷羈旅，雲水江鄉渺接連。歸夢但隨南雁去，嬾追鵾鶚上青天。

再惠詩有學仙之意次前韻

紅塵飄轉任吾年，羞媿丹砂葛稚川。海上鼋鼍誰可駕，淮南鷄犬故能仙。棄家似欲追梅福，琢句何妨學惠連。待爾藥爐丹就日，御風同訪洞中天。

雨中復惠詩仍次前韻

性靈陶冶賴遺篇，秋水愁看灌百川。索米誰憐身是客，餐霞還恨骨非仙。鳥驚急雨來還去，雲敵衝風斷復連①。好句時時慰愁絶，仰慙高義薄雲天。

又詩有卜荆溪之意雅合鄙懷因次韻二首

短檠心醉養生篇，擬築高峯看逝川。野性合休林下鞅，枯腸常媿飲中仙。化瓶未是左元放，槲虎先煩顧少連。何處羽衣從汗漫，君山陽羨大山。千仞水如天。

心醉微言九九篇，浩如滄海翕支川。著書柱史家傳道，辟穀留侯世學仙，蠹簡倦推三豕渡，長弓那解兩禽連。極

①「雲敵」，聚珍本、文淵閣本同，文津閣本作「雲散」。

知無用宜幽隱，杜曲無田擬問天。

被召赴經筵途中偶成

度嶺三年歎陸沈，一抛城市洗塵襟。雷霆激石泉聲怒，烟雨埋雲樹色深①。食肉向無編貝齒，憂時空有未灰心。露門勸講高華地，倦鳥終當返故林。

汴上小雨復霽

隄沙不起潤如酥，坐看飛雲自卷舒。麥隴人閒牛舐犢，柳陂波淺鷺窺魚。殘花糝徑東風後，碧草黏天暮雨初。分付榮枯蝸兩角，濁醪青杏送春餘。

伯恭要賦薌林

相門耆舊典刑餘，戚里豪華習氣除。游徧雲山行樂耳，種成香草賦歸歟。紉芳蘭畹餘幽佩，辟蠹芸堂有舊書。奎畫煌煌照林壑，只應門外看鋒車。

次韻李丞相園亭二首

閒築池亭古刹邊，厭將勳業寫凌烟。柳湖寄倣王摩詰，丹鼎怡神葛稚川。樂聖一尊濃琥珀，平戎三尺舊龍泉。一丘勿作淹留計，衮繡歸時席夜前。

① 「埋雲」，原作「理雲」，據四庫本改。

疏泉斸石寄高懷，仙藥名花取意栽。履道醉吟齊步武，平泉景物付雲來。菰蒲雨洗雙池淨，松竹風傳萬壑哀。怪底茅齋頻下榻，故時賓客滿翹材。

僦居城南人皆笑其陋戲作因以自解

紛紛甲第照清都，誰信蝸牛亦自廬。未厭囂塵聊近市，不須高大擬容車。窺牀夜月陪清冷，入户風埃痛埽除。豐屋從來招鬼瞰，卻因容膝得安居。

題洗心亭次韻

不貯閒愁學子山，此心分付水雲閒。臨池罷釣魚同樂，隱几忘機鶴伴閒。爲喜經臺依絶境，故安禪榻面孱顔。洪崖仙事皆陳迹，戲説遺巾笑李寰。

豫章離濟江亭

擬上籃輿趁曉晴，不妨小立聽江聲。青山合處江疑斷，野渡喧時潮欲平。雨脚又從天際起，霜毛偏傍鏡邊明。綠林未静煩宵旰，敢爲龍鍾歎遠行。

久客感懷

自笑行藏媿古人，歸歟有意坐長貧。霜毛不種自生鬢，雲路無梯寧致身。春韭秋菘聊當肉，冬裘夏葛聽懸鶉。何當即買扁舟去，醉兀五湖烟雨春。

夜坐觀書

青燈隻影夜迢迢，賴有塵編洗鬱陶。此事長慙作吏廢，少功又笑爲儒勞。行藏老驥思千里，用否九牛亡一毛。端爲鱸魚挽幽興，擬飛烟艇破秋濤。

睡起戲書呈葛魯卿席大光周舉同舍諸兄

午夢初殘日未西，人情節物睡偏宜。花開花落紛無定，春到春歸謾不知。香縷細縈環堵室，槐陰清翳一枰棋。此間粗有超然處，雕琢天真卻坐詩。

春晚即事

風條日蕚半披殘，不用登臨意惘然。宿麥吐芒風卷浪，垂楊吹絮暖生烟。送春鶯友分明語，並水鳧雛取次眠。觸眼風光渾有味，人生行樂且加鞭。

早秋書事

江城暑退葉驚秋，環堵蕭蕭草樹幽。掃盡塵心清似水①，静看人態曲如鉤。一樽楚醴醇無敵，半榻湘波冷欲流。午枕日斜呼不省，夢魂還上五湖舟。

---

① 「掃盡」，聚珍本、文津閣本同，文淵閣本作「掃淨」。

次韻曾天猷贈知宗趙端禮展鉢詩

幾人能信見前因，滿意肥甘豢色身。曾是鼎鐘華貴胄，肯同瓶鉢苦空人。招呼善友明初地，降伏心魔淨六塵。翻笑花間需醉客，空看高冢卧麒麟。

送德遠樞密初召赴經筵

長驅敵騎傍淮淝，又是忠賢許國時。扶義東吴回日轂，宣威西蜀正參旗。暫逢貝錦辭黄閣，卻續金華上赤墀。聯事烏臺餘病骨，仰看麟閣寫英姿。

舍弟寄和送行詩有倦游之歎因勉之

幾年頭角翳蒿萊，今日寧辭盡一杯。好向明時聊自試，莫緣荒徑憶歸來。白頭休歎從人後，青眼多應爲汝開。官長及諸司，皆與余有舊。老去豈堪頻作惡，風帆目斷首空回。

和人晚秋白菊

溥溥清露洗殘妝，静倚疎籬暗吐芳。不逐黄花候秋節，笑看殷葉隕風霜。寒潭誰致南陽種，晚徑宜登靖節堂①。我對冰姿賡雪唱，騎騾無計度飛黄。

① 「晚徑」，聚珍本、文津閣本同，文淵閣本作「晚景」。

游鳳池寺

鳳去池荒今幾年，碧梧翠竹故依然。鳴簷流水涓涓下，排闥羣山衮衮前。幸有清風繼蓮社，不堪斜日近虞淵。歸途滿眼春耕了，勸課無功媿力田。

友人惠猩猩毛筆一枝秃甚作詩戲之

猩毛意重鵝毛贈，老不中書一悵然。宜付削毫貧鄭灼，政堪握筆晉僧虔。判冥即合防抛失，瘞塚寧甘便棄捐。瓦硯蓬牕吾臭味，秃翁相對且忘年。

婢子翻羹

杯羹卓午薦朝餐，一飽龜腸亦爾難。窮鬼還來調韓愈，夫人真欲試劉寬。尚餘食案韭三種，早悟官亭鱠兩盤。傳語厨人莫轑釜，不應餓死悔儒冠。

李似矩尚書挽詞二首

元禮清門有四龍，雲孫遠跨舊家風。持荷入侍聲名早，仗鉞宣威節制雄。晚歲獨抛塵鞅外，高懷聊寄藥爐中。堂堂玉樹埋黄壤，何事凌烟欠此公。

只今耆舊幾晨星，又失三朝一老成。許國忠規關社稷，絶塵奇表照簪纓。祇因鼎裹金丹就，無復廷中革履聲。才大故難供世用，空餘拱木翳佳城。

胡進彦挽詞

剸煩餘刃發硎刀，使節藩符久謾勞。腰綬六朝知壽考，懸車一紀足清高。光陰不用悲駒隙，温凊無違有鳳毛。晚綴葭莩公已病，送行無路首空搔。

惠彦光挽詞

聲馳太學俊游先，膏火窮年味絶編。百戰收名丹桂籍，一麾送老白雲邊。心開要路門無轍，歲惡窮閻爨有烟。全福略無毫髮恨，更餘身後一經傳。

趙約不遠千里命駕相過中道寄示三詩姑和答一篇

霅水論交今有誰，兩翁華髮映朝衣。功名畹晚君流落，衰病栖遲我倦飛。叔夜相思能肯顧，子猷乘興卻言歸。人生動是參商別，三復清詩對落暉。

七言絶句

題明皇聯鑣圖

風流誰復似三郎，並轡春風輦路香。謾説宫中行樂祕，畫圖千古記興亡。

戲題四老堂十首

四老堂中四老人，飽經喪亂始收身。蒼顔鶴髮團欒坐，知是時平有幸民。

兄弟當年七葉興，精神如鶴齒如冰。升沈存没今如許，且作隨堂粥飯僧。

已是平頭六十人，江湖身老寸心存。明窗淨几翻經卷，深炷爐香答主恩。

一派荆溪過枕前，喜從人境得幽偏。直疑身在烟波上，臥送飛帆落照邊。

堂後堂前竹與梅，老人多半手親栽。從他更着閒花草①，亦遣羣芳次第開。

四時花草逐番新②，衮衮年華過眼頻。景物無窮人自老，新花應解笑陳人③。

繫舟長傍柳隄陰，曳杖時穿竹徑深。薙草澆花課僮僕，更無餘事可關心。

多病經時不著冠，岸巾長對倦雲閒。年來衰謝交游絶，靖節柴門不用關。

鶴養丹成鹿養茸，羣呦對舞傍衰慵。待看仙骨他年就，同訪蓬萊第一峯。

商嶺偷生計已疏，橘中樂事亦區區。洛陽耆舊今黄壤，會有人傳四老圖。

題荔枝亭

色味清香美莫名，更憐圓樹碧亭亭。結根得所天然勝，爲對三台第一星。上踐阼，公首拜相。

花塢

意匠潛符造物工，笑談花塢出榛叢。風條日萼隨時看，須信春藏指掌中。

① 「從他更着」，原作「何時更作」，據永樂大典卷七二三八引張守毘陵集改。
② 「逐番新」，原作「逐時新」，據永樂大典卷七二三八引張守毘陵集改。
③ 「笑陳人」，原作「笑迎人」，據永樂大典卷七二三八引張守毘陵集改。

桂齋

月裏移根傍小齋，不惟收子看花開。擣香篩辣歸春甕，準擬高人勝士來。

蘭室

分得騷人九畹香，時人不服更幽芳。小窗低户維摩室，苒苒奇芬春晝長。

夢室

笑取功名指顧閒，歸來心與倦雲閒。閉關不作南柯想，睡起香凝金博山。

圭沼

方鋭新池臥介圭，水光如玉夜騰輝。不應只作韓侯覲，更喜姬公著衮衣。

菖蒲澗

蟠根帶石傲年芳，秋雨春風拂水長。不用引年勞服食，相公勳業似汾陽。

雙蓮閣

小閣幽深枕淺波，直疑湘水見英娥。不將詩酒頻料理，奈此風前二妙何。

和答錢文高四首

閉門不復過高軒，夢蝶悠揚栩栩然。睡起杖藜經略彴，静看鷗鷺浴晴川。

罣罣精思媿鮑宣，如如不動契金仙。回觀争奪紛華地，已老吴蠶不復眠。

跡抛朝市不妨清，心照空華故自明。但憶滄浪時鼓枻，肯從金谷聽鳴箏。

覓句高攀孟浩然，藏經遠慕漢韋賢。深林小隱成幽趣，我得爲鄰媿子先。

和答諸兄弟四首

昔向丹墀侍玉軒，略無裨補鬓蒼然。元非食肉封侯相，合抱遺經老玉川。

三州皇化未能宣，山水清奇記九仙。白首弟兄長掛夢，喜聽夜雨對牀眠。

門對芙蕖碧沼清，蕭蕭五柳似淵明。遠聽林壑風鳴籟，戲看兒童草鼓箏。見相如傳注。

通塞升沉亦偶然，山林高臥更稱賢。似聞小築西湖上，擇勝渾輸一著先。兄弟各有别墅在滆湖之濆。

族叔祖示四絶句次韻

摧頽病鶴怕乘軒，歸路風帆任渺然。環堵故能容兩膝，掃除荒徑老斜川。

不樂從軍學仲宣，那能辟穀慕飛仙。直緣衰病干明主，乞得南窗一覺眠。

衰懷底物能陶寫，社舞村歌眼暫明。誰似玉人供巧笑，不勞長笛與哀箏。

追陪杖履已悠然，把翫詩篇更覺賢。局上頻煩問瓜葛，吟邊端不敢争先。

竹亭詩和韻

直上烟霄碧玉抽，静摇月露冷光浮。堂堂勁節冰霜後，元老如今有壯猷。

送客

南渡登舟即水仙，西垣有客思悠然。因君相問爲官意，不買毘陵附郭田。

罷酒

罷酒尋花涉斷磯，顛隮猶復强褰衣。可憐醉眼無分别，卻把旁邊柳折歸。

人惠方竹杖

多病扶笻老自便，得君方竹更輕堅。平生正以方爲累，擬付山僧任削圓。

題崔慤畫

風折枯荷蘆葦秋，蕭蕭鸂鶒上沙洲。關心滿眼江湖趣，何日扁舟得自由。

附録一　輯佚卷一

剳子

上論君德剳子①

臣聞創業之艱難，守文之不易，古今以爲名言。臣竊謂中興之君，則於守文之時而行創業之事，蓋爲尤難。何以言之？創業之君則崛起於干戈百戰之餘，撫循於人心厭亂之後。守文之君則當天下之升平無事，而先王之法度可遵，殆未爲甚難。至於中興之時則不然。狃於治安，上下苟玩，禍難遽作，不容枝梧。夷狄方强而未衰也，寇盜方起而未息也。兵驕而責之戰，財匱而費益廣，民力困弊，天災流行。乃於是時扞外治内，振紀綱，脩法度，復先王之大業，比之創業、守文，誠爲尤難。自非人君側身脩行，痛自貶損，豈足以致治哉！

恭惟陛下體斤斤之明，纂承大統；念元元之災，焦勞聖心，踰年于兹矣。然而二聖、母后尚寓沙漠，雖祈請之使項背相望，而平安之問初未通也。兩河、鞏、洛猶爲賊區，則夷狄未衰。閩、粵、淮右尚困討殺，則寇盜未息。軍士所至輒縱暴略，則兵驕而不可用也。府庫所出費倍前日，則財窘而莫之繼也。流亡未復而民力困弊，飛蝗徧野而天災流行。臣於是時誠知其難矣，又復自念責難於君之義，不敢不盡臣子之恭也。

---

① 標題原無，據上海古籍出版社影印本歷代名臣奏議篇名目録補。

臣聞傳曰：「君以爲難，易將至矣；君以爲易，難將至矣。」又曰：「動民以行不以言，應天以實不以文。」書曰：「惟德動天。」言有德則爲天所佑也。又曰：「至誠感神。」言至誠則爲神所依也。有德而不能動，至誠而無所感，則聖人之言是欺後世矣。伏願陛下處宮室之安，則思二聖、母后穹廬毳幕之居也；享膳羞之奉，則思二聖、母后羶肉酪漿之味也；服輕煖之衣，則思二聖、母后窮邊絶漠之寒苦也；握予奪之柄，則思二聖、母后語言動作之受制於人也；享嬪御之適，則思二聖、母后誰爲之使令也；對臣下之朝，則思二聖、母后誰爲之尊禮也。要如舜之兢兢業業，如湯之慄慄危懼，如大禹之菲惡，如文、武之憂勤，聖心不倦，盛德日隆，而神天不爲之助順者，萬萬無此理也！日者伏聞聖體小失調護，罷朝兩日，臣下憂懼，不知所云。蓋以宗廟社稷之重，海宇億兆之衆，託命於陛下一人而已，更願陛下於衛生之經少留神焉。漢王吉有云：「俯仰屈伸以利形，進退步趨以實下，吐故納新以練藏，專意積精以適神。」此言可以行也。漢枚乘有云：「出輿入輦，命曰蹷痿之幾；洞房清宫，命曰寒熱之媒；皓齒蛾眉，命曰伐性之斧；甘脆肥醲，命曰腐腸之藥。」此言可戒也。以陛下生知之聖，必深明乎此，而臣猶區區以爲言者，出於愛君憂國之誠，而不自知其進越，惟陛下裁赦。（歷代名臣奏議卷三）

論聖學劄子①

臣聞自古帝王未嘗不學，傅説曰：「學於古訓，乃有獲。」故堯舜皆若稽古。孔子以天縱大聖，猶學而不厭也。光武藉高祖之餘業，屬意經術，視朝猶至於日昃，講論復至於夜分而不以爲疲，蓋義理之悦心，猶芻豢之悦口，何厭之有。世祖掃除羣盜，中興漢室，其本諸此乎！大學之道，欲治其國，特在於致知誠意，始於致知誠意，其效可至於明明德於天下，蓋得其要，則餘不足學矣。

① 標題原無，據上海古籍出版社影印本歷代名臣奏議篇名目録補。

仰惟陛下躬履艱虞之時，不倦緝熙之學，聖德日躋，而猶博延儒生，紬繹古義。比聞躬御翰墨，書典謨訓誥誓命之文以賜近弼，德意所向，每在二帝三王之上也。是知中興之主，異世同符。更願陛下掇取要義，講明施設之宜，以幸天下，而略其簡札之煩，則不至於勞聖躬而治道舉矣。中興之功，視光武未足道也。（歷代名臣奏議卷八）

論夷狄未賓莫先自治劄子①

臣仰惟陛下憂勤念治，行已十年。自去冬虜人不能南渡，今秋湖寇蕩平，中興有期，内外延跂。然人心惴惴，猶有外侮之憂。臣切以謂夷狄未賓，莫先自治，蓋修政事，所以攘夷狄也。伏願陛下念艱難之舊業，恢久大之遠圖。無過不及也，建大中以承天心；勿貳勿疑也，極志誠以盡群慮。任賢則責其大功而待以持久，使能則略其宿負而用其所長。保固淮甸以定駐蹕之都，獎拔偏裨以分尾大之勢，愛惜名器、財力以革僥倖之習，崇獎忠厚端慤以銷朋比之風。凡此數者，安危所繫，其他細故，不足爲陛下道也。然以陛下英睿天縱，於此數者少留神焉，中興之烈，不難致矣！書稱成湯之德曰：「終始惟一，時乃日新。」德所以日新而不窮者，終始惟一而已。雖書生常談，而本之治道，無出於此，惟陛下果斷而力行之。（歷代名臣奏議卷四八）

論遣使劄子

臣叨膺閫寄，職事之外，不當冒言天下之事。伏念受陛下大恩，目覩利害，不敢嘿嘿但已，惟陛下留神裁擇②。

臣竊觀陛下屈己與金人講和，誠以梓宮未即山陵，兩宮久闕大養，孝思之切，委曲聽從。至於復河南故地，雖官

① 標題原無，據上海古籍出版社影印本歷代名臣奏議篇名目録補。
② 「裁擇」，原作「財擇」，據文淵閣本改。

吏軍民復見太平官府爲幸，而凋瘵之餘，與虜接境，猶未得奠枕而卧也，故復河南之地利害未爲甚重。向者金使之來，王倫之還，具言金國無所須索，梓宮、兩宮所許甚確，指日渡河。朝廷乃遣王倫、藍公佐奉迎。比聞金人輒留倫而反公佐，臣在遠外，固不能知曲折，而道路之言，以謂金人之留王倫，欲盡變前日之議，且以還河南之地爲大恩，而責歲幣之數，梓宮、兩宮則未有還期。道路之言雖未足信，然臣以理揆之，惟一倫則可以盡反前日之議矣。又聞金國前主和議之人皆因事就誅，則前議之變，理之必然也。夫金人之用事者，今既非主和議之人，則和議之成與否不可知，特以嘗遣使發詔，故未能盡變初議，他日必以中國所不可行之事而爲釁端矣。其始不須歲幣，今乃首以爲言。其始許還梓宮，今乃置而不論，止以區區河南之地爲大恩而責報焉，他日之事固可見矣。是宜長慮却顧，以爲善後之圖。若執一變，因就彌縫，僥倖萬一之成，非計之善也。爲今之計，非可以其變詐而遽廢前議，亦當遣使遜辭，且議要約，且議歲幣，徐爲之謀，不憚使命之煩擾也。

其議要約也，若曰陛下卑辭厚禮致恭於大國，大國遣使下詔而還復其侵疆。講信修睦之初，國人延頸以俟梓宮、兩宮之還，今既愆期，上下觖望，何以展四體，盡事大之禮乎？向日賜許，借使行人失辭，國人無由户曉也。儻或未從，緩而圖之。蓋金人之意，俟我迎請之堅且急也，必厚有邀求以敝中國。臣恐中國之力，無以滿丘壑之欲也，以至疆埸之事，必不得已，亦當遵用前日契丹故事，必使中國可行，然後爲善。

其議歲幣也，若曰國家全盛之時，盡有河北、山東膏腴之地，故或可辦。今山東、河北盡屬金國，河南新疆，瘡痍未瘳，而東南數十州歲幣安從出哉？反覆議論，必不得已而與之，則契丹之數亦不可過也。然臣之欲使人往反議論者，欲陛下戒以密覘虜人盛衰虛實，徐察天意而爲後圖。惟是明詔大臣，激厲諸將，拔擢偏裨，簡閱士馬，積財粟，備器械，以爲意外之備，而和議之成與否，且當置之度外可也。

夫以陛下聖明天縱，必洞照此理，而臣愚過計，猶懼陛下孝悌之至，亟欲梓宮、兩宮之還，或墮虜計中而有噬臍之悔耳。冒貢狂瞽，出於愛君憂國之誠，不自知其進越，惟陛下裁赦。（歷代名臣奏議卷九〇）

論今歲浙西糴買之外不得更有科敷劄子①

臣聞國之有民，猶魚之有水，火之有膏，木之有根，人之有元氣。水深則魚樂，膏沃則火明，根固則木蕃，元氣盛則民人安。蓋民惟邦本，古之誼也。艱難以来，歲幸屢豐，賦入有常，用度僅給。蓋以陛下愛民如子，别無横斂，民不至於困乏。今年諸路亢旱，穀貴人饑，惟浙右數州之地爲稔，故糴數萃於數州，無慮百餘萬斛。而又被旱州郡，連艘以取給，公私逋負，乘時而責償，雖號豐登，民實困乏，逃移猥多，州縣固不易辦矣。然軍食所資，不得已也。民知其不得已，其敢有辭？州縣亦思竭力促辦而不敢後也。然此數州之地屏蔽行朝，供應軍須，前後不一。臣愚伏望睿慈特降明詔，今歲浙西糴買之外，不得更有科敷，庶幾一方少獲休息，使數州之民不以豐年爲不幸，仰副陛下仁民之意。

（歷代名臣奏議卷一〇七）

請蠲減紹興府和買劄子②

臣伏見陛下憫恤元元，至誠惻怛，前日稽違詔書之吏，痛加懲創，德音昭宣，遠近孚信。今蒙聖慈不以臣爲不才，使承乏鎮東，必思蠲除民瘼，以承休德。臣頃筮仕會稽，近又扈蹕久居，亦嘗詢究一方利病所在，其利害之細者，皆不足言，而大者惟和買一事民被毒爲甚。然和買之害固已久軫聖懷，亦嘗兩次裁減矣，諸路之所同也。至於本錢稽違而支散不足，絹直翔貴而輸納亦艱，亦諸路之所同也。惟會稽民貧，一歲和買十七萬餘匹，得數太多，至今苦之。以家業錢計之，鄉村人户率二十千當輸一匹，詢之它州，未有如是之重也。夫以一家之業纔二十千，一絹之直當四之

① 標題原無，據上海古籍出版社影印本歷代名臣奏議篇名目録補。
② 標題原無，據上海古籍出版社影印本歷代名臣奏議篇名目録補。

一，輸納費用又復一兩千，殆及三分家業之一矣。蓋二十千之家，必庸販以自資，然後能餬口，而縣官於賦税之外歲取其三之一，恐非仁聖之朝所宜有也。欲望睿斷將紹興府和買量賜蠲減，設或不足於用，則臣僚衣賜量行裁損，亦未爲害，庶幾仰稱陛下仁民之意。（歷代名臣奏議卷一〇七）

論差李公彦李正民權官不當劄子

臣聞正朝廷以正百官，正百官以正萬民。蓋朝廷施設不問大小，當則人心服，否則人心離，在廟堂跬步之間，而利害實繫於四方萬里之遠，不可不慎也。伏見太常少卿減爲一員，近自外召黎確爲太常少卿，促赴行在。視事之二日，又除李公彦爲太常少卿，交割職事，臣所未諭。使公彦賢於確，即當降旨罷確而用公彦，不然，則是重疊除授也。既知重疊除授，即當改正，今踰旬日未聞施行。若以罷確爲是耶，而確亦久以行著名稱，士論未以爲非也。

又伏見中書舍人有闕，祖宗故事，差起居舍人兼權；又闕，即差它官。今董逌爲右史而差左司員外郎李正民權中書舍人，臣所未諭。使正民賢於逌，即當便用正民爲中書舍人。不然，即是董逌不學無文也。逌不學無文，則不當擢爲右史。若曰逌不可權攝邪，而逌亦久以文學著稱，士論亦未以爲不可也。

無故罷黎確而用李公彦，疑其厚於公彦，然人必以爲公彦攘之，恐非愛人以德之意也，亦恐攘奪之風自是起矣。近捨董逌而遠取李正民，未必薄於董逌，然人不能無疑，而逌亦無以自安，恐非以禮處人之意也，亦恐祖宗故事自是廢矣。方今號令不行，紀綱未立，舉措之間，人心所繫。伏乞詔大臣詳酌改正施行。（歷代名臣奏議卷一四三）

請委主將置軍籍以書功績劄子①

臣聞賞不當功，則無功者進；功不獲賞，則有功者怠。比年兵不用命，望風奔北，凡賞罰失當以致之也。自童

① 標題原無，據上海古籍出版社影印本歷代名臣奏議篇名目録補。

貫、譚積之流用兵以来，第賞之際，專徇請託，上則權勢，次則親舊，甚至於賄賂公行，相與爲市。於是膏粱之徒不涉行陣者皆附名其間，而被堅執鋭冒犯矢石者或不得而預也。朝廷惟憑所上功狀之等差而班爵秩之輕重，一有失當，怨歸朝廷，於是群下解體，鮮復自效。

方陛下信賞核實以圖中興，而請託欺罔，餘風未殄。夫爲將帥，亦豈不欲士卒用命以成大功而故爲是哉？蓋亦迫於權勢、親舊之私，紐於聞見、習俗之弊，未易遽革。臣區區之愚，欲於出軍之際，委自主將，别置軍籍，自大將以至屬官、偏裨隊伍，各列姓名，量留空紙，以書功績。總計其數，從朝廷印押，給付主將。凡立功者，某月某日獲若干級，某月某日俘若干人之類，即日著其狀于籍，策勳之際，隨保奏狀上之朝廷，參考其實而後行之，則冒濫之弊亦十去其六七矣。蓋置籍之初，賞罰未分，人有定數，固自絶於請求。凱還之後，按籍論功，又不容於增損，求其失當，蓋亦鮮矣。欲望睿慈詔三省密院詳酌，斷而行之。（歷代名臣奏議卷一八九）

論正授勤王立功之人官資劄子①

臣聞傳曰：「善爲國者，賞不僭而刑不濫。賞僭，則懼及淫人；刑濫，則懼及善人。若不幸而過，寧僭，無濫；與其失善，寧其利淫。」是則聖人立國之意，每過於厚，不使過於薄也。故傳又曰「賞疑從予」，所以廣恩勸功也。司馬軍法曰：「賞不踰月，欲民速得爲善之利也。」其意皆本於此。

伏覩靖康元年十一月詔書：「能率衆勤王或立功，聽便宜權行補授文武官資，候到闕正授。」於是四方之士各效所長，官司依詔借補以官，上之朝廷，酌其功之大小而正授之，信賞示勸，中外具孚。近者伏覩二月二十一日指揮，應借官人内有委實曾習弓馬或武勇之人，委諸路提刑、安撫司依弓馬所格法公共比試，將合格人兩司擬定合得名目，徑

①　標題原無，據上海古籍出版社影印本歷代名臣奏議篇名目録補。

申省部，給進武、進義校尉兩等文帖，將元初借補文字毁抹繳申。玆蓋朝廷愛惜名器、杜絶冒濫之意甚善也。然臣愚思之，猶有所未盡，請試言之。一則難槩試以弓馬，二則推恩太薄，三則試格太峻，四則得賞太緩。何謂難槩試以弓馬？立功之人，色目不一，或輸家財以助國費，或齎蠟書而冒險阻，或有進士借補文臣，皆未必有過人之勇也，試之弓馬，必無幸中。臣愚欲乞借補文臣，則試兵書戰策以爲殿最；若輸私財數多，齎蠟書已達，自無僥倖之理，便可驗實，免試授官。何謂推恩太薄？艱危之際，有累立功效，節次借補，有至陞朝官大使臣者，設即試中，乃與借初官者同得校尉，未爲允愜。臣愚欲乞凡試中人，於元借官上降三資以次補授，無資可降人，聽補守闕副尉。何謂試格太峻？弓馬格法乃白身人，州縣解發，中即補官，今来借補之人各已立功，若試不中，則前功俱廢，似於常情有所未安。臣愚欲乞更於弓馬所試格法小加裁降，使可通行。何謂得賞太緩？借補之人類在一二年前，及得所屬保明，間關以至行在，更經有司問難，始達朝廷，已是艱滯。今又令歸諸路安撫、提刑司同共比議擬定，然後解赴御營，審試而後授官，更須經涉年歲，方得了畢。臣愚欲乞且據逐處已保明到功狀，就御營使司類聚，差官比試，便與補授。

凡此數條，實有利害。又四方得賞歸鄉者亦已甚多，一旦驟革之，則有功同而賞異，不能無幸不幸也。方今敉寧四方，正須激賞以勸後来。又况孔子以兵食可去而必欲存信，而成湯之誓亦曰「朕不食言」。若謂諸處保明不實，在擇將帥而已，行賞之際，恐非所當致疑也。所謂不幸而過，寧僭無濫，庶幾合於古之賞疑從予，及賞不踰月之義。（歷代名臣奏議卷一八九）

請刑賞威福出於朝廷劄子①

臣聞刑賞威福，人主之操柄也。而朝廷者，刑賞威福之所自出也。人主之刑賞威福非朝廷，則令不行而無以取

①　標題原無，據上海古籍出版社影印本歷代名臣奏議篇名目録補。

信，其弊至於人得以矯誣。朝廷不恃人主之刑賞威福，則勢不嚴而無以爲政，其弊至於人得以凌蔑，故易曰：「非一朝一夕之故，其所由来者漸矣。」日者苗傅、劉正彦乘陛下駐蹕之初，朝廷草昧之際，縱兵誅殺，至於扣閽脅制天子，而刑賞威福遂下移於將帥之手，忠義之士仰天扣心，慟哭流涕而莫能救也。賴天地祖宗之靈，勤王之師協助信順，曾不閱月而陛下反正。既往之事追咎靡及，而来者猶可思患而豫防也。大抵武人握兵在手，以殺戮爲能事，率意輕發，不復知名義之重，亦不復思他日誅滅之禍。又況艱難以来，朝廷微弱，假借太甚，類皆驕惰，怯於公戰而勇於私鬭，此皆今日固宜痛懲而申警之。伏望陛下明慎賞刑之宜，收還福威之柄，皆由朝廷而出，使將帥拱手而聽命於上，不得假之以行其私，則輕重適中而上下悅服。仍乞下臣章嚴賜誡諭，不特使知尊朝廷，亦使之成功名保爵位也。臣不勝惓惓。

（歷代名臣奏議卷一八九）

論諸將請私劄子

臣聞漢高祖既平秦、項，而一時功臣多就葅戮，鮮能以功名自終者，何哉？位高而權盛也。光武懲前世之失，雖寇、鄧、耿、賈之高勳鴻烈，分土不過大縣數四，所加特進、朝請而已。故建武諸將往往以功名延慶于後，則利害禍福較然甚明。國家向自童貫握兵柄，勢傾天下，内之朝廷公卿，外之帥守、監司，下至州縣小吏，升沈進退，捷於影響。故凡持節所至，官無高卑，俯伏廷謁，附託以進，而風俗流失，國勢陵遲，馴致夷狄内侮之禍，貫亦不免斧鉞之誅，此忠臣義士所爲慟哭流涕者也。

恭惟陛下聖德神武，撥亂反正，撫御將帥，曲盡恩禮。然士風不競，餘習不泯，而堅冰之必至，滋蔓之難圖。臣竊過計，伏見近者劉光世還自江南，王淵還自浙右，各效智力以自著見。陛下醲於用賞，庸勸將來，乃聞士大夫不自好者，趨走干謁，門庭如市，氣燄可炙，臣不知其何以得此。道路之言，竊謂光世與淵嘗有所薦達，以及奏功第賞，有未嘗身涉行陣而乃竄名功狀之内者。審如是，則防微杜漸亦不可忽。夫大將之職在於訓士卒，明賞罰，以攘寇戎而已，他何與焉！但位高金多，則不能別嫌明微，畏遠權勢，以自處於無過之地，或至抵冒而不自瘉也。況今狂虜未殄，二聖未還，他日更立非常之功，復膺不次之賞，則寵禄愈崇，事權益重，而朝廷體貌尤所假借，則招權賈禍，將不止於今日。漢之韓、彭，近世之童貫，不可不鑒也。昔蘇建嘗責大將軍衛青無所招選，青謝曰：「招賢絀不肖者，人主之柄也，人臣奉法遵職而已，何預招士？」驃騎亦然。故衛、霍爲漢賢將，著在信史。臣願陛下訓諭諸將，杜請謁之私，戒敕士大夫，明分義之守。不惟上尊朝廷以安國勢，以厚風俗，亦示聖明所以保全諸將之意也。（歷代名臣奏議卷一九六）

論聽言劄子

臣聞良藥有苦口之利，明鑑無見疵之尤，故人臣以獻言爲忠，人主以聽言爲賢。然聽言之難，從古所患，書傳所載，不可勝舉。願治之主，每區區聽納，而或不免過聽之失者，不得其要也。臣嘗求其要，未有若伊尹告太甲之言爲切且至也。其言曰：「有言逆于汝心，必求諸道；有言遜于汝志，必求諸非道。」臣試爲陛下論之。夫逆心之言未必皆合乎道，然未見人主所向而言，志在責難，則鮮有不逆者，要當以道求之。遜志之言未必皆違乎道，然或伺人主所向而言，志在容悦，則鮮有不順者，要當以非道求之。從違之際，禍福成敗如反覆手。大抵人心喜順而惡逆，遜志則易入，逆心則難行。人主能於常情所惡而求其是，於常情所喜而求其非，然後智出衆人之上，而群言不能惑，君子小人之情狀皆即吾心逆順之間而知之，不亦簡且易乎？又況逆心之言雖衆，每不能勝遜志之一言，尤不可不察，請以一二事明之。唐高宗志在廢王后而立武氏也，韓瑗、來濟、上官儀輩莫不切諫，以至受遺定策如長孫無忌之親、褚遂良之忠皆以爲不可，獨李勣曰：「此陛下家事，何須問外人？」卒立武氏，而簒奪之禍，幾至亡國。秦苻堅志在伐晉也，權翼、石越、苻融輩更進互説，以至老將如王猛，親且愛如太子宏、少子詵皆以爲不可，獨慕容垂曰：「陛下神謀内斷足矣，不煩廣訪朝臣以亂聖慮。」遂定計南伐，而淝水之敗，僅以身免。則是遜志之一言足以喪邦，而逆心之言莫能救藥。二君不能即所逆順而求之於道與非道之間，禍敗至於如此，豈不痛哉！

恭惟陛下聰明勇智出於天縱，從善有轉圜之易，去佞無拔山之難，屢詔求言，虛心納諫，廣覽兼聽，極群下之智。然臣區區之私，猶恐陛下或未得其要也。蓋自崇寧以來，姦諛柄朝，防民之口，甚於防川。靖康之後，言路一啓，而狂瀾橫流，餘波未泯，要當執要以觀之。況二帝蒙塵，四方多事，臣願陛下以伊尹之言不忘於造次之際，正心誠意，終始惟一，視君子小人如燭照數計，則紀綱無患於不立，夷狄無患於不服，中興之業無患於不成矣。（歷代名臣奏議卷二〇五）

乞賞直言劄子

臣伏見陛下以常寒久陰，詢訪闕失，聖心焦勞，形于詔旨。在廷之人，各進所言，無慮數十人，竊恐其間不無忠義切直之言可以裨聖德而贊國論者。伏望陛下乙夜覽觀，因其切直，或加奬諭，或與褒擢一二，庶知聖明不諱，亦以示罪己畏天之實，誠於盛德不爲小補。昔唐太宗受孫伏伽之諫而賜蘭陵公主園，受魏鄭公之言而賜佩刀、黄金之類，所以三代之後，獨稱賢王。正觀之治①，比隆三代。惟陛下留神，天下幸甚。

乞選除台諫之臣劄子②

臣伏見自崇寧迄于宣和之間，姦臣擅政，專欲蔽欺人主之聰明，故拾遺補過之臣，多闕而不置。於是直言不聞，譽諛之聲日滿於耳，馴致變亂，社稷阽危，遺患至今。陛下纂臨，明目達聰，廣覽兼聽，利害休戚惟恐其或壅也。而臺諫之臣，尚多員闕，諫官止有一員，言事御史除馬伸差出，止有二員，非惟於聖主中興之朝爲闕典，亦恐四方萬里或得

① 「正觀之治」，應爲「貞觀之治」，避諱改。
② 標題原無，據上海古籍出版社影印本歷代名臣奏議篇名目録補。

以竊議，則於陛下聽言納諫之大德不能無累。蓋以臺諫之任，宰執往往避嫌不敢進擬。欲望睿斷特加選除，庶幾博採衆言，有裨聖治，且以仰稱陛下聽言納諫之實。

論罷諫官袁植劄子①

臣伏見陛下自渡江以來，懲前日蔽塞之禍，大開言路，訪問闕失，親擢臺諫，言雖激切，未嘗加罪，盛德日躋，遠近臣民拭目傾耳以觀日新之政。前日諫官袁植論事專尚誅殺，陛下罷之，仰見聖心務崇忠厚，亦甚盛之德也。然遠近臣民未免有斥逐諫臣之疑，臣竊惜之。言事之臣，嫉惡或過，勢使然也。行與不行，亦必考於朝論，斷在聖心，使其失中，姑置勿問，似於聖德未有所傷。又況耳目之官，每患循嘿而不敢言，與其敢言而或過，則猶愈於循嘿。蓋敢言而過，不過於難行，若循嘿不敢言，則爲患實大。臣備員風憲，若復不爲陛下開陳，臣則有罪，惟陛下裁赦。（以上歷代名臣奏議卷二〇五）

論軍兵老小劄子②

臣伏見比年敵人犯順，將士畏怯，望風奔潰，破殘州縣，易於拉朽。忠臣義士之所憤嘆，而敵人之所竊笑也。臣嘗求其故，不過驕惰而已。今每出師，則水舟陸車，累累隨行，謂之老小，其實皆婦女。故出師之數，婦女必倍之，弊日以滋，古所未有。以故所居則求寬潔，所食則求豐美，所用則求羨餘，一有不足，則冒法抵禁，劇於寇盜。責其用命禦敵，奮勇立功，其亦難矣。夫爲將領者，固當正身率下，與士卒同辛苦，往往亦以婢妾歌舞而自隨。故上爲一，下爲

---

① 標題原無，據上海古籍出版社影印本歷代名臣奏議篇名目録補。
② 標題原無，據永樂大典卷八四一三引張守毘陵集補。

二，上下相蒙，無復忌憚。

今者陛下屏遠嬪御，以馬上治天下，駐蹕建康，深戒既覆之車，一新舊染之俗，前日之弊，理宜痛懲。臣愚欲乞應軍人家口，遇出軍日並不得隨行，各就本寨居止，官司常加存恤，修治舍屋，量添口食。如有軍人及將校使臣輒將帶婦女老小隨軍，並行軍法；本轄將校使臣失覺察，減一等科罪；主將身自違犯，令御營使司及御史臺覺察彈奏，重賜施行。庶幾將士忘家徇國，或能立功，以革舊弊。

乞以田募兵劄子

臣伏見近者朝廷條畫防江，點用人丁。臣以謂驅不教之民一旦用之，恐致誤事。然所謂民兵，非終不可用也，特不可以濟目前之急，而幸一朝之功耳。然自朝廷數年以來，屢嘗推行民兵，或置巡社，或結保甲，或增弓手，或計田出兵，大抵皆所以更張軍政而求實用。然而推行以來，未見成效，其因出而逃，遇敵而潰，則與官軍不甚相遠。臣嘗思之，惟寓兵於農最爲良法，然三代之法不可復矣，獨取其意尚有可行。

伏見國家係官之田有五，一曰屯田，二曰逃田，三曰户絶田，四曰抵當籍没田，五曰罪人籍没田。頃畝甚多，入官之租，雖至膏腴，畝率一二斗，多不過三四斗。或冒占，或荒閑，或欠負，或水旱檢放，或官吏侵漁，所入官者又無幾矣。臣愚以謂若捐此田以募兵，則於公家之費不多，而得土著之人可委，各有顧戀，不至散亡。臣愚欲乞盡括五色係官之田，委州縣預定肥瘠美惡，第爲等差，上田三十畝，其次增多至百畝，止召募一人，給爲永業，免其賦役，居常務農，農隙講武，教養而成，年歲之間，必有精鋭可以濟用，所有官兵，權住招刺。伏望睿慈詔大臣詳議，如有可採，即乞付有司條畫施行。

論教閱軍兵劄子

臣竊謂兵法之蔽久矣，防秋不遠，理難遽革，因而用之，尚有可爲。今天下之兵固亦不少，而養兵之費固亦不貲，豈皆不可用乎？抑教之不至耳。王翦以六十萬之衆伐荆，亦必俟其投石超距而後用之，蓋士氣振然後樂赴功也。天下之兵，衣糧俸給蠶食縣官者有四，曰禁軍，曰廂軍，曰土軍，曰弓手。雖有教閲之法載在令甲，州縣之間置而不講，在於平日猶爲不可，況國步艱危、寇戎猖獗之時乎！蓋以州縣之吏或妄占破，或稱防護，或稱差出，種種名目，背公自營，借欲教閲，因無見在之兵矣。上下苟偷，日復一日，糜耗國用，驕惰日滋。目不識旌旗，耳不聞鉦鼓，隊伍行列、坐作進退，皆不復知。一旦驅之守禦，責之效死，何異却行而求前哉！

臣愚欲乞諸路各委制置使同監司一員，根刷見管廂、禁、土軍、弓手，汰其老弱病羸。早晚兩教，州委守臣，縣委令長，且親詣教場按閲。如其事藝精强，隨事激賞，不惟將來防秋必有可用，而部内盜賊亦可翦除。應軍兵弓手如有不赴教閲，並正軍法。應在任官白直之外妄有影占，及長吏不日赴教場，監司、安撫制置司按劾以聞，重寘典憲。如有可採，即乞睿旨速賜施行。（以上歷代名臣奏議卷二二三）

乞放兩浙米舡劄子

臣伏見本路盜賊兵火之後，福、泉、漳州、興化軍雖不經殘破，皆以應副軍期，公私匱乏。復遭今歲亢旱，細民艱食，目今正是收成之時，米價宜減。福州在市每斗已一千省，比之夏秋，增及三百。詢之父老，舊來所無。緣興化軍而下並來船販不敢遏糴，自爲一郡之計。竊慮向去春間青黄不接之際，米價必更騰踊，飢民或致流移。又本路常平斛斗不多，賑濟不足，雖有降到廣東米應副賑濟，並未起發到來。臣日夜憂慮，雖已節次從帥司行下建、劍、汀、邵等州軍，令不得閉糴，及約束沿路關津税務，不得邀阻，終以所産不多，少有客販前來。臣體問得福建路山田瘠薄，自來全仰兩浙、廣東客米接濟食用，雖大豐稔，而兩路客米不至，亦是闕食。臣伏覩八月十一日指揮，因言臣寮上言福建路利害，第三項應本路客販米斛不得收税事。奉聖旨候二浙收糴足備日，聽候朝廷指揮。臣訪聞兩浙豐稔倍於常年，竊慮收糴至今已見次第，欲望聖慈矜念遠方師旅之後，饑饉困乏，早降睿旨，許令客旅通販浙米入福建路，所有米船各於起發州縣出給公憑，經過州縣，並免收稅，庶得接濟艱食之民，仰稱陛下綏惠多方之意。臣不勝大願。（歷代名臣奏議卷二四六）

乞依舊給還職田劄子①

臣仰惟陛下勤恤民隱，戒勑貪吏，至誠惻怛，内外具孚，德至渥也。國家自真宗皇帝復圭田之制，養廉息貪，民用不擾。伏覩建炎元年六月之詔，並權住罷。議者之意，必謂國步方艱，用度未給，然計其所得數亦不多，無益邦儲，有傷國體。竊惟仁宗皇帝朝固嘗議罷，范仲淹歷陳其不可。慶曆之詔，約爲等差，行之至今，未見其害。又況州縣小官，俸有常格，比年以來，物價騰貴數倍，曩時多藉職田，仰事俯育，一旦奪之，則在官者必絀法以蠹民，得替待闕者亦必犯義以奸利，清白之吏，恐致損節，殆非所以厚風俗、興廉恥、致富强也。事雖至微，爲害甚廣。伏望聖慈依舊給還，庶幾仰稱陛下養廉愛民之意。（歷代名臣奏議卷二八六）

論災異所自劄子

臣伏準詔旨，以盛夏之月常寒久陰，災異之來，必有所自，令侍從郎官以及臺諫條具闕失，欲以應天變、收人心、召和氣，仰見陛下畏天之威，遇烖而懼，古帝王之用心也。臣待罪憲府，清問所及，敢不竭愚慮。臣聞天心之愛人君，自非大無道之世，則必出災變以譴告警懼之。及其至誠修省，則轉禍爲福，捷於影響。傳曰：「禹、湯罪己，其興也勃焉。」蓋不特有罪己之言，而有責己之實也。陛下罪己之詔嘗數下矣，而天未悔禍，恐實有所未至爾。倘能應天以實不以文，則安知譴告警懼非誘掖陛下以啓中興之業乎？臣於去秋嘗奏疏，願陛下居處飲食、動作享用，每以二聖、母

① 標題原無，據上海古籍出版社影印本歷代名臣奏議篇名目録補。

后爲念，詞頗煩悉，頗簡聖聽，冀不以一日南面之樂而忘萬里北狩之戚也，勿謂九重之邃，外莫得而聞也。正心誠意，日慎一日，則何患天變之不弭，人心之不固，和氣之不至乎？

雖然，高宗有鼎雉之祥，祖己訓之曰「惟先格王正厥事」，則事事欲其正也。臣請爲陛下畢其説。常寒久陰，陽微陰盛之證也。臣者，君之陰也；夷狄者，中國之陰也；盜賊者，凡民之陰也。方今朝廷不能制將，將不能制兵。强者怙寵，有跋扈之風；庸者擁衆，爲偷安之計。遣師而出，則必廣求官爵金幣而後啓行。無功而還，則又泛第首級勳勞而邀上賞，虚張軍數而冒請給，陵轢州縣而取犒賜。小不如意，肆爲攽攘。凡此，則臣强也。夷狄累年憑陵中夏，連陷郡邑，劇於破竹，深入淮甸，易於探囊，止于山東，偃然自肆，涉此夏暑，未有退期。使吾選將厲兵，固可襲取。今則上下畏怯，莫敢誰何。凡此則夷狄强也。狂寇潰卒，蟻聚蜂屯，大者數萬，小者數千，遠則星布于京西而不勝討，近則鴟張於淮甸而無所憚，或陰懷窺伺而邀求要地，或陽就招納而公肆剽劫，凡此則盜賊强也。陽微陰盛，斷可見矣。是以紀綱未立，號令不行，人心動摇，國勢危蹙，而當長養之時，積雨彌月，寒氣不收，宿麥壞於垂成，禾稼傷於方茂，物價翔貴，商旅斷絶。秋冬之間，夷狄内嚮，盜賊乘之於飢饉之餘，其禍可勝言哉！天時人事，至此極矣！陛下覩今日之勢與去年孰愈？而朝廷之措置施設，蓋與前日未有異也。俟其如今春維揚之變而後言之，則雖斥逐大臣，無捄於禍。

臣又聞漢制，災異策免三公，故陳平曰：「宰相上佐天子理陰陽，順四時，下遂萬物之宜。」而御史大夫蕭望之謂：「日月少光，咎在臣等。」宣帝以爲意輕丞相。天變之來，宰相預任其責。竊見某雖有勤王之功，初無王佐之畧，論其材能，則辦一職而有餘；論其器識，則斡萬機而不足。算計見效，曾未及於前日，豈不殆哉！唐張守珪破可突干有功，明皇欲相之，張九齡曰：「宰相代天理物，不可以賞功。」乃止。今某蓋以勤王入相，不幾於賞功乎？吴起與田文論功，文不及者三；朱買臣難公孫弘十策，弘不得其一。終之田文相魏，公孫佐漢，言宰相自有體也。故黄霸長於治民，及爲丞相，則功名損於治郡，以人之才各有分極故也。某人固未有顯過，但經濟之畧未聞。若以防秋在邇，未宜罷免，則臣愚以謂不若更擇文武全材、海内推服公願以爲相者，親擢而並用之，庶幾叶謀共計，各效所長，彌縫其失而正捄其災，則天變亦可收、和氣亦可召也。昔汲黯在朝而淮南寢謀，杜黄裳爲相而兩河剋復，蓋其威望鎮物，精神折衝，亦不必事事更張，而臣下爲之凜畏，夷狄爲之竦讋，盜賊爲之退聽矣。

伏願陛下内極嚴恭寅畏以修其德，外更選用輔弼以修其政。人事既盡，天心必歸。古人有云：「未至而言，固嘗爲虚；及其已至，又無所及。」今日之事，實繫存亡，顧畏避不言之罪，清議不容；而觸迕權要之罪，聖明必貸。惟陛下留神，不以爲虚言，則天下幸甚。（歷代名臣奏議卷三〇五）

論寇賊已就招安不得輒殺劄子①

臣聞叛而伐之，服而舍之，德刑並舉，帝王之略也。伏見陛下臨御以來，建康、丹陽、錢塘之寇次第勦除，國威遠暢，固足以慰一方之憤，快將士之心。然皆始於招諭，則皆貰其愆尤，授之禄秩，使改過以自效，且示陛下寛仁之大德也。然德音未絶于耳，而兵屬其頸矣。計其罪戾，固葅醢不足以塞責，但卷甲退聽之時，正如掌上嬰兒，殺之不武。雖或其初無朝廷招安之文，其後有長惡不悛之迹，然豈能遽使天下户曉哉！方今四方寇盜尚多，聞有欲降而反側猶豫者，往往以江寧、杭、潤之戮爲詞也。況陛下赤子弄兵潢池，豈皆本心？第困於誅求，迫於寒餓，脇於兇逆，不得已者固不少矣。既已招安，當示以大信，待以不疑，聽其自新，遲之歲月，俟其復出爲惡，則與衆棄之，其誰曰不然？側聞江寇亦已就降，臣以謂國勢未强，兵力單敝，不免用招安之策以平羣盜，倘循前轍，爲害不細。欲望聖慈詔諭三省、密院以及將士，應賊已就招安，不得輒殺，仰稱聖明所以伐叛捨服、招攜懷遠之意。（歷代名臣奏議卷三一八）

① 標題原無，據上海古籍出版社影印本歷代名臣奏議篇名目録補。

乞蠲減月椿劄子

契勘本路州軍自金人蹂踐之後，饑饉相因，盗賊群起，公私匱竭，不比他路。今月椿之數，雖累蒙蠲減，而洪州、撫州尚自偏重。訪聞撫州昨隸江東，遂兼認兩路之數。洪州贍養申統制、安撫大使司丘贇下撥到親兵，所費四千餘貫，亦係月椿。通計一月，實合管認發錢一萬八千八佰餘貫。本州將諸縣裏外極力收簇，不過得錢九千餘貫。其八千九百餘貫，未有可以那撥去處。朝廷及宣諭司不見得申統制及親兵一項，只作一萬四千貫定數。況岳太尉軍前並申統制親兵寨，皆係軍兵計日指準，不可稍有欠闕。伏望朝廷指揮，將本路月椿錢再賜詳酌，蠲減數目。或將撫州江東路錢除豁，却將洪州錢再行減數，與撫州均認。庶幾尚可收簇，不致闕誤。（永樂大典卷六五二四引張守毘陵集）

論宰臣不當親自揀兵劄子

臣聞宰相吕頤浩連日出城，親自揀閲見在軍兵。臣以謂艱難之日，大臣固當不擇劇易，但宰相親自揀兵，不惟國體有傷，兼連日在外，亦恐機務停壅。欲望睿慈止差御營統制官前去，或欲慎重，則令御營副使並參贊官同去，而宰相或只出城，略一按閲，指畫而歸，則於體爲得。取進止。（永樂大典卷八四一三引張守毘陵集）

車駕經由常州乞上殿劄子

臣恭聞警蹕時巡，經由常州。臣乍違天陛，竊願一瞻穆穆之光，少慰犬馬戀軒之誠。伏望睿慈許臣候御舟艤泊，上殿一次。取進止。（永樂大典卷一二九二九引張守毘陵集）

乞宣取司馬温公文集劄子

臣伏見本路提刑司近得司馬光文集，鏤板已畢。緣光初被遇神祖，爲臺諫、侍從，啓沃居多，所上章疏，具載文集。臣嘗竊觀其議論忠厚正直，深有補於治道。恭惟陛下聖德日躋，而學不厭，臣愚竊意可以仰資乙夜之觀。欲望聖慈下提刑司宣取，仍乞以副本藏之祕閣。取進止。（永樂大典卷二二五三六引張守毘陵集）

請不築福州城劄子①

被旨令本州刱修城池。按圖記，福州城築於晉太康三年，僞閩增廣至六千七百餘步，國初削平，今爲民田已久。閩土砂礫，用石砌甃，約費錢七十萬緡，米六萬斛。今公私困弊，請俟他年。（建炎以來繫年要録卷六〇）

乞獻俘區別對待劄子②

臣聞韓世忠所獻敵俘已就戮於嘉禾，遠近欣快，不謀同辭。然臣竊謂，凡所獻俘，若使皆是金人或他國借助則宜盡勦除，俾無遺育。至於兩河、山東諸路之民則皆陛下赤子也，劉豫驅迫以来，必非得已③。若臨陣殺戮，勢固不免。至於俘執而至，容有可矜。臣妄意以謂，凡所得俘，内有簽軍，則宜諭以恩信，以示不殺之意，若可特貸而歸之；或願留者，亦聽其便。不惟得先王脅從罔治之義，而劉豫之兵可使自潰④，後雖日殺而驅之使前，將不復爲用矣。（建炎以來繫年要録卷八三）

① 標題原無，據全宋文卷三七八九補。
② 標題原無，整理者所擬。
③「必非得已」，三朝北盟會編卷一六四作「誠非得已」。
④「可使自潰」，三朝北盟會編卷一六四作「可使不戰而自潰」，意優。

相度上虞餘姚兩縣湖田復廢爲湖經久利害劄子①

被旨令相度上虞、餘姚兩縣湖田復廢爲湖經久利害以聞。守契勘民户所納苗米，較兩年號爲豐熟，但秋夏雨水稍不應時，其減放之數以湖田所收補折外，官中已暗失米計四千二百餘碩，民間所失當復數倍。今相度先將餘姚、上虞湖田復廢爲湖，委是經久有利無害，伏望早賜施行。（宋會要輯稿食貨七之四二）

① 標題原無，整理者所擬。

附録二　輯佚卷二

表

謝除樞密表

視草無聞，已玷嚴凝之直；出綸甚寵，遽陪宥密之謀①。錫祕殿之隆名，進文階之顯秩。循牆固避，涣汗莫回。中謝。伏自兵威既挫於北敵之强，國勢益微於南渡之後。衆類傷弓之鳥，將猶飽肉之鷹。念郊壘之風塵，想籌帷之豪傑。時開真主，固有以駕馭於英雄；事總天營，又有以統臨於將帥。至於参貳樞極，幾亦奉行文書。曾是艱難，豈容尸素。況如臣者才極下中之品，進無左右之容。挾策讀書，居慙軍旅之末學；蒞官行法，粗安州縣之徒勞。由誤簡于冕旒，遂濫陪於簪橐。任論思獻納之寄，訖何補於聰明；更文章翰墨之遊，但徧塵於親切。每憂踰分，屢丐投閑。敢謂眷禮有加，鴻私未憖。付以本兵之重，試其經武之長。儻非效節於捐糜，何以分憂於宵旰。此蓋伏遇皇帝撫育萬宇，焦勞百爲。從善如轉圜，已兼收於衆智；與人不求備，曾罔棄於寸長。遂令樗櫟之姿，亦厠機衡之任。痛遠人之猾夏，終期尺箠之笞；來羣策以防秋，敢怠寸陰之惜。尚幾小補，以答萬分。（聖宋名賢五百家播芳大全文粹卷二下）

① 「陪」，原作「倍」，據宋刊本大全文粹卷三下改。

謝除資政殿大學士表

心勞政拙，宜在譴訶；德厚恩深，猥叨擢序。採居官之薄效，陞秘殿之隆名。荐控忱辭，莫回聰聽。終靦顔以虛受，但刻骨以知歸。中謝。竊以學士之有大名，儒臣之最高選。景德創制，示舊弼之殊榮；康定限員，見先朝之慎簡。如臣質衰蒲柳，景迫桑榆。無牧民御衆之才，第知不擾；有愛君憂國之意，其實甚疎。蔑然橫草之勞，行矣及瓜而代。曩聞警急，莫效馳驅。虜在目中，料敵愧伏波之略；錢流地上，理財謝劉晏之謀。僅知於官常，期不違於德意。敢圖簡睠，遽沐褒遷。茲蓋伏遇皇帝陛下厲精以圖中興，廣覽以收衆智。謂蠻夷未免於猾夏，每勤勸功；故名器有時而假人，靡嫌從予。遂令駑劣，亦玷龍光。仰睿訓之過優，體聖心之所屬。循名責實，未知塵露之酬；居寵思危，第謹淵冰之戒。無任。（宋刊本聖宋名賢五百家播芳大全文粹卷四中）

謝轉官表

紀十年塵腐之微勞，申加訓諭；增三品清華之峻秩，莫獲固辭。登受以還，懷慙罔措。臣。中謝。伏念臣名浮於實，用過所長。氣既衰而當戒得之時，位已高而有疾顛之懼。居懷退抑，祈免悔尤。況律令三尺安出哉，率祖宗坦明之制；所損益百世可知也，實寮吏纂修之勤。自惟罔功，何有於賞。敢謂制禄之書來上，策勳之典遂行。例辱進官之榮，曲憐承乏之舊。此蓋伏遇皇帝陛下以上聖之質，啓中興之圖。孝通神明，坐復寧人之疆土；恩被動植，灼知臣下之勤勞。既講信修睦以和諸戎，故任賢使能以成其政。效雖微而必録①，功益久而不忘。致令不才，叨此非據。匪言揚而事舉，已虞竊位之譏②；顧政拙而心勞，

① 「效」字原無，據清鈔本大全文粹卷一七補。
② 「竊位」，原作「切信」，據清鈔本大全文粹卷一七改。

未識報恩之所。（聖宋名賢五百家播芳大全文粹卷九）

謝詔書獎諭表

瞽言冒獻，瀆已懼於再三；聰聽兼容，慮不遺於千一。肆頒温詔，俯賁寒蹤。稽首拜恩，銘心載德。中謝。伏以兇雛狂悖，挾虜騎以長驅；睿主憂勤，整戎車而夙駕。天威臨赫，士氣賈餘。紛萬旅以争先，裒羣策而並用。臣頃陪帷幄，久備藩垣。衰遲蒲柳之姿，蹇淺芻蕘之論。初非言責，祝敢意於代庖；切歎時危，嫠靡遑于恤緯。輙披悃愊，少助詢謀。敢謂仰契廟謨，特形天奬。焕發絲綸之重，蔚增簪履之榮。此蓋伏遇皇帝陛下文即康功，湯昭聖武。陳師鞠旅，捷書屢上於甘泉；舍己從人，訪問每勞於衢室。猥加勞勉，誤及庸虚。一札十行，不替始終之遇；四郊多壘，示通遐邇之情。臣敢不昧深厚之訓詞，體蓋容之大德。老當益壯，誓九隕以爲酬；知無不言，庶萬分之或補。（聖宋名賢五百家播芳大全文粹卷一一）

謝傳宣撫問賜藥表

臣某言：十二月五日，伏蒙聖恩差入内侍省高班、主管合同憑由司王錫到府傳宣撫問並賜臣銀合臘茶者。臨遣星軺，速若置郵而傳命；俯頒奩劑，威無咫尺之違顔。登受以還，兢榮自失。中謝。伏念臣叨分近輔，莫著微勞。頽齡浸迫于西山，況嬰衰疾；短景適臨于北陸，尤苦祁寒。是資服食之良，以禦晦明之沴。豈薾然之枉質，特簡在于清衷。既賁温言，復加珍賜。尚方修製，靈于紫府之丹；御寶緘封，貯以白金之器。王人俯洎，父老歡迎。此蓋伏遇皇帝陛下居上克明，使人以禮①。俾盡股肱之力，庶全體貌之誠。念臣頃參帷幄之籌，義同休戚；憐臣密備藩垣之寄，

①「使人」，大全文粹卷六下作「使臣」。

衆所觀瞻。特假寵靈，以榮觀聽。起漳濱之沉瘵，指日以須；存魏闕之精誠，戴天知感。誓圖九殞，仰報萬分。（宋刊本聖宋名賢五百家播芳大全文粹卷六下）

謝奬諭表

臣某言：近者本路諸處羣盜相繼平殄，緣久勤聖慮，略具奏知。今月初三日，伏蒙詔書奬諭者。四郊多壘，尽陶簫勺之和；一札成文，誤被絲綸之寵。吏民改觀，山水增輝。臣中謝。切以盜起貧窮，故詩人詠盈止而後寧止；治貴清淨，故循吏謂勝之不若安之。矧惟江西，稍遠闕下，狃嚚訟之習而稔熟其兵甲，遭焚掠之暴而隳廢其田廬。蟻聚蜂屯，既結而不散；草薙禽獮，垂盡而復生。上軫九重之憂，尤艱一路之寄。如臣本無術略，加以衰遲，親承訓敕之音，恭布寬大之詔。人非木石，固知懷德以歸心；惟有豺狼，亦或畏威而革面。至于遣戍兵而督捕，殲首惡以示懲，政以罔悛，殆非得已。故稍戢弄兵之俗，汔可小康；未能臻奠枕之期，曠然大变。心冀寬於憂顧，跡頗類於言功。乃蒙旌閫制之微勞，降璽書而褒諭。人所助者信也，實由聖德之誕敷；臣何力之有焉，徒愧恩言之重渥。此蓋伏遇皇帝陛下懋湯大德，達舜四聰。孝通神明，外默孚於强敵；化行江漢，内自格於羣偷。欲奬勵於庶工，故推揚於一善。臣敢不仰體勸功之德意①，銘深厚之訓詞；俯思善後之方，息愁嘆於田里。庶幾晚節，不辱睿知。（聖宋名賢五百家播芳大全文粹卷一二）

謝赦書表

際河之封，再歸版籍；配天之澤，覃被幅員。疾置流傳，輿情呼舞。臣中謝。臣聞晉慶苻秦於淝水之上，猶勤八

① 「德意」，「德」字原脱，據宋刊本大全文粹卷六下補。

萬之師；吴奔曹魏於赤壁之傍，僅保三分之地。糜爛其民而戰，功烈如彼而卑①。坐視中原，以資敵國。曾未有不煩遺鏃，遂得侵疆，卓然標一代之勳，焕乎如今日之懿。此蓋伏遇皇帝陛下廣大配天地，孝悌通神明。料强敵於沉機，決大疑於獨斷。修政事而復周境，何愧宣王；敷文德以格苗民，遠符虞帝。既獲和戎之利，大推肆眚之仁。臣夙贊鈞衡，荐分藩翰。惠此中國，已共沐於湛恩；守在四夷，願永觀於丕顯。（聖宋名賢五百家播芳大全文粹卷一一）

謝賜戒石銘表

陛戺勒銘，夙仰祖宗之猷訓；輶軒傳軺，載新郡邑之觀瞻。跪受以還，兢榮罔喻。中謝。恭惟太宗皇帝削除僭僞，統一寰區。屬四方新脱於干戈，期百執恪遵於軌度。肆頒聖製，用謹官箴。炳若丹青，揭頌庭而咸覩②；寫諸琬琰，垂永世之不渝。吏有勸懲，人亦康乂。閲歲華之滋久，致睿藻之弗宣。有懷在位之苟媮，深軫斯民之困敝。得故臣之遺墨，見上聖之宏規。爰廣勸宣③，親加贊述。大書深刻，粲然盤鼎之文；俯翫仰思，竦若韋絃之佩。此蓋伏遇皇帝陛下寬仁厚下，勤儉保邦。率由舊章，紹復大業。何必官刑之儆，自然民瘼之除。紫詔相輝，陋漢皇之一札；黄堂增焕，配章聖之七條。臣久遠清光，猥叨重寄。惕然拜賜，曾無咫尺之違顔；何以酬恩，尚勉朞年之報政。（聖宋名賢五百家播芳大全文粹卷一二）

賀天寧節表

下武繼文，適逢昌運；上帝立子，甫屬誕辰。儼圭璧以相趨，舉臣鄰而交慶。中賀。恭惟皇帝陛下功昭祖武，孝

①「而」，原作「其」，據宋刊本大全文粹卷六下改。
②「頌庭」，原作「訟廷」，據宋刊本大全文粹卷七上改。
③「勸宣」，原作「歎宣」，據宋刊本大全文粹卷七上改。

格上靈。三典用中，普洽好生之德；五兵載戢，坐收不殺之威。允當華夏之心，日致天人之助。臣叨紆郡紱，介處江關。神色飛馳，願上萬年之壽；情深鼓舞，實居百獸之先。

賀天申節表

伏以瑞表榮河，協千載一時之嘉會；聲呼喬嶽，罄九州四表之歡心。凡託蓋容，舉深抃蹈。臣某中賀。恭惟皇帝陛下禹功時懋，湯聖日躋。軫國步之多虞，念時巡之淹久。蓄威而待，成道德之安强；履順而行，獲天人之祐助。寖銷外侮，坐致中興。迎二聖以回鑾，置四方於奠枕。必得其壽，有驗於今。臣叨領价藩，欣逢聖旦。葵藿雖晚，不移傾日之心；蒲柳固衰，但祝後天之算。（以上宋刊本聖宋名賢五百家播芳大全文粹卷一上）

賀恤刑表

秉籙御天，屬聖神之在運；對時育物，均雨露以布慈。緊畏景之方隆，閔祥刑之未措。上罣宸慮，渙發詔音。邈及遠方，一清幽圄。中賀。竊以泣辜流念，見大禹之至仁；扇暍軫懷，仰周文之懿範。欽惟前躅，垂裕後王。於皇本朝，比跡振古。恭惟皇帝陛下堯仁冒遠，舜智燭幽。欲躋羣物於太和，不忍一夫之失所。故雷號風令，期四海於無刑；玉律金科，庶有生之難犯。蠢茲未革，尚干有司。惟深惻於炎歊，重自罹於囚繫。或匪惟良之吏，必興慘獄之嗟。特頒細札之叮嚀，痛喻守臣以欽恤。臣敢不俯勤夙夜，仰副哀矜。播厥官僚，謹茲訟獄。職惟宣化，躬佩服於訓詞；國無冤民，庶導迎於善氣。

賀九鼎成表

王春啓節，陽德布和。粲仙掖以凝輝，絢龍文而發彩。懽彌海宇，喜溢民心。中賀。竊以文鼎出於山川，甘露零於草木，而前王已爲盛事，儒臣載於信書。以彰不世之珍符，以示無前之偉烈。未見聖謨獨運，寶器載成；天鑒潛通，殊祥薦降；有如今日，夐絶前聞。恭惟皇帝陛下大明燭於萬方，麗澤洽於四海。嘉生繁植，協氣薰烝。顯當天地之心，密契神明之德。故得九牧之金製器，五色之瑞騰文。神物護持，豈止黄雲之下覆；靈仙降格，且瞻白鶴之來翔。光播無窮，允昭至治。某邈居江介，叨領郡章。職在承流，恭布十行之詔；心存將美，忻逢千載之期。（以上宋刊本聖宋名賢五百家播芳大全文粹卷二上）

王孝迪除中書侍郎制①

朕以沖眇之身，獲纂承於丕緒；撫艱難之運，思圖任於舊人。眷時耆英，久去廊廟。肆加褒詔，用協朝僉。具官王孝迪進止詳華，風度凝遠。學足以翊襄於帝載，文足以潤色於王猷。偏揚從槖之華，入侍西臺之峻。謀謨底績，譽望映時。曾未見於設施，已見疑於讒間。朕肇膺付託，想見儀形。諒茲涵養之深，益富經綸之藴。其還舊服，佇聽嘉猷。（宋宰輔編年録校補卷一三）

啓

賀皇太后回鑾有期啓②

臣恭聞皇太后回鑾有期，中外大慶。仰惟聖孝，感通神明，敵國歸仁，上天悔禍，有此慶事，夐絶古今。行正東

① 全宋文卷三七八〇此條校語：宋宰輔編年録載此詔，注云「張守詞」，而繫於靖康元年正月辛未王孝迪除中書侍郎之下。按張守建炎三年始知制誥，靖康初不可能行王孝迪拜詞。考孝迪曾兩度爲中書侍郎，一在靖康元年正月，次月即罷去；至建炎三年三月再召爲中書侍郎（見宋宰輔編年録卷一四），即此制所云「久去廊廟」也。據此，此制乃孝迪再爲中書侍郎之制詞（本集卷一有王孝迪辭免不允詔，爲同一事）。宋宰輔編年録未加詳考，誤繫于第一次除中書侍郎時，今正。

② 標題原無，整理者所擬。

朝，永展大養。臣以抱痾畎畝，莫獲瞻望天顏，少伸贊喜之私，無任歡呼忭躍之至。謹録奏聞。謹奏。（建炎以來繫年要録卷一四六）

賀秦左相除太師啓

伏審疇庸元弼，正位師臣。寵疏兩國之封，巍冠群公之表。四方瞻聳，萬口驩呼。共惟某官忱誠足以格天，敦厚足以鎮物。立奇節於多艱之始，結異眷於中興之辰。早激孤忠，固捨生而取義；晚熙大政，復遭變而知權。謀猷入告而聖主仰成，清神折沖而敵國退聽。可屬大事，陋周勃之少文；坐止訛言，本王商之多質。既獲和戎之利，遂臻偃革之期。固陵復土，而燕在天之靈；長樂還宮，而酬陟屺之望。勳焕鼎鍾之勒，榮紆衮繡之褒。默銷黄口之浮言，率歸輿誦；復見黑頭之盛事，夐掩前聞。更申帶礪之盟，永作巖廊之鎮。某久叨契好，不替初終。得請真祠，脱沈屙於垂死；偷安故里，瞻盛典於餘年。永懷埏埴之私，莫綴搢紳之賀。喜而不寐，言之無文。（永樂大典卷九一七引張守毘陵集）

賀李參政啓

伏審顯奉制函，榮躋政路。正人登用，固知道之將行；善類傳聞，殆欲喜而不寐。恭惟慶慰。伏以參政議高慮審，學博而造微。納忠不暇於謀身，嫉惡蓋由於稟性。鑪錘烈焰，莫摧百鍊之剛；霜雪沍寒，不改後凋之操。堂堂侍從之老，赫赫蕃宣之勳。凜難進之高風，欝具瞻之輿論。公道既闢，天意乃回。用汲黯於漢庭，淮南自定；見夷吾於晉室，江左何憂。究觀宏規，灼見興運。惟是上增隆於王德，下博採於真才。內銷姦欺朋比之餘，外戢跋扈飛揚之漸。裁抑奔競，督責苟媮。凡此數條，諒關深念。某支離病骨，臃腫弃才。謬託交承之私，終慮責任之重。蒙成矩矱，固無假於施爲；佚老江湖，政有資於造化。餘寒未艾，機務方繁。益調茵鼎之宜，佇正鈞衡之任。區區欣頌，實倍等夷。

賀席參政啓

仰膺綸制，入秉政機。槐位久虚，蓋簡求於宿望；巖瞻既峻，實大穆於師言。欣圖任之得人，知治安之有日。竊以車駕自南巡之後，廟堂深北顧之憂。一人嘗膽而念寇讎，羣公借箸而決成敗。閱時滋久，至計未聞。欲陵厲中原而復土疆，則敵勢尚强，蓋懲車覆之戒；欲逡巡江左而聽天命，則國威日損，或有陵夷之憂。當宁雖屢興嗟，盈庭莫執其咎。豈中興之業難以速於得志，而非常之事未可輕以屬人。故兹黄閣之開，宜慰蒼生之望。非時英傑，孰副倚毗。恭惟參政厚德鎮浮，大猷經遠。想累朝之故老，綽有典刑；閱當代之名流，蔚爲領袖。雍容禁從，密勿忠嘉。果膺黼扆之知，擢贊鈞衡之任。方當協成長策，宏濟多艱。力王室而復神州，少快茂洪之志；修政事而攘夷狄，載賡山甫之章。某比以病衰，託於輝潤。南臺冠豸，蚤欣草木臭味之同；西省賜環，尤見松栢歲寒之操。辱知固久，歸老有期。遡聞除命之頒，切倍常情之喜。（以上聖宋名賢五百家播芳大全文粹卷一七）

賀秦禮侍啓

伏審光奉温綸，益隆異數。蓋繇稱職，爰昭因任之宜；即所居官，誕拜爲真之寵。自聞除目，靡不甘心。恭惟某官道德淵源，智略輻湊。視儒者以百數，經誼獨高①；課甲科其幾人，策名第一。上從衆譽，俾貳春官。凡所建明，率遵周典之舊；不爲疎闊，盡存漢制之詳。本乎六藝之文，以定一王之法。學師于古，文便於今。顧可見之事功，其有試矣；使遂正其禄秩，何以假爲？繄此殊恩，無煩滿歲。維太師嘗掌是禮，而侍郎今貳其官。父子一朝，規摹百

①「經誼」，疑作「經義」。

世。上扶真主，知皇帝之彌尊；下逮斯民，歎官儀之復見。某自惟鄙陋，猥辱知憐。雖黼倒喜心，有不暇寐；而形容盛德，曾弗能文。更徯登庸，以慰蕲望。（宋刊本聖宋名賢五百家播芳大全文粹卷一三）

帥到任謝兩府啓

竊廩真祠，方遂投閑之願；分符巨屏，遽叨起廢之恩。頒詔旨以趣行，撫孤懷而增惕。伏念某知非絶俗，才不適時。蚤誤簡於淵衷，遂叨陪於機務。信道粗篤，徒欲慕於古人；謀身甚疎，初不虞於羣小。争前者既逞傾擠之計，附下者遂騰文致之言。仰賴聖明，既垂博照；俯稽公議，不入厚誣。獲收無用之身，退處不争之地。少休病質，永謝榮塗。豈謂清朝簡託之深，亟畀行殿保釐之寄。懇辭不獲，黽勉起行。乃容趨便殿以對揚，擬旁游帝所①；以致屈台旆而臨辱，降禮絶之朝規。皆近比之所無，豈孤蹤之敢望。匆匆去國，挈挈到官。縱覽舊游，雖喜湖山之清絶；究觀遺俗，獨驚閭里之凋殘。深慨于懷，罔知所措。必欲無循於凋瘵，尚祈寬假於歲時。兹蓋伏遇某官重望鎮時，遠猷經世。材素優於任大，功獨著於扶顛。精擇蕃宣，曲加推挽。馬伏櫪而已老，寧堪末路之難；鳥倦飛而知還，彌想故林之適。尚期終惠，遂獲私求。銘感之深，敷宣罔既。（聖宋名賢五百家播芳大全文粹卷三〇）

謝漕使薦舉啓

莅職儒官，曾愧援犀之譽；陞名京秩，更叨薦鶚之榮。左右吹噓，始終成就。切以厥初受氏，姬姓最先；自古尊賢，周公莫盛。惟握髮吐哺以招延多士，故制禮作樂而輔成太平。餘芳襲於後昆，盛德傳於百世。有能繼者，是以似

① 「擬」，原作「疑」，據宋刊本大全文粹卷三〇改。

之。恭惟運使太傅道贊文文，才堪王佐。其来有自，襲魯國之名宗；有開必先，踵濂溪之餘慶①。蓋推賢揚善者固宜有後，而激濁揚清者乃其所長。皮裏陽秋②，皓皓乎不可尚已；胸中雲夢，休休焉其如有容。每嘉善而矜不能，故舉直而措諸枉。夫何踽凉之質，誤蒙倜儻之知。

伏念某器小才疎，地寒官冷。未刳心於大體，徒刻意於高風。素無落落之奇，寧有飄飄之氣。爲貧干禄，既壯登科。刀筆何工，方以三尺法而從事；簡編旋弃，豈知一卷書而立師。偶登元礼之龍門，遽瀆行成之金鑑。自外臺而剡牘，即泮水以備員。温故知新，豈謂教而不倦；離經辨志，庶幾學者有成。董帷謾欲潛心，邊笥詎能滿腹。知名教有樂地，望絶覬覦；視富貴如浮雲，志慙饕餮。顧盤根錯節之無用，豈聳壑昂霄之可期。誤遭許子之品題，重辱山公之啓事。雌黄冠衆，聲價增前。蕞尔何堪，凛然失措。敢不益脩身檢，恪守官箴。顧來事之可爲，庶古人之必慕。繼自今日，效黄雀以報恩；誓將終身，附青雲而致顯。（聖宋名賢五百家播芳大全文粹卷三四）

謝監司薦舉啓

無功而禄，方愧平生之言；宜黜而褒③，孰欺左右之聽。伏念某器非世用，學與道疎。翰墨爲娱，經病衰而已廢；山林作計，怳夢寐以空存。惟五斗之倦游，蓋十年之陳迹。長裾不遂，短製還新。抚吊影以自憐，捫苦心而大息。尚緊造物，以付我公。半面立談，爲降諸侯之重；高堂坐嘯，許陪下客之餘。語有惷而姑容，慮雖愚而或取。傾蓋之交難值，泣途之感易深。常恐賤微，永乖報德之所；敢持固陋，更累知人之明。載念微生，自孤昭代。賢貴力

① 「踵」，原作「鍾」，據文意改。
② 「皮」，原作「波」，據文意改。
③ 「黜」，原作「不」，據宋刊本大全文粹卷三五改。

推，則意親而事遠；英游並騖，則人達而已窮。雖平進誰所不能，而數奇自亦中廢。臯盧不就，笑五白之偶然；虎豹有神，分九宫之邈爾。自非宏偉，不主故常。豈由煨塵之中，猶分光潤之末。相馬而失之瘦①，彼俗何知；取人而拔其尤，匪才曷稱。此蓋伏遇某官體國重寄，爲時遠圖。道尊前輩而善誘於後來，政擅久成而兼收於未至。盛矣孔融之坐，翕然韓愈之門。介以妄庸，是爲塵點。某敢不益虔所事，毋替厥初。皦皦寸誠，徒託賞音之賜；區區末路，豈專媒進之思。（聖宋名賢五百家播芳大全文粹卷三五）

謝第三名及第啓

自惟陋質，偶中巍科。顧此遭逢，出於幸會。竊以六藝之學，自昔以傳道；三代之上，無意於爲文。道既失而章句始興，文寖隆而義理愈晦。上則設爲科目以取天下之士，士則競持枝葉以應縣官之須。隨時抑揚，與世馳逐。苟以譁眾取寵，不知其非；争爲巧説便辭，用以自售。明經者但懷青紫之意，稽古者迺貪車服之榮。以彼其人，初若可用；既施於事，頗或不然。蓋夫實不出而唯名之求，利既勝而於道爲病。今天子勵精求治，崇化尚賢。務惟要政之謀，閔兹氣俗之陋。俾造大朝承聖問，勿事虚文；方下明詔發德音，詎應故事。所宜各露肝膽，著在簡編；科别其條，尽言無諱。上副諮詢之意，敢懷利禄之圖。

而某性本惷愚，身更貧困。竊習易象之奥，粗識聖經之微。謂開物成務，尽備於此書；而極深研幾，斯可以御世。蓋嘗探賾索隱，俯察仰觀。内揆一身，外稽萬事。迺知文武之道，未墜而猶存；不歸堯舜之君，持是而安往？幸因策試，獲事聖明。自信于衷，敢肆其説。内既深慙於猥並，衆猶或病其闊疎。竊憂稚圭之文，有不應於甲令；又懼公孫之第，且見貶於太常。豈期偶當上心，遽蒙親擢。處之數百輩之上，獨在二三人之中。重以不才，夫何所取；得

① 「而」，原作「者」，據宋刊本大全文粹卷三五改。

之非意，可謂至榮。此蓋伏遇某官親秉國鈞，上毘王政。居然化育，遂兹品物之宜；凡所稱量，妙尽權衡之信。故令么麽①，顯與甄收。某謹當自省初心，無忘故學。歲幾四十，雖未登無大過之年；德罔二三，亦庶幾不遠復之吉。或晚成於器業，庶仰答於恩私。

謝及第啓

猥以瑣材，濫登黄甲。自惟何者，曷克居兹。竊以道德之科固有次第，文藝之事至爲淺微。雖在古則聖人之所弗先，於今則儒者以此自見。國家稽倣前制，課試諸生。苟無能稱，類皆罷黜；凡其尤異，頗不棄捐。惟去留盡出於至公，而上下莫容於私意。故失之者不敢有怨，而得之者無所歸恩。此本朝立法之良，於進士得人爲盛。如某者素不事學，何所取材。經固弗明，道未有見。至於自苦志力而莫致稽古之效，粗修章句而一無應敵之能。所以十年之間，屢鼓不勝。幸其氣之尚盛②，不至三竭而再衰；顧於文則已卑，僅出二中而四下。伏況年齡已壯，時命未遭。閔歲月以如流，恐功名之不立。抱其窮拙，將老丘園；迺有夤緣，獲見天日。方主上内懼有闕，退託不能。親屈帝尊，下詢治道。衆所條對，皆可施行。而某以樸野固陋之人，奉盛大高明之問。怵惕危厲，不知所言。蔽罔遷延③，幾至失次。本已無心於上第，何慙尚列於丙科。視彼在前，邈焉弗及。使他人處此，或悔其大謬不然；而以某居之，則固亦甚喜過望。此蓋伏遇某官上持王化，樂育人材。行以至誠，非但崇於空語；稽諸故事，固不止於具文。方將獵天下之英，擥國中之秀，皆歸録用，惟所指呼。致此凡庸，亦蒙甄取。唯兼收並蓄，願推君子之廣心；而報德酬言，敢負小人之素志。

① 「么麽」，原作「公麽」，據清鈔本大全文粹卷七七改。
② 「尚盛」，原作「向盛」，據宋刊本大全文粹卷三七改。
③ 「蔽」，原作「敝」，據宋刊本大全文粹卷三七改。

謝及第啓受蔭人。

猥以不才，獲與諸生之列；自惟何幸，輒叨六藝之科。匪實其能，於茲有媿。竊以進士之選，爲法最詳，得人之多，莫此爲盛。初以待未命之士，而不及已仕之人。顧於收材或有未盡，又爲之制以廣其求。雖既與於官聯，苟未登於名第，許從韋布之列，同奏翰墨之功。所以執經相高，習業益衆。如某幸蒙世賞，不廢父書。粗知師友之淵源，未究天人之分際。唯恐典刑之失，弗克繼於老成；故於禮樂之間，每務從於先進。然而嘗持所學，見黜有司。姑忍一慙，敢懷二事；至於屢辱，不以爲尤。況夫平世之尚文，時乃異人之間出。風聲所暨，俗化一新。其有所長，孰不願試？則以安能碌碌于俗吏，至於没没以終身。竊伏惟思，用自砥礪；寧知將老，僅克有成。茲蓋伏遇某官道大經邦，德隆輔世。薰陶品類，益然元氣之中；教育人才，浸如時雨之化。致此庸陋，能與選收。昔德裕不喜決科，茲實太高之論；而王吉欲除任子，病夫不學之流。某志在適中，善惟從衆。不敢爲唐賢之異，而或免漢人之非。將益行其所知，庶以報於有德。（以上聖宋名賢五百家播芳大全文粹卷三七）

撫幹與交代啓

仰高浸久，竊懷慕用之私；從宦於今，將踵仁賢之後。以茲幸會，實惠生平①。伏惟交代撫幹學士質性高明，問學通博。持其能事，顧無往而不宜；凡所居官，必有政之可紀。尚淹幕府，而仕諸侯。頗聞當路之見知，固已上章而交薦。會膺除召，亟即顯揚。某自視非才，何堪任職。往思夙夜，勉遵可守之規；曷有歲年，能盡無窮之好②。敢陳

① 「實惠」，清鈔本大全文粹卷八五作「實慰」。
② 「無窮」，原作「能窮」，據清鈔本大全文粹卷八五改。

書牘，少布腹心。若其精微，未易敍述。（宋刊本聖宋名賢五百家播芳大全文粹卷四五）

上秦少保啓

頃罹憂患，幾隔死生；不自意全，得以至此。雖自念疾困凶衰之迹，未宜踵高明盛大之門。仰託知憐，敢忘冥昧。伏念往歲比試羣儒，方時於經最高，唯公奏策第一。京師尊貴，材鮮可踰；天下想聞，人争先覩。而乃獨韜藏能事，謙禮諸生，不間賤微，悉敦契好。而某也竊科甚下，進謁云初。獨於衆人之間，而以國士見遇。傾意氣以相許，非流俗之敢期。方幸從游，更蒙鈞禮。士固伸於知己，誠豈能忘；生而得此於人，蓋實所寡。每思磨厲，用副推稱。夫何某殃罰及身，喪亡無日；生理不治，氣息僅存。迺者某官榮升諸公，下澤四海。顧嘗有嚮者慕用之意，而適當在纍然憂服之中。書疏不脩，禮文俱廢。獨竊聽輿人之頌，而益欽長者之風。未省餘年，猶有見日。

恭惟某官道德純懿，學術通明。既迪簡而在庭，用承弼于厥辟。正直是好，有勤勞王家之動；寬裕以容，懷長育人材之意。顧如衰陋，何所短長；姑襲衣冠，以持門户。固知夫時命有所，不敢以賤貧爲羞。然而踵父之業未能，事生之道或缺。負米有志，乞食何顔。持是安歸，非公無可。惟大臣務爲國得士，而君子樂以禄及親。論其爲士，則或有可慙；至於養親，則尤其所急。於斯二者，儻垂芘冒之仁；則有一焉，願竭始終之報。

回張閣學啓

祗奉宸恩，猥叨郡寄。方密依於大芘，側聞長者之風；將冒布於尺書，已辱一介之使。寵貽牋翰，下逮鄙人。竊窺筆墨之光華，仰服德意之謙厚。内顧不敏，罪焉所逃。共惟某官材任大臣，望隆法從。文章爾雅，蓋盡見於典刑；

論議有餘，宜與聞於政事。尚淹在外，未使居中。方今神明之不遺，必圖柱幹之固守。會聞詔下，亟以公歸。某自分迂愚，何心遊宦。顧甚矣衰殘之久，聊復此来；而鄉者慕用之誠，於今增劇。敢意曲全於契好，迺蒙備賜於拊存。匪惟小子之增榮，益使孤蹤之有恃。炎暑正爾，燕處裕如。諒繁祉之方來，相直道之所履。願體眷意，加輔寢興。瞻頌之深，敷宣罔既。（以上聖宋名賢五百家播芳大全文粹卷三八）

回蕭提宫啓

鼎守謙勤①，驅後車而来過；方欣晤語，悵行李之言歸②。政欲裁書，少陳謝意；遽貽翰墨，具見情辭。伏惟提宫學士師友淵源，文章爾雅。有聞于世，偶時命之未遭；以彼其才，尚陸沉而在下。稽諸論者，孰謂宜然；顧豈無人，爲言于上。會見詔書之來聘，亟聞除目之新頒。某僅接從容，又將乖隔。重荷褒揚之過實，豈其愚陋之敢蒙。既感德以彌深，唯鼎風而增遡。（聖宋名賢五百家播芳大全文粹卷三九）

回禮書

伏以世傳鼎軸，夙仰韋平之門；好結絲蘿，慙非秦晉之匹。屢勤敦諭，不敢固辭。伏惟某人秀發天資，美由世濟。而息女某人維遵姆訓，未習婦容。辱嘉幣之相先，撥寒宗而有靦。玉臺下聘，獲窺温嶠之風流；竹笥遺行，第媿叔鸞之清素。有少薄物，具於別牋③。

① 「守」，原作「寸」，據文意改。
② 「悵」，原作「帳」，據宋刊本大全文粹卷四八改。
③ 「具於別牋」「於」字原脱，據清鈔本大全文粹卷一二六補。

定親書

言念飽聽月評①，稔聞風范。辱在里仁之契②，宜先佳偶之求。某第幾男少習義方，粗供子職。伏承令長女小娘子幼閑内則，克著婦儀。敢因媒妁之詞，遂締婚姻之好③。仰遵慈訓，欽佇好音。

定親書

言念二姓之好，蓋重於婚姻；四海之人，孰非於兄弟。唯是贅居之俗，出乎霸世之餘。然義士罔或非之，故流風猶有在者。某姪某嶔崎可笑，魯鈍無能④，幾同蜀客之倦游，屢嘆馮生之無室。伏承令女幽閑素節，孝養騰芳。待冀缺以如賓，諒諧素志；嗣中郎而傳業，豈廢初心。敢託良媒，願聞嘉命。（以上聖宋名賢五百家播放大全文粹卷七六）

跋唐侍讀書

本朝以書名世者多矣，規模古人，皆守法度。自二蔡出新意作字，崇寧以來，士大夫無特操者靡然從之，爲傾邪柔媚之態，無復古人用筆意。（書録中篇）

---

① 「飽聽」，原作「顧聽」，據婚禮新編校注卷二改。

② 「里仁」，原作「美仁」，據婚禮新編校注卷二、論語里仁改。

③ 「婚姻」，婚禮新編校注卷二作「姻親」。

④ 「嶔崎可笑魯鈍無能」，婚禮新編校注卷一〇同，宋刊本大全文粹卷八三作「羈孤自奮結約忘奇」。

顯恭皇后謚册文①

孝子嗣皇帝臣某。伏以生而媲德宸極，寔贊於皇猷；死而升侑宗祊，必從於帝。后不專謚，禮有故常。在漢則光烈之於光武，在唐則文德之於文皇。爰洎本朝，垂宗室昭憲之規，更定陵五后之號，蓋古今之通議也。雖仙遊已邈，而遺範具存，用詔方來，丕昭景鑠。恭惟惠恭皇后坤靈肖静，月體儲精。鍾慶勳門，來儀潛邸。翼六龍而禦極，正重翟以居中。肅雍之德，本乎天成；勤約之風，行乎宇内。協祐初政，恪恭東朝。飭身刑家，率禮不越；進賢逮下，視古有光。功既茂於補天，祥蚤開於夢日。誕育元嗣，禪膺寶圖。豈期盛年，遽棄昭代。顧以沖眇，逮兹纂承，雖莫覿於母儀，尚欽聞於内則。向者固已考實於彤史，易名於閟宫，踰三十年，禍發意表，太上皇帝厭世，諱問奄聞，復以梓宫隔於要荒，祏室稽於薦饗。藏鼎湖之弓劍，殆未有期；游高廟之衣冠，非所當後。是宜卜日升祔，因時正名。蓋推誄於皇天，既推崇於先烈；而繫號乎帝，乃稽合於舊章。載揚徽音，以「顯」易「惠」；永嚴禋祀，對越在天。謹奉册、寶，上尊謚曰顯恭皇后。伏惟明靈，觀膺受典；迪我昭考，燕兹新宫。益綿鴻休，施于罔極。謹言。（宋會要輯稿禮五八之七五）

隆祐皇太后哀册文

維紹興元年歲次辛亥，四月丁卯朔，十四日庚辰，隆祐皇太后崩于行宫之行殿。六月癸酉②，上尊謚曰昭慈獻烈皇后。壬午，遷座于攢宫，遵遺誥也。鷄唱既發，龍輴載脂。分衛仗以容與，合笳鼓之凄悲。皇帝洒然涕慕，至哉孝

① 標題原無，據全宋文卷三七八〇所擬標題補。
② 「癸酉」，原作「癸卯酉」。按紹興元年六月丙寅朔，是月無「癸卯」日，故「卯」字原衍，今删。

思。陳祖奠而既徹，痛慈容之永違。爰命邇烈，丕揚懿徽。紀無前之勳德，播不朽之聲詩。其詞曰：

宋受景命，克肖天德。維天之天，列聖是則。亦維坤元，克配宸極。母后之賢，踐履一律。粵我泰陵，憂勤中昃。昭慈來嬪，德協于一。逮事宣仁，恪遵法式。孝奉欽聖，肅恭婦職。珩璜是節，蘋蘩是烈。德著三宮，化行九域。蒙讒避位，名顯身阨。世狃升平，變生邊隙。騁戎馬以長鶩，邀兩宮而遠適。屬我聖后，母儀萬國。鍊媧石以補天，探虞淵而取日。翊戴上聖，乘乾御曆。續皇綱于指顧，決大策于呼吸。既正神器，即復明辟。就東朝之大養，徹簾帷而淵默。逮夫清蹕南渡，凶渠作逆。躬御箯輿，靡辭鋒鏑。明大義以指麾，折姦鋒而避易。導六飛而反正，訖群妖之就殛。澤既浹於生靈，動更安於社稷。勤翟輅以南行，避戎狄之遠逼。闕温清於歲序，形焦於玉色。迎還行朝，喜動宮掖。期孝養於無窮，曷昊天之不弔。嗚呼哀哉！坤輿震覆，星軒掩匿。玉繩曉兮月墮，翠幄陰兮春寂。服黄桑兮輟上帝之薦，簪素柰兮極吴人之慼。蘭殿閒兮燕歸，鸞鑒虚兮塵積。委大練於椒房，掩柔桑於織室。嗚呼哀哉！婉嫕型於嬪御，慈儉孚乎蠻貊。善必告於吾皇，恩靡放於外戚。德盛炳兮無瑕，蒼穹杳兮莫詰。嗚呼哀哉！奉遺訓以薄歛，卜菆塗而習吉。稽山之陰，神禹所宅。百神駿奔，千巖環翼。意仙遊兮縹緲，駐飈馭兮偃息。淨洛邑之妖氛，反泰寧之窀穸。嗚呼哀哉！薤歌咽兮露晞，丹飛翮兮風急。白日慘兮雲愁，行路悽兮雨泣。矧聖孝之有加，攀素車而靡及。永念周旋，久罹姦棘。冀上天之悔禍，啓中興之偉跡。庶同太平，少慰疇昔。曾不憖遺，遽此永隔。嗚呼哀哉！漢馬鄧兮有貪位之譏，周任姒兮無撥亂之績。擅全美於簡編，振徽音於金石。即清廟以登侑，配皇圖之赫奕。似神靈之不泯，佑子孫於千億。嗚呼哀哉！（中興禮書卷二六〇）

席大光邀同賦墨梅花顔博士畫六首。

鏤冰斫雪賦精神，不受丹青一點塵。施粉故應嫌太白，謾憑水墨見天真。

騷人洗硯試松煙，造化爐錘貯筆端。春破南枝入詩眼，句成衹許畫中看。

笑揮墨妙當鉛華，真是天然玉雪花。月冷霜清春不管，一支寒影墮溪斜。

墨白何妨俗眼疑，寫真妙處足天機。橫斜疎影黄昏月，貌盡西湖處士詩。

墨竹文翁舊寫真，墨梅顔子更超群。我家幸有篔簹谷，乞取冰姿伴此君。

故園雪樹想彫零，却向毫端見典刑。夢破江南愁絶處，前村煙迴雨冥冥。（永樂大典卷二八一二引張守毘陵集）

建炎丞相吕忠穆公退老堂詩

大老歸周慶有源，中興吾宋屬雲孫。五龍夾日三辰正，一虎當溪百獸奔。何事雲山遽招隱，向來金鼎厭調元。追鋒早晚求黄髮，三徑還荒靖節園。

聞道抽身向急流①，海邊暫艤濟川舟。功存社稷推元老，人向漁樵識故侯。綠野江山供笑傲，赤松儔侣伴淹留。閑棋小酌懷疇昔，清夢時追杖履遊。（天台續集别編）

魚樂亭

乃公倦經綸，結□俯滄浪。風波不到處，修鱗自徜祥。一與芳餌辭，此樂殊未央。借問那得知，吾人亦相忘。（詩淵第五册）

---

①「聞道」，永樂大典卷七二三八作「聞健」。

附録三

故資政殿大學士左正議大夫張公謚議朝散大夫行太常博士婁機撰議文

議曰：嘗謂真儒之用，至無敵于天下。自古撥亂反正，將大有爲也，未始不知兵。夾谷之會，夫子動容變色，遂使魯轉弱爲强，儒效何如哉！國家靖康之後，四郊多壘，國步未安。高宗皇帝撫艱難之運，念將圖回經理，擇所用人，爰有雄雋寶臣，以道德緝熙于初載，力挽中流共濟之舟，風雲一時，自然相感，天同神化，夫豈偶然！

故資政殿大學士、左正議大夫張公經世正君之學，淵源周、孔，自少策勳翰墨之場，轇轕三光，手織五雲，踐揚冰清，亦既極文章禮樂之選。上方愒日太平，責成輔佐。公雍容暇豫，以應天下之變，事物之幾，藏于眇緜。衆人甘寢于細娱，而公獨出千慮之表，前知如蓍與蔡。曰治軍旅、選將帥、嚴守禦、搜人才，專意政事之大者。凡細微不急之務，悉付都司六曹，俾廟堂惟防秋是圖。曰處宫室，享膳羞，服輕煖，對嬪御，以及視朝臨人之際①，必思二聖、母后。謂淮西兵政不可改，謂荆蜀駐蹕爲非宜，撫諭京城②，而料敵必入寇。初破淮南，以命帥非其人。所以盡忠竭節于干戈俶擾之際，惻怛懇到，用能輔成龍德，遂躋登兹，非有道德人所爲能若是乎！

① 「臨人」，原作「監人」，據四庫本改。
② 「撫諭」，原作「撫論」，據四庫本改。

博士婁機得其議，則閲讀銘誌，證以所聞，攷按謚法，且以文謚。吏輯官于寺者，以議白其長，合辭爲然，不可易也。然公以忠信誠實親結主知，寬洪之量，不見涯涘。當言者論斥時相，上以章付公，倚公相矣，公竭力争辯①，上稱歎其賢，且以近世不相傾奪者爲無幾。蓋公惟務靖國，協和羣辟，並包翕受，尺寸不棄。雖時相意所不快者，公悉調護，潛爲銷弭，上每有不盡用之歎。閲十五年，王淮時在諫垣，上指似宰輔，以形貌肖公，嗟賞莫及，後亦以語皋陵，淮卒正鼎席。夫能使人主追記遐想于既殁之後，眷眷不忘，顧何修而臻此耶？搢紳相傳爲美談。

公未老即退就閒逸，視中興之佐，前後幾公，功名盛矣，鮮克全備，獨公優游里居，身名俱泰，生而望尊，殁而禮崇，平生無一毫之玷，可謂善終如始者矣。按謚法，道德博聞曰文，寬樂令終曰靖，今加「靖」以儷「文」，尤爲當。衆從機爲議，機曰：文且靖，議之盡也，其敢有異？遂謚文靖。謹議。

朝散郎祕書丞兼權尚書郎官兼權考功郎官鍾必萬覆議

議曰：嘉泰元年九月丙子，太常上故參政張公易名于部曰文靖，于是命考功鍾必萬覆議。必萬謹按：謚法，道德博聞曰文，寬樂令終曰靖，備是二美，自昔實難。竊觀國朝故老若李公沆之直道事君，燮調百度；吕公夷簡之沈静有謀，鎮安社稷，謚之文靖，孰曰不宜？維公學問淵源，文足垂後；孜孜論建，合古便今，可不謂之道德博聞乎？安于命義，正色立朝，推廣上心，始終一節，可不謂之寬樂令終乎？跡其乞增臺諫以廣耳目，所以明君道之公；論時宰宜專意大政遠謀，所以明政體之要；念二聖之未復，請于居處、飲食之際，莫不致思，所以明天下之大義。應天當以

① 「竭力」，聚珍本同，四庫本作「極力」。

實，則謂不可徒恃罪己之詔；言路所當廣，則謂宜加褒擢切至之書①。方時相之見斥于言者也，蓋倚公相矣，力爭以爲國步未安，一月而再論相，何以繫天下之望。其識量宏遠，徇公忘私類如此。至于夙夜寅恭，協和羣辟，惟靖國是務。善類之進，當路有不快意者，公悉力調護之。歸休里門，身名俱泰。歷數公之言行，而揆之以李、吕二公行事之迹，豈非異世而同符者乎？大抵易名之典，貴得其實，告于當時而莫不服，垂諸後世而不敢議。以公平生大節炳炳若此，攷之碑誌，質之僉論，太常議是。謹議。

宋史張守傳

張守字子固，常州晉陵人。家貧無書，從人假借，過目輒不忘。登崇寧元年進士第，中詞學兼茂科。除詳定九域圖志編修官。以省員罷，改宣德郎，擢爲監察御史。丁内艱去。

建炎元年冬，召還，改官，賜五品服。上在維揚，粘罕將自東平歷泗、淮以窺行在，宰臣汪伯彦、黄潛善以爲李成餘黨不足畏，上召百官各言所見。葉夢得請上南巡，阻江爲守，張俊亦奏敵勢方張，宜且南渡。守獨抗疏，上防淮渡江利害六事，又别疏言金人犯淮甸之路有四，宜擇四路帥守繕兵儲粟以捍禦之。疏再上，又請詔大臣惟以選將治兵爲急，凡不急之務，付之都司、六曹。二相滋不悦，遂建議遣守撫諭京城，守聞命即就道。

三年正月，還，奏金人必來，願早爲之圖，上惻然。除起居郎兼直學士院。金人果渡淮，上幸臨安。遷御史中丞。苗、劉既平，詔赦百官，表奏皆守與李邴分爲之。守論宰相朱勝非不能思患預防，致賊猖獗，乞罷政，疏留中不出，既而勝非竟罷政。

吕頤浩初相，舉行司馬光之言，欲併合三省，詔侍從、台諫集議。守言光之所奏，較然可行，若更集衆，徒爲紛紜。

①「宜加」，原作「宜如」，據四庫本改。

既而悉無異論，竟合三省爲一。

上幸建康，呂頤浩、張浚叶議將奉上幸武昌爲趨陝之計。時方拜浚爲宣撫處置使，身任陝、蜀，守與諫議大夫滕康皆持不可，曰：「東南今日根本也，陛下遠適，則姦雄生窺伺之心。況將士多陝西人，以蜀近關陝，可圖西歸，自爲計耳，非爲陛下與國家計也。」守又陳十害，至殿廬謂康曰：「幸蜀之事，吾曹當以死争之。」上曰：「朕固以爲難行。」議遂寢。

六月，久雨恒陰，呂頤浩、張浚皆謝罪求去，詔郎官以上言闕政。初，守爲副端時嘗上疏曰：「陛下處宮室之安，則思二帝、母后穹廬毳幕之居；享膳羞之奉，則思二帝、母后羶肉酪漿之味；服細煖之衣，則思二帝、母后窮邊絶塞之寒苦；操與奪之柄，則思二帝、母后語言動作受制於人；享嬪御之適，則思二帝、母后誰爲之使令；對臣下之朝，則思二帝、母后誰爲之尊禮。思之又思，兢兢栗栗，聖心不倦，而天不爲之助順者，萬無是理也。」至是復申前説，曰：「今罪己之詔數下，而天未悔禍，實有所未至耳。」且曰：「天時人事至此極矣，陛下覩今日之勢與去年孰愈？而朝廷之措置施設，與前日未始異也。俟其如維揚之變而後言之，則雖斥逐大臣，無救於禍。漢制災異策免三公，今任宰相者，雖有勳勞，然其器識不足以斡旋機務。願更擇文武全材、海内所共推者，親擢而並用之。上書論事，或有切直，宜加褒擢以來言路。」

先是，守嘗論呂頤浩不可獨任，張浚不可西去，與上意異，乞補外。除禮部侍郎，不拜，上命呂頤浩至政事堂，諭以正人端士不宜輕去，守始受命。殿中侍御史趙鼎入對，論守無故下遷，上曰：「以其資淺。」鼎曰：「言事官無他過，願陛下毋沮其氣。」於是遷翰林學士、知制誥。九月，拜端明殿學士、同簽書樞密院事。扈從由海道至永嘉，回至會稽。

四年五月，除參知政事，守嘗薦汪伯彦，沈與求劾其短，以資政殿學士提舉洞霄宮。未幾，知紹興府。尋以内祠兼侍讀，守力辭，改知福州。時右司員外郎張宗臣請令福建築城，守奏：「福州城於晉太康三年，僞閩增廣至六千七百餘步，國初削平已久，公私困弊，請俟他年。」遂止。尋以變易度牒錢百萬餘緡輸之行在，助國用。

時劉豫導金人寇淮，上次平江，諸將獻俘者相踵，守聞之，上疏曰：「今以獻俘誠皆金人，或借諸國，則戮之可也。至如兩河、山東之民，皆陛下赤子，驅迫以來，豈得已哉？且諭以恩信，貸之使歸，願留者亦聽，則賊兵可不戰而潰。」金人既遁，詔諸將渡江追擊，守復上疏，以敵情難測，願留劉光世控禦諸渡。

上既還臨安，又詔問守以攻戰之利、守備之宜、綏懷之略、措置之方，守言：

明詔四事，臣以爲莫急於措置，措置苟當，則餘不足爲陛下道矣。臣請言措置之大略，其一措置軍旅，其二措置糧食。

神武中軍當專衛行在，而以餘軍分成三路，一軍駐于淮東，一軍駐于淮西，一軍駐鄂、岳或荆南，擇要害之處以處之。使北至關輔，西抵川、陝，血脈相通，號令相聞，有唇齒輔車之勢，則自江而南可奠枕而臥也。然今之大將皆握重兵，貴極富溢，前無祿利之望，退無誅罰之憂，故朝廷之勢日削，兵將之權日重。而又爲大將者，萬一有稱病而賜罷，或卒然不諱，則所統之衆將安屬耶？臣謂宜拔擢麾下之將，使爲統制，每將不過五千人，棋布四路，朝廷號令徑達其軍，分合使令悉由朝廷，可以有爲也。

何謂措置軍食？諸軍既分屯諸路，則所患者財穀轉輸也。祖宗以來，每歲上供六百餘萬，出於東南轉輸，未嘗以爲病也。今宜舉兩浙之粟以餉淮東，江西之粟以餉淮西，荆湖之粟以餉鄂、岳、荆南。量所用之數，責漕臣將輸，而歸其餘於行在，錢帛亦然，恐未至於不足也。錢糧無乏絶之患，然後戒飭諸將，不得侵擾州縣，以復業之民户口多寡，爲諸將殿最，歲覈實而黜陟之。如是措置既定，俟至防秋，復遣大臣爲之統督，使諸路之兵首尾相應，綏懷之略亦在是矣。究其本原，則在陛下内修德而外修政耳。

閩自范汝爲之擾，公私赤立，守在鎮四年，撫綏彫瘵，且請于朝，蠲除福州所貸常平緡錢十五萬。累請去郡，以提舉萬壽觀兼侍讀召還，甫兩月，復引病丐去，知平江府，力丐祠以歸。

六年十二月，召見，即日除參知政事，明日兼權樞密院事。七年，張浚罷劉光世兵柄，而欲以吕祉往淮西撫諭諸軍，守以爲不可，浚不從，守曰：「必曰改圖，亦須得聞望素高、能服諸將之心者乃可。」浚不聽，遂有酈瓊之變。及臺諫交章論浚，御批安置嶺表，趙鼎不即行，守力解上曰：「浚爲陛下捍兩淮，罷劉光世，正以其衆烏合不爲用，今其驗矣，羣臣從而媒糵其短，臣恐後之繼者，必以浚爲鑒，誰肯爲陛下任事乎？」浚謫永州，守亦引咎請去，弗許。

八年正月，上自建康將還臨安，守言：「建康自六朝爲帝王都，江流險闊，氣象雄偉，且據都會以經理中原，依險阻以捍禦彊敵，可爲别都以圖恢復。」鼎持不可，守力求去，以資政殿大學士知婺州，尋改洪州，兼江南西路安撫使。入對，時江西盜賊未息，上問以弭盜之策，守曰：「莫先德政，伺其不悛，然後加之以兵。」因請出師屯要害。既至部，揭榜郡邑，開諭禍福，約以期限，許之自新，不數月盜平。

後徙知紹興府。會朝廷遣三使者括諸路財賦，所至以鞭撻立威，韓球在會稽，所斂五十餘萬緡。守既視事，即求入覲，爲上言之，詔追還三使。時秦檜當國，不悦，守亦不自安，復奉祠。

建康謀帥，上曰：「建康重地，用大臣有德望者，惟張守可。」至鎮數月薨。

守嘗薦秦檜於時宰張浚，及檜爲樞密使，同朝。一日，守在省閣執浚手曰：「守前者誤公矣。今同班列，與之朝夕相處，觀其趨向，有患失之心，公宜力陳於上。」守在江右，以郡縣供億科擾，上疏請蠲和買，罷和糴。上欲行之，時秦檜方損度支爲月進，且日憂四方財用之不至，見守疏，怒曰：「張帥何損國如是？」守聞之，嘆曰：「彼謂損國，乃益國也。」卒謚文靖。孫抑，户部侍郎。

（宋史卷三七五）

諸家著録

一、毘陵集五十卷。參政文靖毘陵張守全真撰。一字子固。崇寧進士、詞科。紹興執政，張魏公在相位，薦秦檜再用，守有力焉。一日，與魏公言：「某誤公聽，今朝夕同班列，得款曲，其人似以曩者一跌爲戒，有患失心，宜自劾謝上。」魏公爲作墓誌，著其語。（直齋書録解題卷一八别集類下）

二、張守集五十卷。又奏議二十五卷。又十八卷。（宋史卷二〇八藝文志）

三、張子固毘陵文集一部五册。（文淵閣書目卷九）

四、張全［真］毘陵集五十卷。（國史經籍志卷五集類）

五、毘陵公集三册，不全。宋孝宗朝張守著①，凡五十卷，闕一卷至十八卷。（内閣藏書目卷三）

六、毘陵集十五卷（永樂大典本）。宋張守撰。守字全真，一字子固，常州晉陵人。崇寧元年進士②。高宗即位，召爲監察御史。紹興中，歷官參知政事，兼權樞密院事，以資政殿大學士、知建康府。卒謚文靖。事迹具宋史本傳。所著毘陵集，見于陳振孫書録解題者爲五十卷，其本久佚，故遺文世不概見，僅前賢小集拾遺中載其詩一首而已。今從永樂大典各韻中搜輯編綴，約尚存十之三四。謹校訂排次，釐爲一十五卷，而以婁機等所作守謚議文二篇附之于後。史稱守家貧好學，過目不忘。故所爲文，具有體幹。而論列國家大事，是非利害，如指諸掌。卓有經世之才，尤非儒生泥古者所可及。本傳載其建白諸事，如論防淮渡江利害；論金人侵淮有四路，宜擇帥捍禦；論大臣宜以選將治兵爲急，不急之務付之六曹；論幸蜀十害；論宰相非人；論敵退後措置二事。今其文俱在集中。他如論守禦事宜、乞以大河州軍爲藩鎮、乞修德諸劄子，史所不載者尚多，無不揣切時勢，動合機宜。其大旨在經營淮北以規復中原，而不欲爲畫江自守之計。雖其時宋弱金强，未必盡能恢復，要其所言，不可謂非一時之正論也。至其薦汪伯彦、秦檜，頗乏知人之明。則瑕瑜不掩，亦不必曲爲之諱矣。（四庫全書總目彙訂卷一五六集部别集類九）

七、毘陵集十六卷。宋張守撰。翻聚珍本、閩刊本、武英殿本、盛氏刊本。（八千卷樓書目卷一五集部）

八、毘陵集五十卷，宋紹興中參政常州張守子固撰，今其全集不傳，此十六卷乃從永樂大典中鈔出者。其所論

①「宋孝宗朝」，應作「宋高宗朝」。
②「崇寧元年」，應作「崇寧二年」。

奏，皆切於事情。吾讀其詹抃墓誌，見回河復禹故道之病民，而深幸今日倡此議乾之不果行也。誌云：「政和某年，回河復故道，調京東西、河北之民，三路騷動，役至再三而功未就，數百縣病之。於時憸人欺君幸寵，争立新奇之功以取勝，至斷千載不可力制之大河，使由山徑之蹊，以人勝天，逆理咈衆，羣小靡靡附和。毘陵詹成老知定陶，獨憂其病民，謝事而去。嗚呼，賢矣哉！」昨歲冬，河決曹州，大臣御史中有獻議導河北流者，天子灼見其非，詢之河臣，亦以爲斷不可行，議遂格。儻使斯議得行，則其爲民害也有以異於政和之日乎？夫前事之不忘，後事之師也。吾故録其言，以爲後來論事者之鑒。集中詩風格蒼老，源於少陵，使事亦復精切。其絶句有云「元非食肉封侯相，合抱遺經老玉川」。此則若爲余贈者然。歲壬寅正月二十有七日書。（抱經堂文集卷一二書毘陵集後壬寅）

九、張守毘陵集五十卷，原本久佚，乾隆中，館臣始從永樂大典輯出，釐爲十六卷。愚案：毘陵集遺文尚有出十六卷外者，如賀天甯節表、賀天申節表、賀恤刑表、賀九鼎成表、謝除樞密表、謝除資政殿大學士表、謝轉官表、謝詔使宣諭表、謝詔書奬諭表、謝傳宣撫問表、十二月五日謝傳宣撫問賜藥表、謝奬諭表、謝赦書表、謝賜戒石銘表、賀李參政啓、賀席參政啓、賀秦禮侍啓、帥到任謝兩府啓、帥到任謝政府啓、謝漕使薦舉啓、謝監司薦舉啓、謝第三名及第啓、謝及第啓、又謝及第啓、撫幹與交代啓、上秦少保啓、回張閣學啓、回蕭提控啓、賀丞相正啓、賀魏尉啓，凡三十餘首，見五百家播芳大全，而本集所無也。（儀顧堂集卷一八毘陵集跋）

參考書目

唐房玄齡等：晉書，北京：中華書局點校本，一九七四。

元脱脱等：宋史，北京：中華書局點校本，一九七六。

宋李燾：續資治通鑑長編，北京：中華書局點校本，二〇〇四。

宋李心傳：建炎以來繫年要録，影印文淵閣四庫全書本。

宋徐夢莘：三朝北盟會編，上海：上海古籍出版社影印本，一九八七。

宋彭百川：太平治迹統類，揚州：江蘇廣陵古籍刻印社影印本，一九九〇。

宋熊克：皇朝中興紀事本末，北京：北京圖書館出版社影印本，二〇〇五。

宋徐自明撰，王瑞來校補：宋宰輔編年録校補，北京：中華書局，一九八六。

宋馬端臨著，上海師範大學古籍研究所、華東師範大學古籍研究所點校：文獻通考，北京：中華書局，二〇一一。

元俞希魯著，楊積慶、賈秀英點校：至順鎮江志，南京：江蘇古籍出版社，一九九九。

宋陳振孫撰，徐小蠻、顧美華點校：直齋書録解題，上海：上海古籍出版社，一九八七。

無名氏撰，鄭明寶整理：建炎復辟記，鄭州：大象出版社，二〇〇八。

宋陸游撰，李劍雄、劉德權點校：老學庵筆記，北京：中華書局，一九七九。

宋劉一止著，龔景璺、蔡一平點校：劉一止集，杭州：浙江古籍出版社，二〇一二。
宋周必大：文忠集，影印文淵閣四庫全書本。
清卢文弨：抱經堂文集，北京：中華書局點校本，二〇〇六。
清陸心源：儀顧堂集，光緒刻本。
明黃淮、楊士奇：歷代名臣奏議，上海：上海古籍出版社影印本，一九八九。
宋丁昇之輯，柳建鈺校注：婚禮新編校注，上海：上海古籍出版社，二〇一六。
宋董更：書録，知不足齋叢書本。
宋　禮部太常寺纂修，清徐松輯：中興禮書，上海：上海古籍出版社影印本，二〇〇二。
明解縉等：永樂大典，北京：中華書局影印本，一九八六。
清徐松輯：宋會要輯稿，臺北：新文丰出版公司影印本，一九七六。
宋李庚：天台續集別編，影印文淵閣四庫全書本。
詩淵，北京：北京圖書館出版社影印本，一九九三。
宋魏齊賢、葉棻：聖宋名賢五百家播芳大全文粹，北京：北京圖書館出版社影印宋刻本，二〇〇六。
宋魏齊賢、葉棻：聖宋名賢五百家播芳大全文粹，北京：綫裝書局影印宋刊本，二〇〇四。
宋魏齊賢、葉棻：聖宋名賢五百家播芳大全文粹，北京：綫裝書局影印清鈔本，二〇〇四。
明楊士奇：文淵閣書目，影印文淵閣四庫全書本。
明張萱：内閣藏書目，適園叢書本。
魏小虎編撰：四庫全書總目彙訂，上海：上海古籍出版社，二〇一二。
金毓黻等：文溯閣四庫全書提要，北京：中華書局，二〇一四。

清丁立中：八千卷樓書目，北京：北京圖書館出版社影印本，二〇〇九。
北京大學古文獻研究中心編：全宋詩，北京：北京大學出版社，一九九八。
曾棗莊、劉琳主編：全宋文，上海：上海辭書出版社，二〇〇六。
祝尚書：宋人别集敍録，北京：中華書局，一九九九。

後記

本書是二〇一五年度杭州市哲學社會科學規划「南宋史研究」專項課題「毘陵集整理」的成果，也是我正式出版的第二本宋人文集的點校本。之所以選擇本書整理，並非事先有過周密的計劃，也不是我對本書有特別的興趣，完全是很隨意的行爲，就像匆匆趕路的行人，隨手在地上一堆落葉中拾起一片葉子，不是這片就是那片，沒有什麽特别的原因。

本書初稿完成於二〇一四年，因爲並不著急出版，就暫時擱置在一邊。等我再次拾起書稿時，時針已經定格在二〇一六年。那個時候剛剛開始著手裝修房子，我把事情想得很簡單，以爲裝修就是花錢找别人幹活，自己不需要費力，所以一開始的構想是白天跑跑裝修，晚上回家整理書稿，兩不耽誤。但就像俗話所説的：「理想很豐滿，現實很骨感。」那段時間幾乎每天都忙得團團轉，好容易熬到晚上，拖著疲憊的身體回家，除了睡覺，連飯都不想吃，更遑論整理什麽書稿了。到了年底前後，裝修終於大致完工，剛要長出一口氣時，又開始牙疼了。

由於小時候對牙齒不太注意保護，雖然尚未至不惑之年，我左邊上顎牙齒已多有脱落，長期以來只能靠右側牙齒咀嚼，但我並未放在心上。孰料到了二〇一六年年底，可能是過度使用的緣故，負責咀嚼的右側牙齒也出現了脱落，不得已我只好轉用殘缺不全的左側牙齒咀嚼食物，結果兩側牙齒一併疼痛難忍，不僅無法咀嚼，甚至連喝温度稍微涼熱的水也會疼。牙疼折磨得我痛苦不堪，讓我很長一段時間内無法正常生活和工作。

二〇一七年上半年，我有幸申請到浙大高研院訪學，高研院良好的環境和周到的服務讓我感覺一下子回到了從前的讀書時光：每天吃飯、看書，與其他學者交流溝通，生活簡單而充實。感謝浙大高研院提供的美好氛圍，讓我能夠暫時擺脱俗事的纏繞，静下心來集中精力把本書完成，了却一樁多年的心事。

最後還要感謝何忠禮先生以及南宋史研究中心的諸位老師，慨然將拙作列入其課題計劃並資助出版。没有何先生的鼎力支持，本書不會如此順利地面世。而書稿評議專家的精闢審讀意見，則進一步減少了本書的疏誤。

丙申年五月於浙大高研院

六月修訂於河北大學宋史研究中心

七月再次修改於浙大高研院

圖書在版編目（CIP）數據

昆陵集/（宋）張守撰；劉雲軍點校．—上海：
上海古籍出版社，2018.1
（南宋及南宋都城臨安研究系列叢書·古籍整理）
ISBN 978-7-5325-8669-1

Ⅰ.①昆… Ⅱ.①張… ②劉… Ⅲ.①古典文學—
作品集—中国—宋代 Ⅳ.①I214.42

中國版本圖書館CIP數據核字（2017）第279125號

南宋及南宋都城臨安研究系列叢書
昆陵集 ［宋］张 守 撰 劉雲軍 點校

責任編輯 陳麗娟
出版發行 上海古籍出版社
地址：上海瑞金二路272號 郵編：200020
（1）網址：www.guji.com.cn
（2）E-mail：gujil@guji.com.cn
（3）易文網網址：www.ewen.co
印 刷 上海顓輝印刷有限公司
開 本 787×1092毫米 1/16
印 張 19.25
字 數 287千
版 印 次 2018年1月第1版 2018年1月第1次印刷
書 號 ISBN 978-7-5325-8669-1/K·2407
定 價 72.00元